報復の密室

平野俊彦

THE LOCKED ROOM OF RETRIBUTION

HIRANO TOSHIHIKO

報復の密室

目次

立体切り絵　ともだあやの
写真　富田大樹
装幀　坂野公一＋吉田友美（welle design）
本文図版　島﨑肇則（welle design）

主な登場人物

大日方 敏夫（おびなた としお）　五十二歳　多摩薬科大学薬学部教授
大日方 優子（おびなた ゆうこ）　四十七歳　敏夫の妻
大日方 千佳（おびなた ちか）　二十一歳　敏夫の娘、多摩薬科大学生命科学部四年生
宗岡 彰吾（むねおか しょうご）　四十二歳　多摩薬科大学薬学部准教授
右野 恵理子（うの えりこ）　三十歳　多摩薬科大学助教
綿貫 沙耶（わたぬき さや）　二十一歳　多摩薬科大学四年生
瀬川 悠馬（せがわ ゆうま）　二十三歳　帝西大学法学部大学院生、千佳の友人
矢間田 純三（やまだ じゅんぞう）　五十二歳　出版社社長、敏夫の高校時代の旧友
一条 直哉（いちじょう なおや）　年齢不詳　伴大夢賞受賞のミステリー作家
田島（たじま）　大学専属の警備員
宇田川（うたがわ）　西多摩署刑事
前島（まえじま）　西多摩署刑事

報復の密室

第一章　縊死《いし》

1

その日の大学勤務を終え自宅に帰った私《わたし》は、妻の優子《ゆうこ》と二人、夕飯の食卓に着いた。そのときリビングにある電話が鳴った。

私が椅子《いす》に座ったままリビングの方に目をやると、いつものように優子の方が席を立ち、リビングに入った。

私の家は、多摩市内にある小さな庭付きの一軒家である。

一階にあるリビングとダイニングは通し部屋になっていて、リビングルーム内の様子は今私がいるダイニングからでも見て取れる。

受話器を手に話し始めた優子の様子を気にしながら、私は食卓を見渡した。

魚の煮つけ、野菜の煮物、ご飯とみそ汁……。五十を過ぎた私の健康を気遣《きづか》ってのメニューが並ぶ。

ふともう一度リビングルームの方を見やると、優子は受話器を外したまま電話台の上に置いて、ダイニングに引き返してくる。

その表情がややこわばっているのを訝《いぶか》しく思いながら、私は妻の姿を見つめた。

「大学の右野《うの》さんという方から。何か緊急の御用らしいわ……」

右野は私の教室の女性助教で、つい先刻、帰宅の際大学の研究室であいさつを交《か》わしたばかりだ。家に電話をかけてくるなど、めったにないことであったので、私は何かよからぬ事態を想像した。

私は多摩薬科大学薬学部の教授として、一教室を主宰している。学生が研究室で実験中に事故などに遭わぬよう、日ごろ教室の教員にはいつも口酸っぱく注意を促《うなが》している。

「大日方《おびなた》だ。どうかしたのかね?」

電話を替わり、つとめて落ち着いた声で尋《たず》ねたが、相手の息遣いから右野助教の様子がいつもと違うことに気づいた。

「先生……ご自宅でおくつろぎのところすみません……」

「うん。何かあったのか」

私はちらと優子の方を見た。

ダイニングのテーブル脇《わき》に立ったまま、妻はじっと私の様子を窺《うかが》っている。私は優子から目を逸《そ》らし、電話機を見つめながら続けた。

「右野君、どうしたんだ。何か言いにくいことか?」

しばしの沈黙のあと、また右野助教のうわずった声が電話口から流れた。

「教育棟のセミナー室で、女学生が首を吊っていました。今救急車と警察が駆けつけたところですが、救急車は間に合わなかったようです」

私は絶句する。

「……学生が首を……？」

ややあって、声を落とすとおうむ返しに尋ねる。

優子を見やると、その目つきが変わっていた。私は受話器を耳に当てたまま、優子に背を向けた。

右野の声は続いていた。

「……はい。それで……。私はその学生さんと面識がないのですが、その女学生の持ち物の中に、学生証が入っていました」

「うん……」

「先生のお嬢さんではないかと……」

「えっ……」

二の句が継げず黙っていると、さすがに様子がおかしいと思ったのか、ダイニングにいた優子がこちらに寄ってきた。

私は優子に背を向けたまま、握りしめていた受話器に囁《ささや》いた。

「学生証にあった名前は何と……？」

受話器を持つ手が震え出した。

右野の声は、気の毒そうに私を慮《おもんぱか》ってか、先ほどの高揚《こうよう》したような口調から、低い声に変わった。

「大日方千佳さん、とありました……」

凍《こお》り付《つ》いて動かない私の正面に回ってきた優子は、私の顔を凝視しながら尋ねた。

「お父さん。どうかしたのですか……」

しかし妻の声はもはや私の耳には入っていなかった。

「その学生の服装はどんなだった？」

何かに抵抗するがごとく、私は受話器に向かってまた尋ねた。説明をためらうような、たどたどしい右野の声が返ってくる。

「……白っぽいブラウスに、デニムの短パン。下には黒いレギンスをはいています」

私は受話器から耳を離し、優子をにらんだ。

一方の優子は目を見開き、私の口が開くのを待っている。

「千佳《ちか》は今朝、どんな服装で出て行った？」

受話器の通話口を左手で押さえながら、優子に質《ただ》す。しかし優子は質問に答えず、逆に尋ね返してきた。

「千佳が……、千佳がどうかしたのですか？」

私はもう一度、やや声を荒らげて訊《き》いた。

「今朝の千佳の服装はどうだったんだ」

優子は我に返ったように瞬きひとつすると、娘の服装を思い出しながら私に告げた。それは右野助教の言ったとおりだった。

私はまた受話器に戻った。

「分かった。とにかく、今から行く」

今度は、声がやや震えた。

電話を切ると、私はわざと優子を見ず、リビングの小物入れから車のキーを取った。

「千佳が大学で事故に遭ったようだ。今から大学に戻る。お母さんはここで待っていてくれ」

「事故……って、いったいどんな……？」

千佳が首を吊《つ》ったなどと、いきなり信じられるものではない。優子にそんなことを告げたとて、動転するばかりだろう。

事故というのはそのときとっさに出た方便だ。とにかくまずはこの目で真偽を確かめなくてはならない。

「分からない。とにかく大学に行ってみてから、すぐにまた連絡する」

「千佳は……千佳はどんな様子なの？」

優子はなおも、追いすがるように訊いてきた。だが私は憮然《ぶぜん》とした表情で応《こた》えず、黙って玄関に向かった。優子が用意した夕食は、手つかずであった。

「私もいっしょに行きます」

取るものもとりあえず、優子は玄関でつっかけを履いて私の後を追おうとした。

「君は家で待っていなさい。必ず電話する」

うろたえ叫ぶ優子を振り切り、私は一人、車の運転席へ身を滑《すべ》らせた。

2

信じてはいなかった。

第一娘の千佳は、今夜大学のサークルの飲み会で、友人や先輩らと八王子の飲み屋街に出ているはずだった。千佳が大学のキャンパス内で首を吊ったなど、きっと何かの間違いに違いない。千佳は学内のどこかで学生証を落としたのだろう。そして別の女学生がそれを拾って、あとで千佳に渡そうと、バッグの中に入れておいた。そのあと何らかの事情があって、その女学生が首を吊って自殺した……。

右野君は、その子を千佳と間違えて連絡してきたのだ。その子の服装も、きっと千佳と似通っていたのだろう。

そうに違いない……。

ハンドルを握りながら、私は自分に言い聞かせた。

そうだ、メールで千佳を呼び出そう。なんでもっと早く気が付かなかったのだろう。

信号待ちのとき、私はスマホで千佳にメールした。

信号が変わる。

返信を待たず車を発進させる。

自宅から勤務先の多摩薬科大学までは、車で二十分ほどだ。

次の信号待ちのとき、スマホのメール欄を見た。しかし着信はない。

「千佳。メールに返信してくれ」

私は祈るような気持ちでスマホを凝視した。

千佳が通う大学は、私の勤務先と同じ多摩薬科大学であった。私のいる薬学部とは違う生命科学部という学部に、千佳は現在四年生として在籍している。

千佳は、私と優子の間にできた一人娘である。私の両親はすでに亡くなり、私たちは現在三人家族であった。

私の知る限り、千佳はこれまで反抗期もなく伸び伸びと育ってきた。日常生活の中で、父親である私と話をする時間はあまりなかったが、家では私たち両親に対し、娘としてごく普通にふるまっていた。

優子とは仲のいい母娘の関係だった。千佳に何か悩みがあるなどと、私は一度も思ったことは無かった。

次の信号で止まってそんなことを考えていると、後ろから軽いクラクションの音がした。目を上げると、信号は青だった。


私の運転する車は、ほどなく大学のキャンパス内に入った。

先ほど帰宅の途に就いたばかりであった大学の自分専用の駐車場に戻り、荒々しく車を止めると、私は急ぎ足で教育棟に向かった。

ズボンのポケットからスマホを取り出し、もう一度メール着信欄を見た。だが千佳からのメールはなかった。

教育棟入り口あたりに、建物の明かりに照らされたパトカーと、何人かの警察官が佇《たたず》んでいる姿が目に入った。教育棟の周辺には警察による縄張りができていて、一般学生や教員はそこから中に入れないようになっていた。

教育棟入り口手前まで近づくと、警察官や刑事らしき人たちの中に、右野助教の姿を見出《みいだ》した。右野も私の到着に気づいたらしく、こちらに向かって小さく手を上げた。

右野恵理子《えりこ》は、私を含めて三人いる私の教室の教員の一人だ。スマートな姿態に色白の肌、そして大きな瞳《ひとみ》にうりざね顔の美人である。

しかし今の彼女は表情をゆがめ、蒼白《そうはく》な顔色をしていた。それまで会話を交わしていたらしい、刑事と思《おぼ》しき男から視線をこちらに移すと、右野は一こと言った。

「十階の一〇〇二号室にご遺体が……」

遺体……？

私はその言葉に違和感を覚え、

「この騒ぎはなんだね」

と、見当はずれのことを訊いた。すると今まで右野助教と話していた刑事らしい男が、私の方を向き直った。

「大日方千佳さんのお父さんでしょうか」

私もその男を見た。

「ええ、そうです。大日方敏夫《としお》といいます。千佳は私の娘です」

男はうなずくと、ズボンのポケットからスマホのようなものを取り出して、それを私の方に向けた。よくは見なかったが、電子警察手帳のようだった。

「西多摩署の宇田川《うたがわ》と申します。ともかく、まずはご遺体をご確認いただけますでしょうか」

この男も、遺体だなどと……。

誰の遺体だ。

遺体など、大学のキャンパスにあるはずがない。

出かけた言葉を飲み込むと、宇田川と名乗ったその男をもう一度凝視した。

一方の宇田川も私をじっと見つめ、こちらの反応を窺っている。有無を言わさぬ展開に、私はとらわれた小鳥のように、ただ小さく、

「分かりました」

と応えるしかなかった。

何回も述べるが、千佳が死んだなど私はまったく信じてはいなかった。

が、ふと右野の顔に目をやると、彼女は憐《あわ》れむように私に視線を向けながら、何の意味か目に涙を浮かべんばかりの表情で、首を小さく左右に振って見せた。

私は急に不安に駆られた。

何か間違った事態が起きている。

ここはどこだ。私はこんなところでいったい何をしているのだ……。

千佳は……千佳は今頃八王子の街なかで、サークルの仲間らと楽しくわいわいやっているはずだ。

宇田川が私に背を向け、教育棟の中に入って行く。私は、その後をふらふらと、まるで刑場に向かう死刑囚のように、黙ってついて行った。

教育棟は十階建てで、建物の全体の形はシンプルな直方体である。エレベーターを十階で降りると、一本の長い通路を右へと進む。十階には五つのセミナー室が通路沿いに並んでいて、一番

奥から順に一〇〇一室〜一〇〇五室となっていた。

　宇田川が赴いた部屋のドアの指示板には、一〇〇二室と印字された白い横長のプラスチックプレートがはめ込まれてあった。その部屋は、エレベーターを出て右手に通路を進み、一番奥から二番目に位置していた。

　一〇〇二室のドアの前には、一人の巡査が立っていた。ドアの上方には曇りガラスの窓がはまっていて、ぼんやりとだが中が見えるようになっている。窓からは部屋の明かりが漏れていた。宇田川と私の姿を見た巡査は、持っていた鍵《かぎ》を一〇〇二室のドアのノブ下にある鍵穴に差し込んだ。そしてドアを解錠してドアを押し開けると、私たちを中へと通した。

　室内には全照明が灯《とも》っていた。その部屋は二十畳ほどの広さでほぼ正方形である。部屋の真ん中あたりに細長い机が四脚置かれ、それぞれの机には二つずつパイプ椅子が揃《そろ》えてあった。

　そして何よりも最初に私の目に入ってきたもの。

　それは、二つ抱き合わせて並べられた机の上にあおむけに寝かされている、若い女性の姿であった。

　頭をドアとは反対の窓側《まどがわ》に向け、行儀よく両手を脇《わき》に付けてその子は静かに眠っていた。黒く長めの髪が一部狭い机からはみ出して、まっすぐ下に垂れていた。

「千佳……」

　私はその子に向かって囁いた。

　そう、それは確かに千佳だった。

　白っぽいブラウスに、デニムの短パン、下には黒いレギンス……。

そして机の上には、クリーム色の肩掛けバッグが置いてあった。その服装にも肩掛けバッグにも、私には見覚えがあった。

千佳は目をつむり穏《おだ》やかな表情をしていた。しかし私の目に次に飛び込んできたのは、その白く細い首にはっきりと付いている紫色の二重の索条痕であった。そしてその周りの皮膚には、爪《つめ》でひっかいたような傷がいくつか見られた。

「千佳」

私はもう一度娘の名を呼んだ。返事はなかった。

「なんでこんなことに……」

娘の頬《ほお》にそっと手を触れてみる。固く冷たかった。

ふと見ると、千佳の足元の机の上に、束《たば》ねられた麻のロープがあった。じっと黙っていた宇田川が、そちらに向けられた私の視線を目でたどると言った。

「お嬢さんは、この部屋の天井の梁《はり》から下がっていたそのロープを首にかけて、亡くなっておられたということです。部屋のドアには鍵が掛かっていました。そしてその鍵は、お嬢さんの所持品である肩掛けバッグの中にありました」

それには応えず私は千佳の手をとり、そしてかがみこむと、覆《おお》いかぶさるように千佳を抱いた。

私の顔はゆがんでいたことだろう。だがそのときなぜか、涙は出なかった。

「千佳。君は自殺したのか。だとしたらなぜ……」

何も考えられなかった。

そうして冷たい千佳の身体《からだ》を抱いたまま、どれくらいの時間が経《た》ったことだろう。私があきらめたようにゆっくりと背を伸ばすと、また横から宇田川の声がした。

「お気の毒です。通報で救急隊員も駆けつけたのですが、そのときはすでに亡くなっておられました」

私は天井を見上げた。

セミナー室の天井は梁がむき出しになっている。手抜き工事ではなく、ネットケーブルを自在に室内に導けるようにするためだ。

その梁の一つにロープを結び、そのロープで千佳は首を吊ったというのか……。

千佳……。

君は今朝、私よりも先にお母さんが作った朝ご飯を食べ、そして私より早く大学へ出て行ったな。君は少し急いでいる様子だったらしいが、その後君にいったい何があったというのだ。

千佳……。

いつもはその顔に、憂《うれ》いなど微塵《みじん》も表していなかったじゃないか。

家にいるときだってそうだ。君が悩んでいた姿など、私は垣間見《かいまみ》たことがない。たまにはお母さんと喧嘩《けんか》もしていたが、でも家にいるとき君は、いつも楽しそうにしていたじゃないか。

だが私は君の悩みや将来のことについて、これまで一度も君に尋ねてみたことがなかった。私が知らない顔が、君にはあったのだろうか。

だとすれば、君はなぜそれを私に黙っていたのだ。私やお母さんに対して、君は何か不平不満があったのか。

次の瞬間、一人娘を失った恐怖が私の心を貫《つらぬ》いた。

娘はもう二度と私に話しかけることはない。今この瞬間から、私は娘に永遠の別れを告げなければならない。私は子のいない親になってしまった。

そう。千佳はもう帰ってこない。

明日になっても、十年後も、この先ずっとずっと……。

なぜ……なぜ君は死んだのだ……千佳……。

君はあまりにも早くこの世を去ってしまった。両親も友達も、そして君と関《かか》わったすべての人たちをおいて……。こんなことが無ければ、まだ六十年以上は生きたろうに。

生は束《つか》の間《ま》、死は一瞬、別れは永遠……。

忌々《いまいま》しくも、なぜかそんな冷静な言葉が、不意に頭をよぎった。

「娘さんは、生前自殺をほのめかすようなことを言っておられましたか？」

無遠慮な宇田川の問いかけが、唐突に私の耳にざわついた。

私は向き直り、この部屋に入ってから初めて、宇田川の顔を正面から見た。

「いいえ」

かぶりを振り、私はそれを否定した。そして、こちらをじっと観察する宇田川の無機質な視線から、再び目を逸らす。

「娘さんが首を吊っていたすぐ脇の机の上に、こんなメモがあったそうです」

宇田川は、持っていたカバンの中から、クリアファイルにはさみ込まれたＡ４紙大の一枚の紙切れを私に見せた。

——生きていく希望が無くなりました。千佳——


その紙切れには、横にたった一行だけ、そう書かれてあった。

といってもそれは自書ではなく、パソコンで打って印刷されたものである。明朝体《みんちょうたい》、ポイントは12……。

その字体に見慣れた私は、なぜかふとそんなことを思った。

「これだけですか」

訝しく思って尋ねると、宇田川は同情するようなまなざしを私に注ぎながら、ゆっくりとうなずいた。

「大日方さん。娘さんが亡くなられた状況は、まず自殺とみて間違いないでしょうが、一つご了承いただきたいことがあります」

クリアファイルの中にはさみ込まれた「千佳の末期のメモ」とやらを右手に持って、それをじっと見つめたままの私の顔のすぐ近くで、宇田川が言った。

ふと我に返ったように、私は宇田川を見た。

「何でしょうか」

「このようなご遺体に接したとき、私どもはその方が亡くなられた原因について、一応あらゆる可能性を考えなくてはなりません」

「……どういうことですか」

相手が何を言いたいのかまだ分からず、私は尋ね返した。

「ご遺体を、一晩警察で預からせていただきたいのです」

「なぜ？」

反射的に訊くと、宇田川はじっと私の目を見つめながら穏やかな口調で言った。

「司法解剖させていただくことを、ご了承願いたいのです」

「……解剖？　自殺した娘を、なぜ解剖する必要があるのです。娘は、自殺ではないのですか？」

「我々としては、今それを申し上げることはできません」

宇田川はそこで言葉を切り、またじっと私の目を見つめた。

千佳を解剖する。千佳の身体にメスを入れて体内を確かめる。

そんなことが許されるのか。

今朝まで千佳は生きていたのだ。それなのに、解剖だなんて……。

「止《よ》せ」と言えば、警察は引き下がるだろうか。だが情けないことに、そのときの私には、ただ無言でうなずくことしかできなかった。

ふと私は、妻の優子のことを思った。

早く知らせなければならない。

でもどうやって……。

自分が千佳の死を知ったとき以上に、優子は驚きそして嘆き悲しむだろう。何て告げたらいいんだ……。

何てことだ。千佳、君はなぜ死んだのだ……。

私は恐る恐るスマホを取り出し、家に電話を掛けた。スマホを持つ手が震えていた。

3

優子が千佳と対面したのは、その夜遅く、西多摩署内の遺体安置室にて、であった。

優子は何も言わず千佳の遺体に縋《すが》り、嗚咽《おえつ》を押し殺して泣いていた。警察署においても、私の悲嘆と狼狽《ろうばい》はまだ続いていたが、自分のことより優子のことが心配だった。

私たちにとって一人娘であった千佳は、いい意味で甘やかされ、伸び伸びと育った。おとなしいが明るい性格で、友達も多く勉強もそこそこにできた。

大学ではテニスサークルに入り、勉学のみならずスポーツを介した友達の輪の中で、キャンパスライフを楽しんでいた。また、大学の旅同好会の一員ともなり、休日には会員らと日本中あちこち旅行に行っていた。

このように、私の目から見れば彼女は生まれてから二十年余、自殺に追い込まれるほど悩んだことなど一度もなかったように観察している。それどころか、千佳は今、前途希望に満ちた学園生活を送っていたはずであった。

優子にとっては、ショックを通り越して、運命や愛や神、そしてこれまで誠実に生きてきた自分の人生までもが、すべて信じられなくなった瞬間であったことだろう。

私は、優子が千佳の後を追うのではないかとの恐れを抱いた。

私自身、心がいつくずおれるかも分からないのに、この先この人をどう支えて行ったらいいのか。

私は途方に暮れた。

そして優子の震える背を見つめながら、悲しみややり場のない怒りと共に、恐ろしい不安が私を襲い始めていた……。

西多摩署から千佳の遺体が自宅に戻ったのは、翌日の午後のことであった。

葬儀社の計らいで、千佳の身体はきちんと白装束に包まれていた。だが、その胸や腹を見れば、メスで切り開かれた痛々しい傷や縫合の痕が残っていたはずだ。首にあった幾筋かの醜《みにく》い索条痕とひっかき傷は、化粧で隠されていたが、それでもそこには一見してそれと分かる紫色の蛇が二重に走っていた。

葬儀社のホールを借りきって営まれた通夜と葬儀には、大学関係の総勢二百名以上の千佳の友人や知人が列席、焼香し、千佳の死を悼んでくれた。

私が勤める学部は薬学部で、千佳の通う同じ大学の生命科学部とは、同じキャンパス内にありながら教育研究システムも建物も異なる。参列した人たちは、これら薬学部の私の周囲にいる教員や学生と、千佳が所属していた生命科学部の教員や学生の双方からであった。

通夜の晩、焼香客の波がいち段落着いたところで、優子は残った客たちのお清めの接待に当たっていた。そのやつれた和装の喪服姿は痛々しく、このまま彼女が病《やまい》に倒れてしまうのではないかと私は訝《いぶか》った。

優子のことを気にしながら、私も大学関係者にビールや寿司《すし》などをふるまっていたが、その合間を縫って、私は誰もいなくなった千佳の祭壇のある部屋に入った。

香を絶やさぬようにと継ぎ足し、まだ信じられない思いを胸に千佳の遺影にしみじみと見入っていると、後ろから声を掛ける者があった。

「千佳さんのお父さんでしょうか」

細いがしっかりした口調の、若い男性の声である。私は振り返った。

すらっと背の高い、青白い顔の青年が立っていた。

きちんと喪服を着用して黒ネクタイを締め、手には数珠を携えている。髪は額に掛かっていたが六・四に分けて揃えている。伏目がちに私をとらえた瞳は、やや潤《うる》んでいるように見えた。

「そうですが……」

応えてから、私は尋ね返した。

「あなたは、千佳のご友人ですか」

「はい。あの……お通夜に遅れてしまいまして、今着いたところです。申《もう》し訳《わけ》ありません。お焼香させていただけますでしょうか」

「……ああ、そうでしたか。それはありがとうございます。千佳もきっと、喜んでいるでしょう」

私は、祭壇へと青年を通した。

彼はゆっくりと千佳の方へ歩み寄り、遺影を見つめてから深々と一礼すると、焼香を始めた。

私はその後ろ姿をじっと見つめていた。千佳にこんなイケメンの友人がいたとは、私にとって予期せぬことで、子供だと思っていた千佳の、まったく知らない一面を垣間見たような気がした。

青年は立派な所作で焼香を終えると、私に向き直った。

「申し遅れましたが、僕は帝西《ていせい》大学法学部法学研究科の大学院生で、瀬川悠馬《せがわゆうま》と申します」

帝西大学といえば、多摩薬科大学とはそう離れていないところにある。確か法学部は同大の看板学部だ。

「そうですか。生前は千佳がお世話になりました」

そうは応えたものの、実際どのように世話になったのかは知らなかった。すると、瀬川の方からそのことについて触れてきた。

「僕の大学に旅研究会というサークルがありまして、千佳さんが通う多摩薬科大学の旅同好会とも時々合同で情報交換会などをしていました」

娘のことを大日方さんとは言わず千佳さんと呼ぶところに、この青年と千佳との距離が近かったことが窺える。

「ああ、そういう関係で千佳とお知り合いに」

「ええ。千佳さんは最近の学生には珍しく、日本の地名などにとても詳しくて、僕もいろいろ教えてもらいました。ついこの間も研究会でお会いしたばかりでした。それがまさかこんなことになるとは……」

瀬川はそこで声を詰まらせた。

返す言葉が見つからず、私もしばし沈黙に沈んでいると、斎場の入り口から声がした。

「お父さん。御住職様がお帰りになるそうです」

優子が私を呼びに来た。それを機に、瀬川は姿勢を正すと私に向き合った。

「それでは僕はこれで……」

「どうもありがとう。また落ち着いたら、千佳に会いに家の方にも寄ってみてください」

瀬川は黙って深々と頭を下げると、入り口にいた優子にも小さく一礼し、斎場を去って行った。優子も興味深そうに、瀬川の後ろ姿をじっと見送った。


あわただしい葬儀を終え、私と優子は千佳の位牌《いはい》と遺骨を持って家に戻った。親戚《しんせき》関係も引き上げ、家には私と優子の二人だけになった。

私たちは、千佳の部屋に小さな祭壇を設けた。

優子は、花に囲まれた千佳の遺影の前に喪服で座ったまま、茫然《ぼうぜん》としたまなざしをして押し黙っていた。私もその後ろに腰を下ろした。

出窓に置かれたサボテンの小さな鉢植えは、いつか千佳が買ってきたものであった。千佳はこのサボテンの花を見るのが楽しみで、丹念に鉢植えの世話をしていたようだ。今、それに目をやっているうちに、改めて悲しみが胸にこみあげてきた。

耐えられなくなった私は、サボテンの鉢植えから目を逸らし、優子の小さくなった背中に視線を置いた。

優子は相変わらず仏像のように口を閉ざし、ただじっと千佳の遺影を見つめていた。その動かぬ姿に、何か話しかけてやらねばと思った。

「西多摩署の宇田川さんからは、その後連絡はあったのか？」

慰めの言葉の一つも差し延べてやれれば、と考えながら、なぜか出てきたのはそんな無機質な問いかけであった。

優子は定まらぬ視線を宙に浮かせたまま、何も言わず乱れた髪に手をやった。私の言葉がその耳に届いているのかどうかは分からなかった。

私は優子からの返答をあきらめ、とりあえず喪服を着替えようと立ち上がった。するとおもむろに優子が口を開いた。

「あの子は、おかしなことを言っていたわ」

私は一瞬固まって、立ち上がったまま優子の後ろ姿を凝視した。

私の質問とは関係のないその応えに、どこかやるせない不自然さを感じたからだ。

「何を？」

もう一度優子の後ろに座りなおす。優子はやおら振り返ると、正座のままこちらに向き直った。

「家で二人だけのときに、千佳に訊いたことがあるの」

優子は前置きしてから続けた。

「ボーイフレンドでもいないのって。そしたらあの子、変なこと言うのよ。いるにはいるんだけど、長くは付き合って行けない人だって」

「どういうことだ」

私もその話には強く気を引かれた。

「分からないわ。私がさらに、どんな人なのって訊いても、それ以上は口をつぐんだまま。だから私もかえって気になって、それ以外にもその人のことをいろいろ尋ねてみたの。その人は学生なのか、それとも勤めている人なのか。どこに住んでいるのか、お父さんのお仕事は何か」

優子はさっきとはうって変わって、急に早口にしゃべりだした。

私も妻の変容を呆気《あっけ》にとられて見ていたが、しかし千佳が付き合っていた人のことはもっと知りたいと思ったので、なおも突っ込んで訊いてみた。

「で、何だって？　千佳は他に何か言ってなかったのか」

「言えるような時が来たら話すって。それっきり」

「千佳とその話をしたのはいつ頃のことだ」

「つい一週間ほど前よ」

「なんで、すぐに教えてくれなかったんだ」

「だって、お父さんそんなことには関心がないと思っていたもの。それにまさか千佳がこんなことになるなんて……」

「関心がないわけないだろう」

私は憮然として口をつぐんだ。

「ただ一つだけね……」

優子は何かを思い出したように言いかけたが、そこで躊躇《ちゅうちょ》していた。

「なんだ。千佳が亡くなってしまった今、何を隠していてもしょうがないだろう」

私が怒ったように言うと、優子は真顔で私を見つめた。

「そんなつもりはないわ。ただ、千佳の言っていたことが、あまりに突拍子もないものだから」

「話してみろ」

さらに催促すると、優子も「分かった」という様子でうなずき、話を続ける。

「千佳が付き合っていたらしいその人は、何回か懸賞小説に応募しているというのよ」

「懸賞小説？」

「ええ。それも、本格ミステリーというジャンルの賞に、ここ何年か応募し続けているらしいわ」

「本格ミステリーの懸賞小説か……」

確かに唐突だった。

ミステリー作家の登竜門と言われる賞が、わが国にもいくつかあることは私も知っていたが、まさか娘が付き合っていたらしい人がミステリー作家志望であったとは、今までまったく思いもよらぬことであった。しかも、今は書ける作家が少ないと言われる本格ミステリーを……。

仕事を他に持って、そちらから収入を得ながら懸賞小説を書くならいい。だが職もないのに、売れるか売れないか分からない小説を書いているような男とは付き合わせたくない。親の立場からすればそういう言い分になる。

もう娘はこの世にいないのにと思いながら、相手の男性のことを考えている自分に気が付くと、また惨《みじ》めな気持ちと悲しみが胸を貫く。

「その他は？　趣味や年齢、その人の容姿、性格など、千佳は何か口にしていなかったのか……」

なおもあれこれ尋ねてみたが、優子から出てきた千佳の相手の男に関する情報はそれですべてであった。

優子はおもむろに話題を変えた。

「ところで、お通夜が終わるころ、斎場でお父さんは学生のような男性と話をしていたわね」

その青年のことは、あのとき以来記憶から外れていたので、私は優子が何の話を始めたのかすぐにはピンと来なかった。

しかしやがて私の瞼《まぶた》に、あの青年のどこか愁いのある表情が浮かんできた。

「ああ、そういえば一人遅れて焼香に来た青年がいたな」

「お父さんの大学の学生じゃなかったの？」

「いや。帝西大学の大学院生で……そう、確か瀬川と言ってたな」

「瀬川さん……？」

優子は視線を宙に持って行き、しばしその名を思い出そうとしていた。

だがやがて気の抜けたような表情で、また私を見た。

「聞いたことの無い名ね。千佳の友人かしら……」

「二大学の旅同好会関係で知り合ったらしい。通夜の晩、お母さんも斎場で彼と顔を合わせただろう。初めて見た顔かい？」

「ええ……」

気のなさそうな返事をすると、優子は一つため息をつき、私から視線を外した。

瀬川の話が唐突にそこで終わると、優子はまた何かに取り憑《つ》かれたように虚脱状態に入った。

再び黙って千佳の遺影に目をやると、彼女はじっと笑顔の千佳を見つめていた。

私はゆっくりと腰を上げ、喪服を着替えに、タンスのある別の部屋へ入った。

そこで一人になった私は、声に出して呟《つぶや》いた。

「千佳。お父さんは、君の身に恐ろしい運命がまとわりついていたことに、まったく気が付いていなかった。お父さんを許してくれ……。

できるなら過去に遡《さかのぼ》り君を守ってやりたい」

それまでこらえていた涙が、畳の上にはらはらと舞った。

4

一週間の忌中休暇の後、私は大学勤務に戻った。

宗岡彰吾《むねおかしょうご》准教授や右野助教をはじめ、教室の教員や学生には千佳の葬儀の際に大変世話になった。そのことに触れ、皆に謝意を述べると、教室の教員や学生は一人娘を突然亡くした私を慮ってか、皆はれ物にでも触るような態度で私に接してきた。

私も皆の前ではどうにも居づらく、そうしたぎこちないあいさつを交わした後は、早々に自分の教授室に引き下がった。

久しぶりに教授室の自分専用パソコンを立ち上げると、メールが二百五十通ほど来ていた。まだそれに目を通す気力も湧《わ》かず、なんとなくマウスを操作していると、宗岡准教授の来訪を受けた。

「お仕事が溜《た》まっているときにすみません。いくつかご指示いただきたいことがありまして」

宗岡は私より十歳年下の、教室の准教授で、千佳の葬儀では葬儀委員長を務めてくれた。また私の留守中は、いろいろと教室運営に携わり、それらをまとめてくれた。

そのことで改めて礼を述べ、教授室内に置かれた接客用の椅子に宗岡を着かせると、私も彼の対面に掛けた。

「私の留守中、何か問題ごとは起きなかったかね」

宗岡は、彫りの深い顔と黒々とした波打つ髪の持ち主で、体も大きくがっしりしていた。

「教室はいつものとおりです。先生はどうぞご心配なさらないようにお願いします」

宗岡は太い声で言うと、さっそくいくつかの教室内の事務事項について説明し、それを進めるための許可を私から引き出した。宗岡の一存のみで進めても問題ない案件ばかりであったので、私はそれらの事務書類に、ほとんど目をくれず判を押した。

一通り用件が済むと、宗岡は椅子から腰を上げた。

「それでは僕はこれで……」

宗岡が言いながら退室しかけたので、私は宗岡を引き留めた。

「あ、ところで宗岡君」

「はい……」

彼は立ったまま私を見た。

「西多摩署の刑事からは何か訊かれなかったかね」

「は……？」

宗岡は一瞬怪訝《けげん》な顔をした。しかしやがて彼は首を振った。

「いいえ、特には」

「……そうか。ありがとう、ご苦労様」

私が留守中、教室運営に係ったこれまでの彼の尽力に感謝すると、私は続けて宗岡に頼んだ。

「あ、それから右野君を呼んでくれるかね」

宗岡は小さく礼をして了解の意を示し、教授室から出て行った。

間もなくドアがノックされた。返事をすると、右野助教がかしこまって入ってきた。

「先生、この度のことは改めて心からお悔《く》やみ申し上げます」

右野は、入室するなり慇懃《いんぎん》な口調で述べて、深く頭を下げた。

「君には本当に、いろいろとお世話になったね。電話連絡から葬儀の受付の労、ひいては親身になって妻を慰めてくれたことなど、言葉には言い尽くせないほどだ」

私も礼とねぎらいの言葉を並べた。彼女は却って恐縮し、今度は謙遜《けんそん》と悔やみの言葉を連ねていた。

手にいくつか書類を抱《かか》えている。決裁待ちの書類のようであった。

「私の署名捺印《なついん》が必要な書類かね」

尋ねると、彼女はそれらを両手に持って、こちらへ差し出した。

「出張許可願いが二件と、この間教室で購入したプリンターの決済確認書類が一件です。先生の御印をいただかなくてはなりません」

しばらく教室を留守にしていたので、さっきの宗岡の用件もそうだが、教室員の手元にはこのような書類が多く溜まっている。恥ずかしながら、私の大学では未《ま》だ上長の電子決裁システムが確立されていないのだ。

教授室の机の前で、自分専用の肘掛《ひじか》け椅子に座ったまま私は書類を受け取った。数枚つづりになった各書類をめくりながら、ざっと目を通す。

書類中の必要項目には、申請者が自書しなければならない個所《かしょ》がいくつかある。それらにはもれなく、必要記入事項がきちんと記されてあった。

いつものとおり、右野の字は達筆であった。以前、習字の教室に通っていたということだ。私は既定の個所に次々と認印を押した。

捺印し終わった書類を返すと、右野を先ほど宗岡准教授が座っていた椅子に着かせた。私もそちらへ赴き、向かいの椅子に掛けた。そこで私は用件に入った。

「娘が亡くなっていたのを最初に見つけてくれたのは、君と四年生の綿貫沙耶《わたぬきさや》さんだったということだね」

「はい」

右野はややうつむいたまま答えた。

「私もあのときは気が動転していたものだから、君にはそのときの様子をろくに尋ねもしなかった。だがそのことでも私は君たちに礼を言わねばならない。何せ午後五時を過ぎれば教育棟十階にはほとんど誰もいなくなるから、君たちが娘を発見してくれなかったら、あの子は少なくとも翌日の朝まであのセミナー室の天井からぶら下がったままだっただろう」

自分で語ったことではあったが、その状況を想像してみると、私はまた言い知れぬ恐怖と悲しみに見舞われた。

その気持ちを慮ってか、右野は相変わらず私の方を見ずうつむいたまま、ぽつりぽつりと話し始めた。

「あの日私は、来月の学会で卒論生の綿貫沙耶さんが発表する演題のスライド内容について彼女を指導するため、教育棟のセミナー室の予約を取りました。十階の一〇〇一室が空いていたので、午後七時から九時まで予約を取りました」

一〇〇一室は、千佳が亡くなっていた一〇〇二室の隣の部屋で、十階廊下の一番突き当たり奥に位置していた。右野は続けた。

「そして大日方先生が帰宅されてから、私と綿貫さんは、二人でまず教育棟隣の研究棟の一階にある警備員室に赴きました。先生もご存知のように、教育棟の各セミナー室へは、各部屋の鍵がないと入れませんから。そこで警備員さんから一〇〇一室の鍵を借りると、私は綿貫さんといっしょに教育棟に入り、エレベーターで十階に上がって行ったのです」

教育棟と今私たちのいる研究棟は、隣り合わせに建っている。警備員が詰める部屋は研究棟の一階にあった。

右野はそこでいったん言葉を切ると、ゆっくりと面《おもて》を上げながら、私の顔を上目遣いに見た。

私はうなずくと、目で先を促した。

「エレベーターを十階で降り、通路を進んで一〇〇一室まで行こうとしたとき、一つ手前の一〇〇二室のドアのガラス窓から明かりが漏れていることに気が付きました。私と綿貫さんが何気なくドア窓から中を見やると、曇りガラスの窓を通して室内にぼんやりと人影が見えたのです……」

右野はごくりとつばを飲み込んでから続けた。

「曇りガラスを透かして見たので、中の人物の様子など詳しいことは分かりませんでしたが、その人は直立して宙に浮いているように見えたのです。私は心臓が止まるかと思いました。隣の綿貫さんを見やると、彼女は表情を凍り付かせたまま、窓を通して宙に浮いているようなその人影を凝視していました。その人影は、まさに中で誰かが天井からぶら下がっている姿を私たちに連想させたのです」

右野はやや息を荒らげ、胸に手を当てた。

「私は綿貫さんと一瞬目を合わせた後、とっさにドアに飛びつきました。ドアノブをひねり、ドアを押したり引いたりしたのですがドアは開きません。ドアは向こう側に開くようになっているので、当然引いても無駄ですが、しかし押してもドアはびくともしない。鍵が掛けられていたのです」

私はゆっくりとうなずいた。千佳は一〇〇二室のドアの鍵を部屋の内側から掛け、そして首を吊ったのだ。でもなぜ……

右野の声がまた私の耳の中に入り込んできた。

「私はスマホを取り出し、研究棟一階の警備員室に連絡を入れました。警備員の田島《たじま》さんに手短に事情を説明し、教育棟十階のマスターキーを持ってすぐ来てくれるよう頼んだのです」

田島は、私もよく知っている大学専属の警備員だ。六十歳くらいの小柄《こがら》な男で、勤務には誠実だ。

右野は、今度は大きな澄んだ瞳でしっかりと私の目線をとらえていた。

「ほどなく警備員の田島さんがマスターキーを持って駆けつけ、その鍵で一〇〇二室のドアを解錠すると、田島さんそして私の順で中に入りました。綿貫さんは震えて入り口のところに立ったままでした。室内には照明が灯っており、そこで私たちは、天井の梁から首を吊っているお嬢さんの姿を目にしたのです。

室内には、お嬢さんの他は誰もいませんでした。もとより机と椅子しかないがらんとしたセミナー室ですから、人が隠れていそうなところもありません。したがって、お嬢さんが首を吊って自殺なさったという状況が、私の頭の中に浮かびました。

遅れて部屋に入った綿貫さんは、しばし呆然《ぼうぜん》とご遺体を見上げ、そして小さな悲鳴を上げると床にへなへなと座り込んでしまいました。無理もないことで、綿貫さんにはショックが大きかったようです。

『すぐ降ろしましょう。まだ息があるかもしれない』と私が言うと、田島さんも同意し、さっそく私たちはお嬢さんを降ろしにかかりました。

そのときはその人が大日方先生のお嬢さんだなんて知りませんでしたが、とにかく床にへたり込んでいた綿貫さんの背中をたたいて起き上がらせ、そして彼女にも手伝ってもらって三人でお嬢さんを下ろしたのです。田島さんに机の上に上がってもらい、梁に結び付けてあったロープの結び目を解いてもらいました。私と綿貫さんが下からお嬢さんの身体を支えました。綿貫さんは最初手を出すのを嫌がっていましたが、一瞬を争うかもしれないので、何とか叱咤《しった》激励して手伝わせました。しかし、下から抱きかかえていたときには、すでにお嬢さんの体が冷たくなっていたのを覚えています」

右野は長く息を吐《は》くと、再びうつむいて、しばし黙り込んだ。私も目を伏せる。

千佳の解剖の後、西多摩署の宇田川から私に伝わった情報では、千佳の死亡推定時刻は午後五時から六時の間で、つまり右野助教と学生の綿貫が発見したときには、千佳は亡くなってすでに一時間以上を経《へ》ていた計算になる。

二人がもっと早く学会発表の打ち合わせを始めていたら、千佳の死を防ぐことができたのではないか。そう思うと、何ともやるせない思いが私の胸を貫いた。

右野はまたおもむろに口を開いた。

「警備員の田島さんが、自身のスマホで救急車と警察に連絡してくれました。その後田島さんと私は、現場の机の上に置いてあった肩掛けひもの付いたクリーム色のバッグを開けてみました。そしてそこに、一〇〇二室の鍵と学生証を見つけたのです」

「……賢明な処置だったね。君には心から礼を言いたい」

私は、両の目頭を右手の親指と人差し指で押さえた。

「いいえ、結局何のお役にも立てませんでした」

右野はうつむく。

しかし勇気を振り絞ったように、彼女は再び顔を上げ、説明を継いだ。

「机の上には、バッグの隣に一枚のA４紙が置いてありました。それは、後で先生もご覧になったと思います。そのときの私の驚きと言ったらありませんでした。大日方先生のお嬢さんが首を吊って亡くなられた……。まさかとは思いましたが、学生証の写真と亡くなられた学生さんとは同じ人物でした。私はご遺体を警備員と綿貫さんに任せ、部屋を出るとスマホから先生にお電話申し上げたのです」

あの晩のことが、鮮明に私の記憶の中によみがえった。

食卓に着いた直後にかかってきた電話のコール音。妻の応対の様子。

そして受話器から聞こえてきた、ためらうような右野助教の声。私自身の驚愕《きょうがく》と狼狽。それを察した妻優子の顔に走る戦慄《せんりつ》……。

私は最後にまた尋ねた。

「西多摩署の宇田川さんからは、その後君宛《あて》に何か連絡が来なかったかね」

右野はきょとんとした顔をしてこちらを見た。

「宇田川さん……？　いいえ、私には何も」

「そう。分かった、ありがとう」

私のその言葉を聞いて、右野は椅子から立ち上がった。

「先生、どうぞお気を落とされませぬよう……」

遠慮がちに言い残し、右野は静かに退室して行った。


今私の脳裏を行き交うものは、千佳の死因に対する宇田川をはじめとした西多摩署の見解が、いったいどうなっているのかということである。千佳が亡くなってから一週間余りが過ぎようとしているのに、宇田川からはそのことについて私に何の連絡もない。

私と優子は千佳の死を自殺と信ぜざるを得なかったが、あのとき宇田川は千佳の遺体の司法解剖を申し立てていた。

司法解剖は事件性を疑う死体に対して行う。もし事故ではなく自殺でもないとしたら、千佳はなぜ死んだのだ……。

再びその疑問が私の中に膨《ふく》れ上《あ》がったとき、教授室の卓上電話が鳴った。外線からだった。すぐに受話器を取ると、聞いたことのあるやや太い声が耳に伝わってきた。

「大日方さん。ご連絡が滞っていて申し訳ございませんでした。私どもとしても、ことを慎重に進めなくてはならない事情が生じましたものですから」

ずんぐりした体から生《は》えた猪首《いくび》に載る、四角い顔と胡麻塩《ごましお》頭……。そんな宇田川の相貌《そうぼう》を思い出しながら、私は彼の言うことをはかりかねていた。

「どういうことでしょうか……」

だが宇田川はそれには答えず、逆に私に尋ねた。

「明日午前中、ご説明に伺いたいのですが、三十分ほどお時間をいただけないでしょうか」

手帳をくると、その時間帯は空いていた。私はすぐに了承し、受話器を置いた。

5

翌日、約束の時間に、宇田川は一人で大学にやってきた。

研究棟四階にある二十平米ほどの狭い教授室に招じ入れ、互いにテーブルをはさんで対峙《たいじ》すると、宇田川はさっそく用件を切り出した。

「まずは、これをそちらにお返しします」

宇田川が私に差し出した物品は、クリーム色の肩掛けバッグであった。それは、千佳が亡くなったあの日、千佳の遺体のそばに置いてあったものだ。

本来ならそれは、あのとき私が家に持ち帰るべき千佳の大事な遺品であった。だが、警察からしばらく預からせてほしいと申し出があり、それを私が許容して、西多摩署預かりにしていたものであった。

私は黙ってそれを受け取った。そのとき、宇田川が言葉を添えた。

「とりあえず、中身を調べさせていただきました」

何と応えてよいか分からず、私はただ黙ってうなずいた。宇田川は続けた。

「当時の千佳さんの所持品の中には、特に注目すべきものは見当たらなかったと、一応申し上げておきます」

ちらと中身を見てみる。教科書やノートの類、ハンカチ、スマホ、筆記用具入れなど、確かにありきたりな物ばかりだ。

だがふと、その中に普段見慣れない物が入っていることに気づいた。

私はバッグの中に手を入れ、中からそれを取り出してみた。小さな細長いプラスチックタグプレートの付いた、鍵であった。

タグには、「一〇〇二室」と印字されていた。

私の様子を見ていた宇田川が、そこでぽつりと一つ訊いてきた。

「それは、大学の教育棟の一〇〇二室の鍵ですね」

「ええ。あの日千佳が、研究棟一階の警備員室から借りて行った鍵です」

できるだけ余計な言葉を交えず、私は説明した。

千佳は、施錠された一〇〇二室で首を吊っていた。そしてその部屋の鍵は、千佳が自分のバッグの中に入れて持っていたのだ。

しかし宇田川は、おもむろに私の顔をその小さな両目の視線でとらえると、はっきりとした口調で告げた。

「大日方さん。単刀直入に申し上げます。娘さんは、自殺ではなく他殺であったと警察では見ています」

宇田川は、椅子に浅く掛け、左右の手をそれぞれの膝《ひざ》の上において姿勢を正していた。私にはしばらく言葉がなかった。

「……つまり、娘は誰かに殺されたということですか」

ようやくひとこと返す。

しかし、言ってから、自分でも自分の言うことが信じられずにいた。宇田川は深くうなずくと、話を継いだ。

「まだ公表はしていませんが、西多摩署ではすでに捜査本部を設け、娘さんの事件を殺人事件として捜査を開始しています。いずれ報道関係に対しても、警視庁と所轄署の担当者が記者会見を開く予定です」

「まさか……。娘はいったい誰に殺されたというのです。娘の遺体のそばには遺書がありました。それにあの一〇〇二室のドアには鍵が掛かっていた。そしてその鍵は、娘がバッグに入れて所持していたのでしょう？」

私が一気に質問すると、宇田川はうんうんと二つ三つうなずいて見せた。

「大日方さん。娘さんの首に残っていた、二重三重のひもで絞められたような痕を覚えておいででしょうか」

そこでいったん私の顔色を窺ってから、宇田川は話を先へと進めた。

「娘さんがもし縊死により亡くなったのだとしたら……、つまり梁からぶら下がったロープを首に巻き、そのままロープに体重を預けて首を吊って亡くなったのだとしたら、ロープは咽《のど》と顎《あご》のあたりの皮膚に一番強くめり込んで、そこに深い傷が残るものです。言い換えれば、首へのロープのめり込み方が、均等ではなくなるのです。

しかし、娘さんのご遺体を検視した結果、意外な事実が明らかとなりました。ご遺体の首に残ったひもの痕、これを索条痕と呼びますが、この索条痕が首の周りにほぼ均等の深さで認められたのです。そしてもう一つ。娘さんの首には、索条痕の周辺に爪でひっかいたような傷があったことを覚えてらっしゃいますか」

宇田川の問いに私は黙って首肯した。

「あれは吉川線《よしかわせん》と言って、被害者が絞殺される際にひもや犯人の手を振《ふ》り解《ほど》こうとするなどの抵抗をして、自分の首の皮膚に爪を立てて傷を付けてしまうことにより生じるもので、他殺を示す一つの証拠と言えます」

「……つまり、誰かが娘の首にロープを巻き付け、そのロープの両端を持って絞め付けたということですか」

そのときの私の顔は、おそらく蒼白となっていたに違いない。己のかすれた声も、自分の身体からではなくどこか離れたところから発しているように感じられた。

「ええ。犯人はそうして娘さんを絶命させた後、そのロープの先を天井の梁に掛け、娘さんのご遺体を吊り上げたものと考えられます」

宇田川が発した「犯人」という言葉が、耳に深く残った。

「自殺を偽装したということですか……」

確認を求めると、宇田川は眉《まゆ》をひそめ、小さな目をしばたたかせた。

「我々の経験から言って、間違いありません。ご遺体のそばに置いてあった遺書も、偽装だった可能性があります」

私は黙った。まだ頭が混乱していて、あのとき現場で見た状況と宇田川の説明の内容とが錯綜《さくそう》し続けていた。宇田川はさらに説明を足した。

「犯人は、おそらく不意に娘さんの後ろから首にロープを二重に巻き付け、そして背中合わせに背負い投げをくらわすようにして、娘さんの首を絞めたものと思われます。索条痕の科学的解析やご遺体の司法解剖の結果からも、我々はそう結論しています」

想像するだけでも恐ろしかった。ましてや、そうやって殺された少女は、私の娘の千佳なのだ。

私はショックで、またしばらく黙った。

宇田川はそんな私の姿を憐れむように、ただじっと無言でこちらを見つめていた。

ややあって、ようやくまた自分を取り戻した私は、面を上げると一つ宇田川に疑問を投じた。

「宇田川さん。しかし娘が死んでいた一〇〇二室は、さっきも触れたようにドアに鍵が掛かっていたということですよね。部屋に取り付けられている西側の窓にも、内側から錠が下りていたし、第一あの部屋はビルの十階にあるのですから、窓から誰かが出入りしたという可能性も否定されるわけでしょう」

私の問題提起に、宇田川はじっと耳を傾けていた。しかしその疑問に対してすぐに発言することなく、膝と膝の間で両手の指を組むと、彼は一つため息をついた。

そうして、宇田川の口がようやくまた何かを語り出した。

「……おっしゃるように、大日方千佳さんが亡くなった晩、現場の一〇〇二室は施錠されていました。

警備員にも確認しましたが、警備員の記録によれば、あの日一〇〇二室を使用することになっていたのは千佳さんだけだったそうです。そして実際一〇〇二室の鍵は、千佳さんがあの日警備員室に借りに行くまで、ずっと警備員室内にあったということです」

「つまり千佳以外、あの日一〇〇二室の鍵を借りた者はいなかったのですね」

「警備員の証言と鍵の貸借記録の両方から、そのことには間違いありません」

宇田川は断言する。

一〇〇二室の鍵は室内で見つかった千佳のバッグの中にあった。十階のマスターキーはずっと警備員が保管していたし、また一〇〇二室の鍵も千佳が借りに行くまでずっと警備員室内に保管されていた。

それでは、先ほど宇田川が述べたように千佳がもし自殺でないとしたら、千佳を殺した奴《やつ》は、今度はどうやって一〇〇二室のドアを施錠することができたのだ。

千佳が自殺したというなら、まだ説明はつく。千佳は一人一〇〇二室にこもり、そしてドアの内側から施錠してから、ロープで首を吊ったのだ。

だが宇田川は、索条痕の解析から千佳は殺されたのだという。だとすれば、犯人はドアと窓に鍵のかかった一〇〇二室から、どうやって抜け出ることができたのだろうか。

以上、関連するもろもろの事実を鑑《かんが》みると、一〇〇二室に発生したこのような状況は、いわゆる密室と呼ばれることを私も知っていた。

では、千佳は密室殺人事件の被害者なのだろうか。

そこで私は、思っていたこの疑問を口にした。

「宇田川さん。もし千佳が自殺したのでないとすると、千佳はいわゆる密室で亡くなっていたということになりませんか？　犯人が一〇〇二室の鍵を持っていなければ、当然外側から部屋のドアを施錠することはできない。鍵を掛けられるのは内側からか、もしくは一〇〇二室の鍵を持っていた者だけ。つまりそれができたのは千佳しかいない。

では犯人は、千佳を殺害した後どうやって、鍵の掛かった一〇〇二室から抜け出ることができたのでしょうか。そのジレンマが解決されない限り、千佳が殺されたとは断定できないのではありませんか」

「千佳が誰かに殺された」などという恐ろしい見解を、私は心のどこかで拒絶していたのかもしれない。少なくとも、密室の状況が合理的に説明されなくては、諸々とそれを信じる気持ちにはなれなかった。

そのことについてなおも私が詳細を尋ねるそぶりを見せると、宇田川はそれを制するように話をまとめた。

「大日方さん。あなたが言われるように、事件にはまだ分からない部分や不審な点がいくつかあります。しかし、現時点で私が申し上げられることは以上です。亡くなった娘さんは帰ってきませんが、これまでご説明してきたような状況から、娘さんを殺害した犯人がいるということは間違いありません。警察としては、その犯人を全力で捜し出し、逮捕する方針です。今後も必要に応じ、大日方さんには、情報のご提供や捜査へのご協力をお願いすることになると思います」

宇田川はそれを締めの言葉として、ゆっくりと腰を上げた。質問を重ねようとしていた私は、漠とした思いをぬぐえぬまま、仕方なく宇田川に合わせて立ち上がった。

「……分かりました。よろしくお願いします」

6

千佳は密室で亡くなった！

千佳は一〇〇二室で首を吊って死んでいたが、千佳の死亡時間帯はもちろん、その日は警備員の田島と右野助教それに学生の綿貫の三人が部屋に入って行くまで、一〇〇二室には千佳以外誰も入っていないはずだった。何しろ再三述べるように、一〇〇二室の鍵は、千佳が借りに行くまでずっと警備員室の中にあったのだ。

それでは、千佳を殺した者がいたとしたら、その犯人はどのようにして一〇〇二室に入り、そして窓や入り口ドアに鍵がかかった一〇〇二室から出ることができたのだろうか。

私の思考は再びそこへ帰結する。そしてこの謎《なぞ》が、その後の私の頭から離れなくなった。

どこか釈然としない思いを引きずりながら、私は千佳に代わって一〇〇二室の鍵を警備員室に返しに行った。


その日の勤めを終えて帰宅し、大学での宇田川との会見内容を優子に話すと、優子は茫然として表情を変えず、しばし言葉も出せずにいた。私たちは、家の一階にあるダイニングルームのテーブルをはさみ、それぞれの椅子に着いていた。

「信じられないわ……」

優子は放心状態のまま、ひとことそう漏らした。

「……もしそうだとしたら、犯人を絶対に許せない」

やがて優子は低い声で継いだ。

私もそれに首肯する。

「しかし他殺と断定するには、分からないことがいくつかあるのだよ」

私はつとめて冷静に、千佳が亡くなっていた部屋の密室状況や遺書と思しき文書のことなどを挙げて優子に説明した。しかし優子は取り立ててそれらのことに関心を示す様子も見せず、目線をテーブルの上に落としながらやや強い口調でまた同じことを言った。

「犯人を許せない」

うつむく優子の肩は震えていた。

千佳が死んでから、優子はやつれ、一気に年を取った感じがした。美容院に行くこともなく、染めていた髪の色も褪《あ》せて、やや白いものが見え隠れしている。千佳が死んでからというもの、私自身もつらく悲しい思いをずっとぬぐえずにいたが、今の優子の姿はあわれというほかなかった。

「一つ訊きたいことがある」

私は視点を変えた。

「千佳は、亡くなった晩、サークルの飲み会で八王子市街地に行くことになっていたはずだ。あの日の朝、家を出る前にあの子は、そのことについて君に何か言っていなかったかい」

「何か……って？」

優子は、おもむろに顔を上げると尋ね返した。

「いっしょに飲み会に参加するメンバーのこととか、終わったら何時ごろに帰るとか……」

大学生の娘を持つ父親は皆同様であろうが、私もそれに漏れず娘とは日常ほとんど会話がない。朝出る時刻や帰る時間帯などが合わないせいもある。

何よりも私から立ち入った話を切り出すこと自体が気恥ずかしく、年頃の娘が遭遇するであろう諸々《もろもろ》の日常について情報を訊き出す役目は、いつも優子に任せていた。

「……さあ、いつもと変わったところはなかったわ。帰りはあまり遅くならないように私の方から念を押しただけで、千佳は『分かってる』とだけ言って、忙しそうに家を出て行ったから……」

優子の視線は私以外のところを彷徨《さまよ》っている。その心中にはまだ、千佳が殺されたという事実に対する驚愕と悲しみ、そして実像のまったく分からぬ犯人への憤りが、激しく行き交っているのだろう。

「メールは……？　亡くなった日、千佳からのメールはなかったのか」

続く私の問いかけにも、優子は首を振る。

「お父さんの方こそ、あの日千佳からは何か連絡はなかったの？　同じ大学の中にいたのに、何も気が付かなかったなんて……」

優子の言葉は私を責めているようにも取れたが、それを怒っていても始まらない。私も黙ってかぶりを振った。

私たちは沈黙の中に沈んだ。

千佳のことに話が及ぶと、最後はいつもそうであった。

あの日、千佳はサークルの仲間と八王子に飲みに行くはずだったのに、何か特別の事態が起きたのではないか。千佳は誰かに呼び出され、そのことで当日の予定を変更せざるを得なくなった。その誰かとは、まさに千佳を殺した犯人なのではないか。

優子の話によれば、千佳は優子にも打ち明けられない人と付き合っていた。あの日の千佳の予定を変えた、その相手とののっぴきならない事情とは、いったいどんなことだったのだろうか。

もしかしたら、不倫の相手との別れ話がもつれ、それが背景にあって千佳はその相手に殺されたのではないか。私の胸中には、そんなよからぬ想像すら膨《ふく》らんでいた。

「ごめんなさい。あなたを責めるような言い方をして」

しばらくして、優子はぽつりと言うと、身を引くようにまたうつむいた。

家に一人いると、話し相手もないまま、沈黙の中でやり場のない悲しみや心の苦痛にさいなまれているに違いない。千佳が死んで以来、優子は毎日そんな思いに苦しめられていたのだろう。私はいい。大学に行ってもろもろの業務に忙殺されていれば、そのときは千佳のことを忘れられる。しかし働きにも出ていなかった優子には、千佳しかいなかった。

毎日千佳の遺影に話しかけながら、一人悔恨の涙を流してきたことであろう。私は優子の心境を思い、心の中でいっしょに泣いた。

優子は私と同じ多摩薬科大学薬学部を卒業後、薬剤師の免許を取得し、私の研究室の助手となった。当時同じ研究室の講師であった私は、清楚《せいそ》で何事もまじめに打ち込む優子に惹《ひ》かれ、やがて結婚した。

結婚後優子は大学の仕事を辞め、間もなく千佳が生まれた。その後は家事と子育てに専念し、ずっと家を守ってきた優子であった。

千佳が大きくなって手がかからなくなると、優子は再び多摩薬科大学で実験助手のアルバイトを始めた。私がよく知る薬学部の教授から、非常勤でいいので実験助手として優子に来てもらえないかという、熱心な頼みがあったからだ。

こうして優子はその研究室の教授の下、遺伝子組み換え細胞を培養によって増殖させたり、あるいは細胞が死滅する前に液体窒素の中で保存したりする補助実験を担当した。

これらの実験操作は、「遺伝子組み換え実験安全管理施設」という特殊な実験室内で、特殊な技能を用いて行わなくてはならない。それは、研究助手時代にそのような実験を経験した優子だからこそできる仕事であった。

優子はその研究室に、五年ほど非常勤で勤めた。

だが、千佳が大学に進み、しかも学部は違うものの同じ多摩薬科大学に入学したのを機に、優子はあっさりと実験助手の仕事を辞めてしまった。家族三人が同じ大学にいると、学内で会ったらなんとなく気恥ずかしいというのが理由だった。

だが実は、私の知人の教授からセクハラまがいの行為をされていたというのがどうも本当の理由らしい。私が言うのもなんだが、優子は背がすらっとしていて面長で色白の日本美人で、深い教養を窺わせる奥ゆかしい言動が、私くらいの年齢の男には魅力に映るのだろう。

そんなことがあって以来、優子はまた家にこもるようになった。

これと言って趣味もない優子には、千佳の成長が人生の唯一の励《はげ》みであったに違いない。それを奪われた今、優子の心の中は、私以上に虚《うつ》ろな空間となり果てていたのだろう。

「娘の死と戦っても勝利はない」

私は一人呟く。そして次には、何とかして妻の気分転換を図ってやりたいと思った。

「ところで、今週末は連続して休みが取れるんだ。いっしょに伊豆《いず》にでも行ってみないか」

千佳の事件のことをいったん棚上げにすると、そう優子を誘ってみた。彼女は面を上げると、こちらに向かって苦笑して見せた。

「お父さんは毎日お仕事大変だから、土日は家で休みたいでしょう。無理しなくていいのよ」

「変な気遣いは無用だ。ネットで、どこか宿をとってみよう」

その気になって私も微笑《ほほえ》むと、優子はどうでもいいといった表情で黙ってうなずいた。

7

週末の土曜日は、私の運転で助手席に優子を乗せ、箱根湯本、熱海《あたみ》、湯河原と周り、伊東《いとう》の老舗《しにせ》旅館で一泊した。広い風呂《ふろ》につかり、会席料理を食べ、二人で酒も少し飲んだ。

翌日は伊豆シャボテン動物公園と大室山を観光し、きのこご飯を食べた。箱根ターンパイクを走って小田原《おだわら》まで戻り、大した渋滞にも巻き込まれることなく、小田原厚木道路と圏央道を通って、夕方には多摩市に帰った。

千佳を連れてこられたらよかったとか、いっしょだったら千佳がさぞかし喜んだろうとか、このおいしい料理を千佳に食べさせてあげたかったとか、この二日間優子の口から出てくる言葉は千佳のことばかりであった。

千佳の話題を出すことは、私たち夫婦にとって一番つらいことである。千佳が自分から命を絶ったのではないと思うとなおさらである。だがそこから目を逸らして無理に千佳のことを忘れようとしても、忘れられるものではない。

本音を言えば、できる限り私は千佳のことを思い出したくはなかった。しかし千佳を思う優子の他愛《たわい》ない言葉の節々に、私は相槌《あいづち》を打ちながら優子のなすがままにした。少しでも優子の気持ちを和らげてあげたかったからだ。優子が笑う姿を、この二日間の旅行の間私はずっと追い続けていた。

日曜日の夕方、無事帰宅した私たちは、車庫に車を入れ、手荷物や土産物などを持って家の玄関を入った。

「千佳、帰ったぞ。お土産だ」

つい家の中に向かって、そんな言葉を掛けたくなる。

リビングに入ると、千佳がソファーに収まりながらテレビを見ている残像が、私の網膜をよぎった。

「お帰り、早かったのね。どうだった、二人きりの水入らずの旅行は？」

そんな千佳の声が耳の中にこだまする。

家の中は暗く、しんと静まり返っている。

私ははっとして立ち止まり、消えてゆく千佳の残像にこみあげる悲しみを募《つの》らせ、目頭を押さえた。

と、そのときであった。

私より先に家に入っていた優子が、家の二階で悲鳴のような声を上げた。

「お父さん、来てください。大変よ！」

突然現実に引き戻されたように、私は驚いて声の方角に目をやった。続いて大股《おおまた》で廊下に出ると、階段を駆け上がって奥の部屋へと急ぐ。

「なんだ。どうしたんだ」

優子は千佳の部屋の中にいた。室内に目をやった私は、入り口で棒立ちになった。

室内があちこち荒らされている。

千佳の遺影や位牌こそ手を付けられてはいなかったが、その他クローゼット、小物タンス、勉強机の引き出し、本棚など、ありとあらゆる収納スペースが引っ張り出され、中の物が室内に無《む》残《ざん》に散らばっていた。

「あそこから入ったのよ」

優子が震える手で窓の方を指す。

南側の窓ガラスは厚く、窓にはクレセント錠と補助錠が掛けられるようになっているが、見ると窓の一部がガラス切りのような物で二十センチメートル四方ほど切り取られていた。賊はそこから中に手を入れ、クレセント錠と補助錠を外して窓を引き開け、中に侵入したのだろう。

「何か盗まれているものはないか」

とっさに叫ぶと、私は足の踏み場もないほど散らかった千佳の部屋の中に入って行った。

千佳が亡くなって以来、私たちはこの部屋には一切手を付けずにいた。

あの日の朝、千佳が大学に出て行ったときのまま、またあの子が帰ってくるのではないかと、私も優子も室内の物を動かすことすらできなかったからだ。それなのにこの部屋の荒らされようは、いったいどうしたことだ。

心中から、にわかに熱を帯びた憤りが湧き上がってきた。

先ほどの私の問いかけに、優子はそう広くはない室内をあちこち見て回っていた。しかしその様子から察するところ、特に何かが無くなったというわけでもなさそうであった。

不意に私は戦慄を覚えた。

「賊はまだ家の中にいるかもしれない」

優子にこの部屋を出るなと言い残し、私はまず一階の寝室に行って、いつか高尾山で土産に買ってきた木刀を手に携えた。そして一つ一つ、部屋を見て回った。

寝室のクローゼットや押し入れ、トイレ、風呂場など、誰かが隠れられそうな場所をしらみつぶしに調べたが、誰もいなかった。また、千佳の部屋以外家の中は荒らされている様子もなく、他の部屋には賊が入った形跡は見られなかった。

再び千佳の部屋に戻ってくると、家の中の捜査結果を、呆然と立ち尽くしている優子に伝えた。それを聞き終えると、優子はへなへなと床にくずおれた。

私は彼女の元へ駆け寄り、その細い肩を抱きとめた。

賊に荒らされた千佳の部屋は、現状のまま手を付けず、まず真っ先に私が警察に通報した。間もなく、西多摩署の宇田川が、背の高い前島《まえじま》という若い刑事を連れてやってきた。他に二名の鑑識課員もいっしょであった。

警察の対応は迅速で、空き巣にしては西多摩署の捜査は緻密《ちみつ》かつ物々しかった。

凶悪犯罪捜査が担当の宇田川と前島は、空き巣などの軽犯罪の捜査には通常当たらないが、私の家に入った空き巣と千佳の事件との間に何か関連があるかもしれないとのことで、彼らがわざわざ出向いてきたようであった。

鑑識が千佳の部屋や家の周囲で仕事をしている間、私と優子はダイニングキッチンのテーブルについて、宇田川と前島と対峙した。

伊豆に旅行に行ってから帰宅後、千佳の部屋が空き巣に荒らされたことに気づくまでの経緯を、私から二人の刑事に説明した。

「家から何か盗《と》られたものはありませんでしたか」

一通り私からの話を聞き終えると、宇田川はまず当然の問いを投げてきた。私は優子と顔を見合わせた後、宇田川の質問に応じた。

「まだ家中を詳しく調べたわけではありませんが、いくつかある通帳をはじめ金銭に関わるものは無くなっていないようです」

宇田川は、モグラのような愛嬌《あいきょう》のある小さな丸い目で私たちの様子をかわるがわる窺うと、さらに尋ねた。

「娘さんの部屋の荒らされようがひどいですが、こちらの部屋から無くなったものは、何かお気づきでしょうか。些細《ささい》な物でも結構ですから、盗まれたものがあったらどうぞおっしゃってみてください」

私は隣にいる優子を見た。

千佳の生前から、私は娘の部屋にはめったに入ったことがない。父親であるがゆえに、そこは私が入れぬ聖域であった。

一方の優子は、掃除をしたり娘にお茶を運んで行ったりしたときなどに、ちょくちょく千佳の部屋に入っている。もし何か無くなったものがあったとしても、優子の方が私より気づく可能性は高いと思った。

私に答えを振られたことを悟った優子は、宇田川の質問にたどたどしく応じた。

「娘は、自分の貯金通帳とか、友達からもらった手紙などの大事なものは、勉強机の一番上の引き出しにしまっていました。そこには鍵が掛かっていたのですが、ドライバーのようなものでこじ開けられた跡がありました。しかし私が知る限り、引き出しの中の物はそのままのようでした」

勉強机の引き出しがこじ開けられていたことに、私は気づかなかった。長身の前島刑事は、長い足がテーブルの支柱に当たらないように、椅子を少し引いた位置にずらして行儀よく掛け、メモを取っている。

前島は、髪を七三に分け黒縁眼鏡《めがね》をかけていた。きちんとスーツを着てネクタイを締めているので、一見商社マンのようである。

「それ以外の物はどうですか？　本当に何も取られていなかったのでしょうか」

訊いたのは前島である。しかし優子はかぶりを振る。

「ところで、お宅の物置の脇に、折りたたみ梯子《はしご》が立て掛けてありますね」

唐突に宇田川が尋ねた。「ええ」と、訝しく思って私が応える。

「空き巣はそれを使って屋根に上がり、そこから屋根を伝って二階の娘さんの部屋の窓に赴いて、ガラス切りのような物で窓ガラスを切り抜いたものと思われます」

私と優子は面を上げ、思わず宇田川を見た。なるほど、そうすれば簡単に二階の部屋から侵入できたであろう。

「折りたたみ梯子は、人目に付かない場所に置くか、できれば物置の中に入れて、扉には鍵をかけておくのがよろしいと思います」

宇田川が進言する。私は同意した。

そこで優子がおもむろに口を開いた。

「娘の部屋に置いてある品々は、他人から見ればほとんどが他愛もないものばかりです。そんな娘の部屋に入った空き巣の気が知れません。

でも、あそこにあるものは、私たち親にとってみれば、どれも皆かけがえのない想い出《おもいで》の品なのです。何も盗んでいかなかったとしても、千佳の想い出がそのままになっていたあの部屋を、あんな風に荒らしていった空き巣を、私は許せません」

強く訴えるような口調だった。

優子の言葉に私もうなずく。それを聞き終わった宇田川は、やがてゆっくりと椅子から腰を上げた。前島もそれに倣《なら》う。

「もし何かお気づきのことなど後から出てきたら、すぐに私どもにご連絡ください」

あいさつして辞そうとする二人の刑事に、私はずっと思っていたことを尋ねた。

「宇田川さん。空き巣と千佳を殺した犯人とは、同じ人物なのでしょうか」

言ってから、自分自身でも戦慄を覚える。優子も蒼白な顔で私を凝視した。

「今その結論を出すことはできません。当署としましても、千佳さんを殺した犯人は全力で検挙します。大日方さんも、何か思うところがあったらお知らせいただき、ぜひ私どもの捜査にご協力ください」

それを締めの言葉として、二人はダイニングキッチンを出て行った。

その後二人の刑事は、千佳の部屋の捜査を終えた二人の鑑識課員と合流し、彼らから指紋や犯人の遺留品などの採取状況および家の周囲と庭の足跡などについて報告を受けているようであった。やがて西多摩署員たちが揃って私たちにあいさつし、家を去って行くと、時刻はもう午後九時近かった。

8

その晩の食事は簡単に済ませ、疲れた様子の優子には、先に風呂に入って休んでもらった。そのあと私も風呂に入り、ダイニングキッチンで缶ビールを一本飲んだ。

アルコールで緊張が解かれた脳髄《のうずい》の中に、様々な思考が行き交う。特に今日の出来事が、犯人に対する私の想像と怒りをかき立てた。

空き巣が千佳殺人事件の犯人であるという考えが、再び私の頭を支配し出した。

もしそうであった場合、千佳の部屋の荒らされ方からしても、犯人は危険を冒してまで、千佳の持ち物の中から何かを盗み出そうとしたのだ。

もしや犯人は、週末私と優子が留守にすることを知っていたのではないだろうか。その機を狙《ねら》って悠々と千佳の部屋に侵入し、目当てのものを奪い去って行った……。

ではその「物」とはいったい何だったのだろう。もちろん私には分からないが、優子も気づいていない様子だ。

金目のものではなさそうだ。だがそれがもし警察の手に渡れば、それは犯人にとって、危険な状況に陥《おちい》りかねない物なのかもしれない。

缶ビールを飲み干すと、私はダイニングキッチンの椅子から腰を上げた。家の戸締りを確かめてから、千佳の部屋をもう一度見てみようと思い立ったのである。

一階にある夫婦の寝室の戸を薄めに開け、ベッドの中の優子の様子を窺うと、優子は静かな寝息を立てていた。

またドアをゆっくりと閉め、玄関のドアと勝手口の戸の施錠状態を確認すると、音をたてないように注意しながら階段を上がった。

二階には、私の書斎、六畳の和室、そして千佳の部屋が順に並ぶ。書斎と和室の窓の施錠状態も確かめた後、私は足音を殺して千佳の部屋に入った。

入り口右側の壁にある、照明のスイッチを入れる。部屋の中がパッと明るくなり、隅々《すみずみ》を見渡せた。

刑事たちが帰ってから、優子と二人して散乱していた室内をできるだけ元あったように再現しながらかたづけた。切り取られた窓ガラスはそのままであったが、その外側にあるサッシの戸をゆっくりと閉めて、ここから再び賊が侵入できぬよう用心を重ねた。

伊豆に旅行に行く前にもこうしていたら、賊は千佳の部屋からは侵入できなかったかもしれない。だがその場合も、賊はやはりどこか別の部屋の窓から入り、千佳の部屋を探して、最後にはこの部屋にも侵入したことであろう。

先ほど優子と二人で部屋をかたづけながら、千佳の持ち物や盗まれたかもしれない物品などをあれこれ思案したのだが、特に思い当たる品物はなかった。無駄を承知で、私はもう一度室内をざっと見まわし、何か思い浮かばないかと、室内の様々なアイテムに漫然と目を凝《こ》らしていた。

猫やイメージキャラクターのぬいぐるみ、漫画本のような背表紙のライトノベル文庫、こけしの置物、おもちゃのようなカラフルな目覚まし時計、フォーマルなシャツとカジュアルなシャツが分かれて掛かっているクローゼット……。

私にとっては余り覚えのない品々ばかりだ。

千佳の部屋にめったに入ったこともなかったので仕方ないが、いかに娘の日常に無頓着《むとんちゃく》であったかと思い返す。それと同時に千佳のことが忍ばれ、悲しく悔《くや》しく、そして情けない想いがまた胸にこみあげてくる。

「お父さんがもう少し君と向き合う時間を作って、君のことを知り、そして私の経験からいろいろとアドバイスしてやっていたら、君はこんな目に遭わなかったかもしれないな」

私はため息をつきながら、掛け布団がきちんとたたまれて載っている千佳のベッドの上に腰掛けた。こんなところを千佳に見られたら、

「お父さん何してるの。勝手に私の部屋に入らないで」

と、すごい剣幕でたちまち追い出されることだろう。

そんな場面を想像しながら、一人顔をゆがめて笑っていると、ふと右手が木製ベッドの脇のあたりに触れた。

そこは隠し引き出しになっていて、上からシーツが覆っているため見た目には気づきにくい。そのベッドは、千佳が中学生のときに買ってやったものだが、そういえばここに引き出しが、上下段合わせて四ヵ所並んで取り付けられてあったことを思い出した。

上段に二つ並ぶ引き出しは、縦幅が薄くて特に気づきにくい。一方下段の方の二つは縦幅があり、シーツやまくらカバーなどを入れておくのに便利である。

優子と二人部屋をかたづけたときには、このベッドの引き出しのことなどまったく眼中になか

った。おそらく空き巣もここまでは気づかなかったに違いない。

そう思うとにわかに、ここに重要なものが入っているような気がしてきた。

まず下段の大きめの引き出しを、右側そして左側と順番に開けてみる。いずれもシーツ、まくらカバー、タオルケットなどが詰まっていたが、それ以外のものは何も見当たらない。もしかしてそれらの間に手紙でも隠されているのではないかと、奥までよく手探りしてみたが、やはりそこにもそれらしきものは何もなかった。

続いて上段の、幅の薄い引き出しを探る。

右側の方には何もなかったが、左側を引き開けたとき、ごろんと音を立てて、何かがこちら側に転がってきた。

それは、長さ二十センチメートル、幅五センチメートルくらいの、直方体の黄色いプラスチックケースであった。

長さ四分の一ほどのところにキャップが付いており、ケースを手に取ってそのキャップを外すと、中から金属製の楽器が出てきた。ハーモニカだ。

穴が二段になっている、本格的なクロマチックハーモニカというやつで、シャープやフラットなどの半音も出すことができる。

学生時代、私もこんなのを持っていて、仲間と組んだバンドでビートルズや拓郎などの曲を演奏するとき、アイテムとして使ったものだ。

だが千佳がハーモニカに興味があったなどと、これまで誰からも聞いたことがない。むろん本人も私に対してはそんなことを言っていなかったし、家でハーモニカの音を聞いたこともない。

これを吹いてみようかとも思った。だが深夜のことであったし、千佳が大事にしまっておいたものなら、私が口を付けるのもなんとなくはばかられた。

指紋が付くので、あまり手の中でもてあそぶのもよくないと考え、すぐにケースにしまおうとした。

だがその前にもう一度よくハーモニカの表面を見たところ、私がつけた指紋以外は誰の指紋も付いていないようである。千佳が最後にこれをケースの中に戻すとき、布などで表面をよくぬぐってからしまったものと思われる。

私は自分の指紋を服でよくぬぐうと、黄色いケースにハーモニカを戻した。そしてキャップを閉めると、元あった引き出しの中にそれを返して引き出しを閉めた。

しかしふとそのとき、私は何かそのハーモニカに違和感を覚え、その理由を自分に問うた。

千佳は、特にハーモニカに執心していたわけでもなかった。だがこのややマニアックなクロマチックハーモニカはきれいに磨《みが》かれ、気づきにくいベッドの脇の引き出しの中に、隠すようにして大切にしまわれていた。

もしやこれは、誰かにプレゼントされたものではないか。そしてその誰かとは、生前千佳が付き合っていた男性ではなかったか。

そこまで思考が進んでから、私はある突拍子もない考えをひらめいた。

空き巣の狙いはこのクロマチックハーモニカだったのではないか。

犯人は、どうしてもこのハーモニカを取り戻す必要があった。

このハーモニカはきれいに磨かれているから、誰の指紋も残っていないだろう。しかし吹いたり吸ったりする小さな穴の中には、唾液《だえき》や口腔《こうこう》内細胞などが乾いてこびりついている可能性がある。

使い古していくと、穴の中の金属盤を丹念に掃除する必要も出てくるが、二、三回吹いた程度なら、使用後には本体を磨くも音を出す金属板までは普通清掃しない。そうであれば、これを吹いた人の細胞が、穴の中の壁面や金属板などに残っていても不思議ではない。

千佳が吹いたハーモニカを、交際相手の男も吹いた。二人がそのとき恋愛関係にあったとしたら、男がプレゼントしたハーモニカを二人で交互に吹いてみるという行動も、自然の成り行きに思える。

西多摩署の宇田川は、千佳が殺されたという署の見解を私に伝えに来た。またその後、現場の教育棟セミナー室には、犯人と思われる人物の遺留品はなく指紋やＤＮＡも残されていなかった旨、一度だけ電話連絡があった。

だが、それから捜査がどの程度進展したのか、何か新しいことが分かったのか、宇田川からは次の報告がなく、事件の真相は杳《よう》として知れなかった。

このハーモニカの中には、千佳を殺した犯人の細胞が残っているかもしれない。

それを手掛かりに、犯人に行き着くことはできないだろうか。そして犯人もその可能性に気づき、ハーモニカが警察の手に渡るのを恐れてこれを取り戻そうと、千佳の部屋に空き巣に入ったのではないか……。

この考えが、私の脳細胞をすこぶる刺激した。

第二章　報復への策略

1

千佳の部屋にあったハーモニカの存在は、とりあえず優子にも警察にも話さず、まずは私だけの情報の範疇《はんちゅう》にとどめた。ハーモニカが犯人からの千佳へのプレゼントであり、そこに犯人由来の細胞が付着しているという私の考えは、まったくの思い違いかもしれないからだ。

しかし私にはそれを確認するすべがあった。ＤＮＡ解析と鑑定である。

私が主宰する大学の研究室は、遺伝薬理学教室という名の研究室である。

薬物がヒトの体に対して作用を発現するには、その作用の標的となる体内の酵素、細胞表面受容体、あるいは抗原などのタンパク質がある。そしてそれらタンパク質には、その設計図となる遺伝子が存在する。

遺伝子は、個々の患者でＤＮＡの塩基配列が微妙に異なるため、結果的にその設計図を基として作られたタンパク質にも、患者間で少しずつ構造の違いが生まれることがある。そしてこれらタンパク質構造の微妙な違いが、薬物の効果の大きな個人差となって表れるのである。

こういった遺伝子発現の個人差に基づく薬物療法の個別化によって、個々の患者にいかに薬の作用を最大限に発揮させ、逆に副作用を減らすことができるかを学問的に立案し、それを実臨床に生かしていくのが私の研究内容である。

さて、このような研究基盤が私の教室にはあるため、ヒトの遺伝子解析に関しては、検体からのDNA抽出、ポリメラーゼ連鎖反応（PCR）による遺伝子増幅、アガロースゲル電気泳動解析、DNAシーケンシング（塩基配列順序の解析）等、すべて最先端の技術や試薬および解析機器が研究室に備わっている。理論的には、一個の細胞検体からでも遺伝子解析が可能である。

さすがに教授ともなれば、普段は自分の手を動かして実験する機会はない。だが私は、准教授時代まで遺伝薬理学の実験研究に昼夜没頭していたこともあり、昔取った杵柄《きねづか》は今でも忘れていない。

ハーモニカを証拠物件として警察にゆだね、DNA解析を科捜研に依頼するという選択肢もあったが、私は自分自身で検体の分析を行う道を選んだ。娘を殺した犯人の動かぬ証拠が手中にあることを思うと、どこか頼りにならぬ警察などにこの大事な証拠品を持って行かれるのは許容しかねた。

宗岡准教授や右野助教は、その晩私が教授室に残ってなかなか帰らないのを訝しく思っていたようだが、締め切りを過ぎてしまった本の執筆をかたづけなくてはならないという理由で、私は遅くまで教室にいた。そうして二人の教員の帰宅を促し、ようやく研究室には私だけになった。

私以外誰もいなくなった、がらんとした深夜の研究室で、私はゴム手袋をはめた手で、白衣のポケットから千佳の部屋にあったクロマチックハーモニカをそっと取り出した。

私はまず、ハーモニカの上下二段に並んだ、各段二十二個合計四十四個の小さな穴から、DNAを抽出する作業に取り掛かった。

四角い各穴の中には、それぞれ一枚ずつ薄い金属板が取り付けてある。穴を吹いたり吸ったりすることで、中の金属板が震えて共鳴し、あの独特の音が出るのだ。

その金属板も含め、ハーモニカの穴の中に付着している細胞や核の断片を、遺伝子解析キットの「細胞溶解液」を使って、ピペットで丹念に流し出していく。

実験器具や試薬を手に取るのは、十何年ぶりのことである。緊張するような、ワクワクするような感動が胸中に湧き上がる。

実験の長いブランクはあったが、我ながら慣れた手つきであった。

言ってみれば、このサンプル採取が一番大変で根気のいる作業である。そこさえうまくやれば、その後のDNA画分の抽出や、PCRによる遺伝子増幅、およびシーケンサによる特定遺伝子領域中のヌクレオチド短鎖配列の反復解析などは、ほぼ自動的に流れて行く。

サーマルサイクラーという機器を使い、PCRによる遺伝子増幅を始めたところで、私は研究室の隣の教授室に戻り、しばしの休憩をとった。遺伝子増幅は、システム内蔵の機器が自動的にやってくれる。今夜は久しぶりに徹夜の実験が入ったので家には帰らない、と優子には申し伝えてあった。

しんと静まり返った深夜の教授室で、肘掛け椅子に深く身を沈めながら、私は今進行中の「実験」の結果を展望した。

実験結果には、四つの可能性が考えられる。

一つ目は、ハーモニカからは誰のＤＮＡも検出されないという可能性。

二つ目は、千佳のＤＮＡだけが検出されるという可能性。

三つめは、千佳とそれ以外の何者かのＤＮＡが共に検出されるという可能性。

そして最後に、ハーモニカには千佳のＤＮＡはなく、第三者のＤＮＡだけが残っているという可能性だ。

そしてこの四つ目の場合は、それがまさに犯人のＤＮＡということになるだろう。

では千佳以外の人物のＤＮＡが検出されたとき、それが千佳を殺した犯人のＤＮＡであるか否かを、どうやったら知ることができるか。

千佳が亡くなっていたセミナー室には、犯人の遺留品は何もなく、したがってＤＮＡ鑑定に用いることのできる試料はない。犯人が証拠となるハーモニカを千佳の部屋から持ち去ろうとしたという推察も、単なる想像の域を出てはいない。

だが私にはさらなる計画があった。もしハーモニカに何者かのＤＮＡが残っていたとしたら、そのＤＮＡが誰のものなのかその人物を突き止める手段を、私はそのときすでに頭の中に思い描いていた。

ハーモニカに付着していたＤＮＡが千佳のＤＮＡであったとしたら、その鑑定は、千佳の毛髪から検出されたＤＮＡと照合することで可能となる。千佳が火葬される前、私は千佳の毛髪を数十本切り取って保管していた。千佳の肉体のすべてが消滅してしまうことを恐れての行為であったが、それが今役に立っていた。

夜が白むころ、結果は出た。

それは、ほぼ期待していたとおりであった。つまり、前述の可能性の三番目だったのである。千佳とそれ以外の何者かのＤＮＡが、千佳の部屋に隠されるようにしまわれていたハーモニカの中から、共に検出されたのだ。しかしそれ以外の、三人目の人間のＤＮＡは検出されなかった。

千佳がハーモニカを吹き、犯人も吹いた。それを千佳が秘密の隠し場所に大切にしまっていた。そういった知られざる過去の出来事が、ＤＮＡという証拠を基に、今私の頭脳の中で構築されつつあった。

それが真相であるか否かには何の保証もない。だがあれこれと思い悩んだ末、ともかく他に犯人に迫るすべを知らない私は、この可能性にかけてみることにした。

私は、得られたデータを電子ファイルに収め、それを自分専用のＵＳＢフラッシュメモリーに保存した。一方、ＤＮＡを解析したコンピューターの、ハードディスク内に残るデータは、すべて消去した。

ハーモニカから抽出したサンプルとそこからＰＣＲで増幅させたＤＮＡサンプルは、数値とアルファベットで記号化した文字のラベルを張り、研究室に常備された液体窒素ボンベの中に沈ませた。

万一誰かがこれを取り出したとしても、ラベルが私しか知り得ない記号で暗号化されているため、中身が何であるかはまったく分からない。

これらのサンプルは、今後もし犯人と特定できる人物のＤＮＡ検体を入手できた際に、必要に応じて鑑定のために使用する。ＵＳＢに収めたＤＮＡ塩基配列のシーケンシングデータのみでも鑑定は可能だが、確認などのためには実物の検体試料を破棄せず保存しておく方が賢明である。

　こうして私はまず、犯人と思しき人物のＤＮＡ情報を手にすることができた。

　そして次に私が計画していたこととは、ある罠を犯人に仕掛けることであった。

2

　千佳の部屋にあったハーモニカから、千佳とは別の人物のＤＮＡが検出されたことについては、警察に隠し立てする必要はなかった。実験の結果もし何も出てこなければ報告するまでもないと思っていたが、結果は有用な情報を含んでいる可能性があった。

　遅々として捜査が進まぬ現状にあって、警察としてはどんな小さな手掛かりでも欲しいところであろう。私としても、当然千佳を殺した犯人が早く捕まることを願っており、警察への情報提供は惜しまぬ考えである。

　一方の西多摩署からは、その後私宛に何の連絡もなかったが、私は今回自分の実験で得た結果を分かりやすい報告書にして、西多摩署の宇田川宛に書留速達便で郵送した。

　報告書を投函《とうかん》した日の翌日、さっそく宇田川から私の教授室に電話が来た。

「大日方さん。驚きました。大変有用な情報をありがとうございます」

　受話器の向こうから宇田川の太い声が聞こえる。だがそれは、言葉の内容の割に落ち着いた響きである。

私はやや拍子抜《ひょうしぬ》けした。犯人のＤＮＡ情報を入手したかもしれないのに、もっと興奮していてもいいだろう。

「さっそくお伺いして、詳しいお話を聞かせてもらえないでしょうか」

宇田川は続けた。

「分かりました。いつおいでになりますか」

私が応じると、宇田川は電話の向こうで手帳をくっているのか、ぱらぱらと紙の音が聞こえた。

「今日の午後はいかがですか」

私も手帳をくる。三時からは教授会があるが、その前は空いている。

その旨告げると、午後一時に来ると言うので承諾し、電話を切った。


約束の時間に一分とたがわず、宇田川は長身の前島刑事を連れてやってきた。

宇田川が多摩薬科大学の私の教授室に来るのは、これで二度目である。だがここにたどり着くまでに、学内で何回か迷ったというので、もしまっすぐ来ていたら一時より十分以上前に教授室を訪問していたことだろう。

私の教授室は細長く、廊下側の入り口が南側、反対に入り口から見て奥の窓側が北である。部屋の左右両壁に本棚が連なり、洋書和書の分厚い専門書が隙間《すきま》なく並ぶ。

今はネット時代で、辞書のように厚い参考書を見ることもほとんど無くなった。しかしたまに総説論文や新たな書籍を著すときには、こういった紙媒体から情報を引っ張り出すこともある。

それらのほとんどが知人や出版社からの謹呈本《きんてい》だが、中には自分が著したものもあった。

宇田川と前島は、本棚にはさまれた窮屈なスペースに置かれたテーブル脇の椅子に、私に勧められるまま並んで掛けた。二人の前に私が着く。宇田川の手には、昨日私が送った報告書があった。

「その後の捜査の進捗《しんちょく》具合はどうですか」

一通りのあいさつが済むと、開口一番私が尋ねた。

「ええ……」

宇田川は、両膝《りょうひざ》の間で両手の指を組み合わせる。前島は膝の上に握りこぶしを置いたまま、背筋を伸ばして掛けていた。上背があって座高も高いので、やや前かがみになっている小太りの宇田川と比べると、頭の高さに大人と子供ほどの差があった。

「娘さんの大日方千佳さんの交友関係を中心に、捜査員の数を増やして捜査を続けています」

宇田川はお決まりのような言葉を返した。

「空き巣の方は、何か分かりましたか」

「そちらも併せて捜査しています」

「大学関係以外では、どのような方面の人物を当たっているのでしょうか」

私が訊くと、宇田川は手帳を取り出した。

「あまり詳しくは申せませんが、娘さんの高校時代のご友人、アルバイト先の洋菓子屋さんの店長、ご自宅のご近所の方々、それに……」

自宅の近隣の住人と聞いて、私は顔を曇らせた。警察が近所に訊き込みに来ていることなどまったく知らなかったし、そのことで隣人に妙に勘繰られたり、よからぬうわさを立てられたりしたら心外だ。いつも家にいる優子のことも気になった。

「それに、大日方さんご自身や奥さんの交友関係も、一応調べさせてもらっています」

宇田川が付け加える。私はまた驚いて尋ねた。

「私や家内の交友関係まで？　それが娘の事件とどのような関連があるというのですか」

「今のところ、事件の犯行動機はまったくつかめていません。そのような事情から、事件関係者を網羅《もうら》するためには、娘さんの周囲のいかなる人物も視野に入れておかなければなりません。ご両親とて例外にはならないのですよ」

「娘のことですよ。私の周辺の関係者を探ってみたとて何にもならんでしょう」

私がやや憮然とした態度で言い捨てると、宇田川はゆっくりとかぶりを振る。

「例えばこんなことだってあり得ます。大日方さんは大学の教授でいらっしゃる。大学では教鞭《きょうべん》をとることもあるでしょう。そして学生に試験を課し、成績が悪ければ単位をあげない。それで留年を繰り返した学生が、徐々に先生への恨みを募らせていったとしたら……」

「まさか……。それを恨みに、何の関係もない教授の娘を殺すというのですか」

「例えばの話です。殺人の動機には、そんな想像もつかないようなものだってあるんです。そして実際それが安易な殺人に結び付くケースが近頃増えています」

多摩薬科大学の薬学部には、一学年三百人以上の学生が在籍しており、私の授業ではこれらの学生に対し毎年数十人単位で落第点を下している。もしそういった落第点をもらった学生が、皆私に恨みを抱いていたとしたらたまらない。私は半分聞き流した。

「ところで……」

宇田川はそこで話を変えると、改めて私の方を向き直った。

「昨日いただいたお手紙と報告書の件ですが、興味深く拝見しました」

「何かお役に立てそうですか」

私も姿勢を正すと、正面から宇田川を見た。するとすかさず私のはす向かいに座っていた前島が、低い声で訊いた。

「大日方さんはなぜ娘さんの部屋にあったハーモニカの分析を警察に依頼せず、ご自分でなされたのですか」

この部屋に来て前島が初めて口にした言葉がそれであった。口調は丁寧だが、どこか非難めいた質問に、私はやや閉口した。前島をにらむと私は説明した。

「ハーモニカには指紋も見当たりませんでした。まさか、千佳以外の誰かのDNAがそこから検出されるとははじめ思ってもいなかったし、何も出なければ刑事さんたちに時間とご足労をかけるだけですからね」

一応もっともな言い分と受け止めたようで、前島は挑戦的な表情を解いたが、私の説明に納得したそぶりは示さなかった。前島はちらと宇田川の方を見たが、また私に向き直ると質問を重ねた。

「先生のご専門はどのような分野なのでしょうか。このご報告にあるような分析実験は、すべて先生自らがされたのですか」

前島が私を呼ぶ言い方が、先生に変わっていた。彼からの質問が、研究者としての私に対する質問であると私は理解した。

「私の専門分野は遺伝薬理学と申しまして、薬の効き目の個人差を、遺伝子発現の個人差によってとらえようとするものです。そういった研究分野が背景にありますから、ヒトのＤＮＡを解析するための研究システムは、すべて私の教室に備わっているのです。ハーモニカのＤＮＡ分析の工程は、私の研究室ですべて私自身が執り行いました」

前島からの二つの質問を、私はまとめて応えた。前島はメモに走っていた。宇田川も、ゆっくりとうなずくと、尋ねてきた。

「私は遺伝子やＤＮＡには詳しくないものですから教えてほしいのですが、この報告書にあるデータが、千佳さんを殺害したかもしれない犯人の割り出しにどのような情報をもたらすと、先生はお思いですか」

婉曲《えんきょく》な言い方だが、宇田川はＤＮＡ情報の重要性と共に、その役立てる方法いかんでは、その価値が無に等しいことを知っているようであった。

つまり、私の手元には確かに誰かのＤＮＡ情報がある。だがその誰かが分からぬ限り、それはただ「七十億を超える地球全人類のうちの一人の人間のＤＮＡ情報がここにある」ということを示しているに過ぎない。

「宇田川さんの言わんとしていることは分かります。つまり、この報告書にあるＤＮＡが、確かに犯人の物であるという証拠がない限り、これは何の意味もないのではないか、ということですね」

気分を害したことは確かであったが、私はつとめて冷静に述べた。

確かに宇田川の言うとおりなのである。ハーモニカは、普段そんな楽器を吹いたこともない千佳の部屋に隠すようにあった。そしてその中から、千佳とは別の人物のＤＮＡが検出された。事実はそこまでである。それが犯人のＤＮＡであると決定できる事実関係は、今のところ何もないのだ。

「何の意味もないとは言っておりません。いずれ重要な証拠として、意味を持ってくるのかもしれません。我々もこのデータは大切に扱わせていただきます。

しかし今のところ、このＤＮＡデータが大日方千佳さん殺人事件の犯人を捜索するためのツールとして使えるわけではありません。我々が犯人に行き着いたとき、その犯人からＤＮＡサンプルを入手し、そのサンプルと今回のデータとを突き合わせてＤＮＡ鑑定を行えば、犯人がハーモニカというアイテムを使って千佳さんに接近したという証拠にはなると思います」

宇田川は淡々と述べた。

「そうですね」

私もあっさりと同意を示した。

警察の捜査とはそういうもの。私が宇田川に提示したＤＮＡの塩基配列データを持って、「こんなＤＮＡの塩基配列をした人を知りませんか」などと聞き込みに回っても、何も答えは返ってこないだろう。

私自身も、初めからそのことは分かっていた。

間もなく刑事たちは、慇懃な礼を述べて帰って行った。

「一応礼儀は果たした」と私は考えた。

ハーモニカの中にあったＤＮＡ情報を一人で抱え込んだのではなく、警察にもそれを開示し、犯人検挙の役に立ててもらえるよう、私としてはお願いした形である。

警察も私も目的は一つ。千佳を殺した犯人を見つけ出して罪を償わせることだ。やり方は違っても、情報は最大限共有するべきである。

警察は警察で、ＤＮＡ情報を犯人逮捕に役立ててほしい。それが私の願いであった。あの様子では、あまり役立てる考えはないようだが……。

だが大事なことは、その情報が今確かに私の手元にある、ということだった。

3

さて、以上述べてきたような警察への情報開示という一応の手順を踏んだ後、この情報を用いて何とか千佳を殺した犯人を捜し出す方法はないだろうかと、私はあれこれと思考を重ねてきた。

もちろん私自身もこれまで千佳の卒論教室の指導教員と卒論生をはじめ、テニスサークルや旅同好会などの千佳の友人や仲間たちを直接訪ね、娘の知り合いの中にミステリー賞に応募している人がいないかくまなく聞き込みを行ってはみた。しかし結果は芳しくはなかった。

人海戦術のように闇雲《やみくも》に疑わしい人物をあたるのは、私一人の手では到底かなうものではない。それこそ警察が得意とするところであろう。

そこで私はかねてより目論《もくろ》んでいた自分のある計画を、実行に移すことにした。それもこれも、若くして命を絶たれた千佳の無念を晴らすためであった。

その第一段階が、私の高校時代の友人で、現在矢間田《やまだ》書房という小さな出版社を営んでいる矢間田純三《じゅんぞう》に会うことであった。

私からのメールを機に、久しぶりの情報のやり取りをしながら、私と矢間田は会う日と場所を決めた。

そして、とある土曜日の昼下がり。

私は待ち合わせ場所の東新宿の老舗喫茶店で、矢間田を待っていた。

注文したコーヒーを脇に、テーブルの上で開いた小型ノートパソコンのキーをたたきながら、私は矢間田との話の順序を頭の中で整理していた。

矢間田と会うのは、三年前の同窓会以来であった。

三年前、都内で十年ぶりに高校時代の同窓会が催された。そこに矢間田も出て来たのであった。お互いはじめは相手が誰だか分からなかったが、名刺交換して名前を確認し合ううちに、「ああお前か」となった。

矢間田の名刺には「矢間田書房社長」とあった。五十を過ぎれば皆大概偉くなるものだ。私が「多摩薬科大学教授」の名刺を差し出すと、矢間田も私と同じように目を丸くし、

「へええ、お前が教授か」

と、大きな関心と少しの嘲笑《ちょうしょう》をにおわせた顔で私を見た。

こうしてしばし私たちは情報交換し合い、

「何かあったらメールくれ」

と社交辞令を言い合って別れた。そのときはかつてのクラスメートが総勢三十人ほど来ていたので、その一人ひとりと話を交わすうちに、矢間田の存在も頭から離れた。

そうして三年が経ち、今回の千佳の事件が起きた。こんなことが無ければ、私は矢間田のことを思い出さなかっただろうし、ましてや私の方から矢間田に連絡をするなど、まずなかったに違いない。

約束の時間より五分遅れて、矢間田が店の自動ドアから入ってきた。こちらの方をきょろきょろ見ているので、席に着いたまま私が手を振り上げると、向こうも私に気づいて軽く手を挙げた。

矢間田は痩身《そうしん》に中背で、髪の毛は硬く量も多いがだいぶ白いものが目立っている。額が広く、高い鷲鼻《わしばな》にぎょろりとした両の眼《め》が猛禽《もうきん》類を思わせる。

カジュアルっぽいスラックスにグレーのポロシャツ、その上に黒いジャケットを羽織《はお》っている。私も同じような格好だったので、中年オヤジの日常の姿は皆似たり寄ったりなのだろうと、心中苦笑する。

「よう」

「おう」

「三年ぶりだな」

「ウン」

そんなあいさつを交わしながら、矢間田は私の前の席に座った。

「ああ、俺もコーヒー」

すぐに店員を呼び止め、矢間田は私のコーヒーをちらと見てから自分の品を注文した。

「まさかお前から連絡が来るとは思わなかったよ」

私に向き直ると、矢間田はジャケットのポケットから煙草《たばこ》とライターを取り出した。

「三年前の同窓会のとき、連絡すると言っただろう」

私は応えた。しかし前述のとおり、実はつい先日まで、私の方から矢間田に連絡するつもりなどなかった。再三述べるが、千佳がこんなことにならなければ……。

「煙草、いいか?」

一応こちらの同意を求めながら、もう勝手に一本くわえ、手持ちのライターで火を点《つ》けていた。矢間田が煙草を吸うことを知っていたので、私は喫煙席を選んで座っていた。

私は煙草は嫌いだが、今日は仕方ない。こちらから頼みごとを持ちかけようとしているのだ。喫煙は百害あって一利なしの格言どおり、あらゆる病と老化に結び付く。医療人の端《はし》くれである私としては、何人にも勧められないところだ。

「娘さんのことは気の毒だったな」

唐突に矢間田がその話を持ち出してきた。

——自殺を装った殺人——

といった報道関係者のキャッチコピーで、千佳の事件は今、ちょっとした世間の話題になっていた。

「……うん、まいったよ。まさかあんなことになるなんてな」

視線をテーブルの上に持って行くと、私はその視線の焦点で両手の指を組んだ。

「気を落とさないでくれ。何か俺にできることがあったら言ってくれ」

何気なく掛けてくれた矢間田の言葉が、私のアドレナリン分泌を刺激した。

今日矢間田を呼び出した目的は、まさにそれだったのだ。お前に一肌脱いでもらいたい。

だが私は、この計画の真意を告げることなく矢間田に頼みを聞いてほしかった。そのことについて話し出す機会を、矢間田のひとことでタイミングよく得た私は、やおらかしこまって相手を見た。

「ありがとう。実はお前に一つ頼みがあって、今日はわざわざ来てもらった」

煙を鼻から吐き出すと、矢間田は小さくうなずいた。何でも来いと、その態度が言っている。

私は勢い話し出した。

「実は俺は、子供のころからミステリー小説を読むのが好きでね。ホームズ物やルパン物、乱歩を始め、古今東西の有名なミステリー小説を読《よ》み漁《あさ》ってきたのだが、大学に籍を置いてからはなかなかそういう機会も遠のいていた」

「ほう、お前にそんな趣味があったとは初耳だな」

矢間田は本当に驚いた様子で、改まったように私の顔を見た。私は頭の中で考えていたとおりに話を進めた。

「以前のミステリーブームや近年の新本格の台頭などを見るにつけ、俺もいつか自分でミステリーを書いてみたいという憧《あこが》れすら抱いていたよ」

私の「にわかミステリー知識」を疑うことなく、矢間田はにやにやしながら煙草をふかしていた。

実は私が今でもミステリーの大ファンであるというのは嘘《うそ》で、子供のころ確かにホームズやルパンシリーズをほぼ読破したものの、その後最近まではミステリーのことなどまったく頭になかった。

だが千佳の事件以来、私の関心はまさにミステリーのど真ん中にあった。そこで私はさらに、矢間田が関心を引く話題を口にした。

「しかし近年の書籍の売れ行き状況は軒並み右下がりで、書店があちこちで店をたたんでいるというじゃないか。ミステリーに限ったことじゃないが、ほんの一握りの作家が書いた本を除き、紙の書籍は店頭からどんどん姿を消しているようだな」

それが、出版社を営む矢間田にとってもきわめて深刻な問題であろうことは、容易に察しがついた。

「書籍自体が減っているわけではない。本を出したいという人は、むしろ増えているくらいだ」

自分の仕事の領域に踏み込まれ、しかも私からネガティブな出版界の現状を指摘されて、矢間田は不機嫌そうな顔色になった。そこで私は本題に入った。

「どうだろう。一つ相談なのだが、お前の出版社で、新しいミステリーの賞を創設しないか」

私の目は、じっと矢間田の表情をとらえていた。

一瞬矢間田は、私が何を言い出したのか分からないといったぽかんとした顔で、こちらを見た。が、やや間をおいて矢間田は、右手に持っていた煙草を灰皿に押し付けると、もう一度私の顔を見つめた。

「新しいミステリーの賞だって?」

「ああ。俺のところはもう子供もいない。そう莫大《ばくだい》ではないが、金ならいくらか出せる。ミステリーは俺の夢だった。自分が作家になるのはかなわないとしても、自分で賞を創設してミステリー作家を育てるという夢は、俺にとって近頃にわかに魅力的になってきたんだ」

それは表向きの動機であった。だがむろん、真の目的は違っていた。

そんなことなど知らぬ矢間田は、目を輝かせた、ように私には見えた。だがすぐに冷静な頭に戻った彼は、私の提案に対する難点を指摘し出した。

「素人が簡単に言うな。大手出版社ですら、新しい賞を設立するには幾多の障害があるんだ。ましてやわが書房は、一般に名が知れているかどうかも怪しい弱小企業。金を出すとお前は言うが、スポンサーの問題ばかりではない。下読み委員の確保、ある程度名の知れた作家や評論家たちで構成される最終選考委員会の立ち上げ、賞の宣伝網の配備など、乗り越えねばならぬハードルは山ほどある。それに何といっても、賞をずっと続けて行く出版社の情熱とそれを支えてくれる読者が不可欠だ。いったん賞を立ち上げれば、二、三年で止めるなんてわけにはいかない」

そのあたりのことなら、素人の私でもすでに考慮の範疇にあった。しかしながらそれらを実際どのように解決するかは、まさに矢間田の情熱次第だと私は思った。

矢間田が挙げる問題点に直接取り合うことなく、私はさらに自分の考えを述べた。

「副賞には賞金を出すのではなく、出版と印税全額を約束するという賞もあるのだろう。それにミステリー賞といっても、俺が推進したいのはあくまで本格ものだ。それほど多くの作品が寄せられるとも思えない。下読み委員の数も思ったほど必要ではないはずだ」

最近のミステリー論評を読んでにわか勉強した私は、浅薄な知識を見透かされないかとひやひやしながら力説した。

矢間田はしばし黙って思考にふけった。

弱小出版社であるからこそ、生き残りには起死回生の一打が必須《ひっす》である。リスクは伴うが、じり貧状態で消えていく先々を矢間田が好まない性格であることを、私は知っていた。

カップに残っていたコーヒーを飲み干すと、私は矢間田の返答を待った。

「社員の意見も聞いてから考えたい」

小考の末矢間田は、私が持ち出した企画を宿題にすることを提案した。

「分かった。ではいい返事を待ってる」

もとよりそう簡単な提案でないことは、重々分かっていた。こんな風に各出版社が自社の賞を雨後の筍《たけのこ》のように立ち上げたら、それこそ日本は小説作家だらけになってしまう。

とりあえず賞の話はそこまでとなり、その後高校時代の想い出話やお互いの仕事のことなどの他愛もない話を小一時間ばかりしてから、私たちはその場を別れた。

4

千佳の四十九日が過ぎ、季節は夏の真っ盛りであった。

優子は相変わらず家に引きこもったまま、覇気のない毎日を過ごしていた。ついこの間まで生きていた千佳を、大日方家先祖代々の墓に入れてしまうには何とも忍びなく、遺骨はまだ千佳の部屋にあった。

優子は、千佳の位牌と遺骨を前に線香の火を絶やさず、問わず語りに千佳と話すことが多くなった。家の中にはいつも香が漂っていた。

だが私はそれが嫌いだった。香が嗅覚《きゅうかく》をとらえ、それが生前の千佳の想い出へとつながっていくからだ。その結果私を待ち受けているのは、ただ深い悲しみだけなのである。

何をどう元に戻そうとしても、千佳が帰ってくることは無い。その当たり前の現実が、単純に私を苦しめていた。

「千佳。それでももし君がひょっこり帰ってきたら、私は先立って行った君の親不孝を叱《しか》り、その薄紅色の柔らかな頬を平手ではたく。そして喜びの涙を、涸《か》れるまで流すだろう。だが、先立つ親不孝を咎《とが》めようにも君はもういない」

また独《ひと》り、私はそんなことを呟いた。

優子は、千佳とよく喧嘩もしていたが、二人は本来仲のいい母娘だった。千佳を亡くしたことは私としてもつらいが、優子の胸中ともなると察するに余りある。

千佳の後を追うことだけはやめてくれと私がくぎを刺すと、優子は「冗談ではない」という顔を見せて私に訴えた。

「千佳を殺した犯人が逮捕されるまで、私は死んでも死にきれません」

その気持ちは私も同じだ。特に、自殺に見せかけて千佳を殺した犯人の目論見《もくろみ》が本当であったとすると、ますます許せない。

「西多摩署の宇田川さんらが必死になって捜査を進めているから、間もなく犯人は捕まるだろうよ」

そんな慰めのようなことを言ってはみても、優子はそれに否定的であった。

「お父さんは本当にそう思う？　なんだか、あの刑事さんたちは、千佳の事件に集中して捜査を進めているようには思えないわ」

優子の感想に私ははっとした。実は私も心中同じことを考えていたのだ。

しかしそのことを優子に告げて彼女の不満をあおるのは良策ではないと思っていたので、私は優子をなだめた。

「捜査の進捗状況がこちらには潤沢に伝わってこないから、進展がないように思えるだけだろう。西多摩署としては、俺たちにすら捜査の詳細な情報を伝えることを極力避けているに違いない。情報が漏れてしまうことを、警察は恐れているからね」

優子は納得していない様子であったが、それ以上私に訴えても仕方ないと思ったのか、それで引き下がった。


日は落ち、遠くの空で花火が割れるけたたましい音が響いていた。だが私の家の中には、相変わらず厚く重い空気がよどんでいた。

私は自宅の書斎に入り、肘掛け椅子に着くと、過日矢間田に相談した新人賞立ち上げのことを思った。あれから一週間が過ぎようとしていたが、矢間田からはまだ何の連絡もなかった。

私が新しい本格ミステリー賞の立ち上げを思いついたのは、千佳が亡くなった後、優子から聞いた情報が発端であった。

優子の話では、千佳が生前付き合っていたらしい男は、本格ミステリーというジャンルの賞に、ここ何年か応募し続けていたということだ。そこで最近の本格ミステリー賞応募者の中に、千住を殺した犯人がいる可能性が高いと私は考えた。

むろんそのことは、西多摩署の宇田川にも伝えた。しかしそのときの宇田川の様子では、私からの話をあまり重要な情報ととらえていないようであった。

本格ミステリーというジャンルの読み物には、マニアさえいる反面、興味のない人にとってそれはまったく門外の世界だ。宇田川は、警察小説なら読むかもしれないが、本格ミステリーの書籍など手に取ったことすらないのだろうと、私は勝手に思った。

かくいう私とて、子供のころ本格ミステリー本を読み漁った経験はあるが、少なくともここ十年は広義のミステリーに対してすら活字離れが続いていた。

しかし今は違った。私には明瞭《めいりょう》な目的があった。

矢間田の手を借りながら自分で本格ミステリー賞を立ち上げ、犯人からの応募を待つ。そして応募作の中から犯人を割り当て、その個人情報を基に犯人の所在を突き止めて報復を下す。

これが私の構想の概要である。

日本には十指に届くくらいの数の公募長編ミステリー賞があることを、最近私はインターネットの情報から知った。しかしその中で本格物をうたっているのは、Sミステリー文学新人賞とAミステリー大賞の二つだけである。

いずれも著名本格ミステリー作家の名を冠する有名な賞ではあるが、受賞の暁に副賞である賞金はなく、受賞者に与えられる特権は受賞作の出版と印税のみである。それでもこれらの賞には、毎回百から百五十作ほどの作品が応募されているらしい。

可能性として私が一つ考えたのは、これら既存の著名な本格ミステリー賞の募集に対し、千佳を殺した犯人は、過去数年の間にすでに何回か応募していたのではないか、ということである。さらにはそのうちの何作かが候補作となったり、あるいはめでたく受賞を果たして、その人物はすでにプロの作家としての道を歩み始めているのではないか、とも考えられなくはない。

多くの作家は世に対し実名を出さず、また住所も明かさないから、もし千佳を殺害した犯人がこれらの賞の最近の受賞者の中にいたとしても、私がそれを一人で捜査するのは困難だ。

だが私は可能性にかけてみた。

千佳に付き合っている人がいるらしいことを、優子が千佳から聞いたのは、千佳が亡くなる一週間前だったという。そのとき千佳は、その人物が「本格ミステリーの懸賞小説に応募している」と優子に語ったらしいが、「受賞した」とは言っていなかった。

受賞すれば当然そのことを周りに話すだろうし、報道関係者が騒ぎもする。つまり、そいつが千佳に小説応募のことを話したときには、少なくともまだ受賞者にはなっていなかったと考えるのが自然である。

以上のことを鑑みると、千佳が付き合っていたという人物は、これからも本格ミステリー賞に応募し続けるに違いない。ましてや新しい賞が設立されれば、ミステリー作家になるという志のある者は、誰でもそれにチャレンジしたくなるだろう。

こうして私は、自分の構想に勝算があることを確認した。

さて、このように新しい本格ミステリー賞が立ち上がり、募集が始まったとき、応募してくるであろう百を超える作品の作者の中から、いったいどうやって求める千佳殺しの犯人を特定するのか。

だが私は科学者である。その問題に対しても、私は科学者らしい解答を用意していた。

DNA鑑定である。

私の手元には今、千佳と付き合っていたと思しき人物のDNAデータがある。

そう。それは千佳の部屋から私が発見した、あの空き巣が狙っていたであろうクロマチックハーモニカから検出されたサンプルのデータだ。そのデータと、これから応募されてくる本格ミステリー賞の作品の応募書類に付着しているであろうDNAデータを照合させる。

だが応募書類に、検出可能な量のDNAが果たして付着しているであろうか？　この点は私も分からなかった。

最近の懸賞小説の応募書類や原稿は、ワープロで印字したものにほぼ限られる。それらをよほどべたべた触らない限りは、DNAはおろか指紋もはっきり残っていないかもしれない。

DNA鑑定は、基本的には試料として一個の細胞を入手できれば可能である。しかし百枚を超えるであろう印刷原稿の、どこにどれだけ犯人の細胞やDNA試料が付着しているかを知るのは困難を極める。

そこで私が案じた一計は、応募者に自筆の書類を一枚だけ書いてもらうことであった。

住所、連絡先、ペンネーム、本名、来歴などをすべて自書した一枚を添えさせる。簡単な情報ではあるが、これらを自書すると、その紙の上に指紋、汗、落選経験からくる苦節の涙（？　まあこれは冗談だが）など、本人のDNAが十分量付着する可能性が高い。

賞のスポンサーとなる私は、出版社からこの自筆個人情報用紙だけをもらって、それを一つ一つ細断後にＤＮＡ抽出、ＰＣＲによる遺伝子増幅、そしてシーケンサによるＤＮＡ塩基配列解析へと進める。こうして得られたＤＮＡデータを、専用ソフトを使って千佳の部屋にあったハーモニカから入手したＤＮＡのデータと照合し、一致度を鑑定するのだ。

この方法で問題となるのは、まずそのようにして作成された個人情報の記載用紙から、本当に作者のＤＮＡを抽出し、解析できるかということ。そしてもう一点は、解析のスピードである。

まず解析の可否については、私自身が実験を行ってみた。すなわち自ら同様の個人情報記録用紙を、Ａ４紙とボールペンを使って作成後、それを前述のような実験プロセスを経て実際に抽出、ＤＮＡ増幅、およびシーケンス解析にかけてみた。すると思ったとおり、ＤＮＡ解析は見事成功した。

次に解析までに必要な時間の問題だが、研究室の実験機器を駆使して土日を丸々使えば、週に数十検体以上は解析可能である。計算では、百の応募作が来たとしても、週末を五、六回使えばすべて解析できることになる。すなわち、約一ヵ月半で全応募作者のＤＮＡ解析が終了する。

近頃では、アメリカで開発された「ベントーラボ」のようなまさに弁当サイズのＤＮＡ解析機器が、手ごろな値段で一般人でも手に入る。この機器は、値段が約二千ドル（二十数万円）で、ＤＮＡ抽出に必要な遠心分離機、ＰＣＲによる遺伝子増幅のためのサーマルサイクラー、そして遺伝子を解析するシーケンサ機能を、一台の中に兼ね備えている。遺伝子改変までもがこの一台でできるため、アメリカでは一般人がガレージに実験室を設け、自分が好みの遺伝子改変を施した植物や子犬すら、独自に作成しているという。

日本ではまだ、この「ベントーラボ」は一般に出回っていないが、私も自費で、同様の簡便な遺伝子解析システムを購入することにした。今研究室にある解析システムと新しく購入する機器を総動員すれば、ミステリー賞応募書類のＤＮＡ解析はさらに早く進むはずである。

こうして私の胸中には、千佳殺害犯という狂獣を呼び込み捕獲するための、犯人にとっては逃れようのない罠が完成されて行った。そしてその成否は、矢間田書房によるミステリーの新人賞の立ち上げにかかっていた。

5

矢間田と喫茶店で会ってから十日目の午前、教授室の卓上電話が外線からのコール音を響かせた。すぐに受話器を取ると、矢間田からだった。

「おう。この間はどうも」

「やあ、相変わらず忙しそうだな」

そんな簡単なあいさつの後、矢間田の声のトーンが微妙に上がった。

「電話したのは他でもない、先日お前から相談を受けたミステリー賞のことだ」

「うん。で、どうなった」

はやる心を抑えつつ、話の先を促す。

「何とか決裁が取れそうだ」

「そうか」

思わず声が弾む。

「ただし条件がある」

「うん。どんな？」

「なに、立ち上げに必要な出資金だ」

「いくらだ」

私は単刀直入に尋ねた。

「二千万はいる」

「そうか……」

「そのうち半分をお前に出してもらいたい」

「一千万か……」

覚悟はしていたが、やはり最低それくらいは必要なのだろう。

私の毎月の給料は、優子に預けた貯金口座に入金されている。そこから大金を引き出すには、優子に理由を話さなければならない。この計画に対する私の気持ちは察するも、優子にとってみれば雲をつかむような勝算の薄い計画に思えることだろう。

そんな風に勝手に解釈した私は、給与口座とは別に自分で独自に開設した口座の貯金額を思い出した。いわゆるへそくりというやつだ。優子には黙って私が独りで蓄《たくわ》えた八百万円ほどが、口座にあるはずだ。それは、私が講演料や専門書の執筆料などを、十数年にわたってコツコツとためた金であった。

「それに……」

矢間田は続けた。

「まだあるのか」

「副賞としての賞金は付けられない。資本金を増せば可能だが、当社としても極力出費のリスクは抑えたいというのが、重役会議での結論だ」

「……やむを得んな」

そのことは初めから覚悟していた。しかしやはり副賞としての賞金の有無は、応募者の関心度の強弱につながる。

現在毎年募集がなされているミステリー賞には、副賞の額が一千万円を超えるものが二つある。これらの賞は、確かに伝統や関心度の点で他の賞より抜きんでている。だが、両賞に毎回三百作から四百作の応募があるのは、やはり破格の額の副賞が賞を牽引《けんいん》しているからである。

しかしながら、真に作家デビューを目指すミステリー小説家志望者たちは、決して賞金にこだわらず、受賞を機にプロとなることだけを目指す者も少なくない。

「また応募原稿の下読みを当社の社員だけで敢行すれば、その費用は考えなくて済む。社員の負担は増えるがね。問題は、最終選考に係る選考委員四名の選出とその謝礼、そして賞のPRだ。最終選考委員会には、やはりある程度名の知れた作家や評論家を揃えたい。また賞のPRは重要で、HPやポスターの作成、全国ネットへの展開など、金もかかるし労力もいる。だがそこは、社の命運を懸けて奮起すると、社員一同皆意気込んでいる」

矢間田の声からは、賞の立ち上げがいかに困難であるかを含みつつも、前向きな印象が伝わってくる。私は決断した。

「分かった。とにかく一千万は俺が出す」

「まあ、お前が言い出したことだからな」

「ああ」

そこで私はもう一つ危惧《きぐ》していたことを尋ねた。

「お前の力があれば、賞の立ち上げと初回の募集、選考はそれで動くかもしれないな。だが来年度以降はどうなんだ。この間お前が言っていたように、まさかせっかく立ち上げた賞を一年や二年で止めるわけにはいかんだろう。それはひとえに、資金がどれだけ続くかということに掛かっていると思うが、俺から初回の一千万円は出せたとしても、来年また同じ金額が出せるかというと難しい。お前の会社に迷惑はかけたくないしな」

私が慎重な姿勢を見せると、矢間田は電話の向こうで笑った。

「あとは、賞の宣伝力と、どれだけ素晴らしい作品が応募されてくるかによるさ。注目度が上がれば、スポンサーも付く。受賞作の売れ行き次第では、賞の継続ばかりか、傾きかけたわが社を右肩上がりに立て直すことだってできる」

矢間田の返答を聞きながら、千佳の無念を晴らすためとはいえ、矢間田書房とその社員の生活まで巻き込んでしまう計画のリスクを、私は改めて思った。

「ありがとう、矢間田。俺も金の工面はできる限りするつもりだ」

「わが社も何とかする。お前の情熱に負けたんだ。俺も俺の会社の社員もな」

矢間田は電話口でまた高らかに笑った。

6

大学は、七月末の前期末試験が終わって夏休みに入っていたが、私は土日を除きほぼ出勤していた。

教授が休まないと准教授の宗岡や助教の右野も休めないのではないかと気遣ったが、宗岡は案外私にはお構いなしに来たり来なかったりであった。一方の右野は研究好きで、通常のウィークデイであろうが夏季休暇中であろうが、私の出勤には関係なくいつも大学に来ていた。また右野にはテニスの趣味があって、時々気晴らしに大学のテニスサークルの連中ともプレーしているらしい。

講義もなく学生の数も減った教室では、自分の時間を持つことができた。私はたまっていた論文の執筆にあたった。こうして何かに没頭していると、千佳を失った悲しみから一時離れることができた。

午前中を使って、研究論文のアブストラクト（要約）とイントロダクション（目的や背景など）を欧文で一気に書き上げ、リザルト（結果）に入ったところで昼食の時間になった。壁に掛けた丸型の時計の針を見やりながら、家で優子は今頃何をしているのだろうとぼんやり考えていると、ドアをノックする者があった。右野であった。

もともと教授室入り口のドアは開けっぱなしで、右野は開いたままのドアをノックすると、入り口に立ってこちらを見ていた。

「先生、お昼にしませんか」

右野はそう言って微笑んだ。

いつもは白いブラウスに黒っぽいスカートをはいているが、大学も夏休みに入り、今日の彼女の服装は大きめの白いTシャツにジーパンと、学生のように若々しい。年もまだ三十そこそこなので、つやのある髪を束ねず肩まで下げていると、学生と見間違う。

「ああ、そうだな。今日は君一人か？」

右野が私を昼に誘うなどまずないことだったので、私は少々面食らっていた。

「ええ。今日は広い研究室を私が独占しています」

急いで作成中の文書を保存し、パソコンから手を離すと、肘掛け椅子から腰を上げた。


学食はガラガラだった。私も右野も、冷やし中華を盆に載せて対面に掛けた。

「……奥様はさぞかしお力をお落としでしょうね」

右野が遠慮がちに尋ねた。

「君には心配かけるね」

「いいえ。何もお力になれませんが、私にできることがあったら、ご遠慮なくおっしゃってください」

「うん。ありがとう」

細切りキュウリもハムも、からしまでみんないっしょに麺《めん》とかき混ぜ、勝手に食べ始める。からしの辛《から》さがツンと鼻を衝《つ》いて、しばし目をつむる。

右野も、私の所作に合わせるように割りばしを割ると、冷やし中華の麺をたれにからませる。

二人はしばし無言で麺をかき込んだ。

ふと右野は箸《はし》の動きを止めると面を上げ、私が食べる様子を見つめながら言った。

「先生。教室の論文の中に、不正の疑いのあるものが散見されるというツイッターの書き込み、ご存知ですか」

麺を持ち上げていた私の箸の動きが止まった。

「不正？」

右野と目を合わす。

「ええ……」

「どんな……？」

「はっきりは分かりません。私もＳＮＳへの書き込みを見たわけではありませんから」

右野は周囲の目を気にしながら声を落とした。今、広い学食にはせいぜい十数人ほどしかおらず、幸い私たちの近くには誰もいなかった。

聞き捨てならない話に、私は不機嫌な顔をした。

「君には何か心当たりがあるのか」

今度は右野の方が顔を曇らせ、私をにらんだ。

「いいえ」

「誰からそんな話を……」

「宗岡先生です」

「宗岡君が？　私には何も言っていなかったが」

「ツイッターの書き込みですから、ただの誹謗《ひぼう》中傷かもしれません。宗岡先生は、真偽を確かめてから大日方先生にご報告しようと思っているのではないでしょうか」

「ふむ……」

多分そうだろう。

しかし疑いが晴れたわけではない。教室内で論文不正が行われていたとしたら、重大な問題である。私の知らぬところではあったとしても、教室を主宰する教授が責任を問われることは必至だ。

私は箸をおくと、しばし思考にふけった。一方の右野は、また黙って冷やし中華を食べ出す。

「宗岡君は、今日は大学に来る予定だったかね」

ややあって私が尋ねると、右野はもう大方皿の中の物を平らげていた。研究者は、皆早食いだ。

「午後から実験があるので出て来られると言ってました」

私はうなずき、コップの水を飲み干した。

「では宗岡君を見かけたら、私の部屋に来るように伝えてくれ」

午後二時過ぎになって、宗岡准教授が部屋に入ってきた。

綿パンに白いポロシャツという姿である。

長期休みに入る前は、スラックスをはいてシャツにネクタイを締めているが、学生がいなくなると、教員も皆ラフな格好で登校する。その方が、実験するのに動きやすい。

宗岡は四十二歳になったばかりで、波打つ黒髪が豊富で若々しい。柄《がら》も大きく、背は百八十センチ近くある。

私は宗岡を部屋に招じ入れ、教授室のドアを閉めた。いつもは明るくふるまう宗岡も、今はやけに神妙な顔をしている。学生がいない教室なのに、教授室のドアを閉めて会見に臨む私の曇った顔を見て、さすがに雰囲気を感じ取ったようだ。

教授室の真ん中に置かれたテーブルの脇の椅子にやや緊張気味の宗岡を掛けさせ、私もその対面に座った。

「論文不正の話は知っているね」

単刀直入の用件開示に、宗岡は姿勢を正すと応じた。

「先生のお耳にも入っていましたか。今、教室内でそういううわさが流れているそうです」

「うわさの範疇なのか、それとも君は何か証拠をつかんでいるのか」

「いいえ。確たる証拠はありません。今、僕自身の範囲内で捜査しています」

私は一つため息をつき、改めて宗岡を見た。

「いったいどんな不正だというのだ」

宗岡は応えるのをためらっているようであったが、いったん私から目を逸らした後、再びこちらに向き直ると言った。

「データの捏造《ねつぞう》です」

「何だって？」

私は耳を疑った。

論文不正には、大きく分けて盗用・剽窃《ひょうせつ》、改竄《かいざん》、捏造という三種類があるが、このうちねつ造は最も重大な不正に当たる。

盗用・剽窃とは、他人の論文のデータや文章を、引用などの断りなく勝手に自分の論文中で使用することを言う。いわゆるコピペなどは皆これに相当する。

改竄は、データの一部を、自分の都合のいいように変えてしまうことである。例えば、細胞や組織の写真をパソコンで画像処理し、求めていた結果にそぐわぬ部分を消去してしまったり、あるいは最初の写真に無かったものを付け加えたりすることである。

そして捏造とはすなわちでっち上げで、もともと存在していないデータを勝手に作り上げることを言う。

宗岡の話では、今私の教室で、以前教室から発表された学術論文の中に、このデータ捏造があったといううわさがあるらしい。教室を主宰する主任教授としてこれは聞き捨てならないことである。

千佳の死の悲しみから立ち直れないでいる私にとって、また一つよからぬ事態が生まれようとしている。

「ともかく、うわさの真偽と出所を慎重に探ってみてくれ。対応はそれからだ」

私は、いら立つ気持ちを顔にあらわにしながら、宗岡に捜査を預けた。

7

家に帰ると、いつものように優子が夕飯の支度《したく》を終えて待っていた。千佳の死後、優子はしばらく口数が減りやつれた顔をしていたが、このところ何か生きるよすがを見出したのか、瞳に少しずつ光が戻ってきていた。

こんなとき、女は強いものだと、私は勝手に思った。

はた目からは、一人娘を失った悲しみを忘れるのは私の方が早いと思われていたことだろう。しかし実のところ、千佳が死んでからこの方、私自身はすっかりしょげ込んでいた。

仕事に没頭したり、犯人への報復を考えたり、その延長線上に新しいミステリー賞を立ち上げたりしながら、私は千佳を失った絶望から離れようともがいていた。うろたえ、嘆き、いつまでも同じ底なし沼でおぼれ続けているのは、優子ではなく私の方かもしれなかった。

「お帰りなさい、今日も暑かったわね」

優子はつとめて微笑んでみせた。

「ああ、今年は異常な暑さだな。お母さんも、家にいるときはエアコンで涼むなどして、熱中症には十分気を付けてくれ」

「心配ないわよ。ちゃんとそうしているから」

優子は、ダイニングキッチンのカウンターの向こう側に入ると、茶碗《ちゃわん》にご飯を盛りだした。私は冷蔵庫から缶ビールを取り出し、それを持ってダイニングのテーブルに着いた。そこへ優子が声を掛けてきた。

「あ、そうそう。矢間田書房というところから、さっきファックスが届いていたみたいよ」

「矢間田が……」

私は缶ビールを一口飲むと、席を立った。

リビングにある電話機の横にファックスを設置しているが、そこから一枚、印字されたファックス用紙がはみ出ていた。

私が新しいミステリー賞の立ち上げに関わっていることは、優子には内緒にしていたが、そのことを矢間田にはまだ口止めしていなかった。優子はすでにファックス文書を見ているに違いない。

「しまった」と舌打ちしながら、私はファックスの内容に目を通した。

それは、新しいミステリー賞の募集要項案であった。

「先日はお世話様。矢間田書房の新しいミステリー賞を立ち上げるにあたり、募集要項案を作成してみました。意見など聞かせてください。矢間田純三」

そんな簡単なメモのあと、次のような募集要項案が続いていた。

第一回　矢間田書房ミステリー文学新人賞　募集要項（案）

募集作品　　自作未発表の本格ミステリー作品。四百字詰め原稿用紙換算で四百枚〜六百枚（ワープロ原稿四十字×四十行で百〜百五十頁《ページ》）。A４紙横に縦書きで印字。

一枚目にタイトルと作者名を記す。

応募資格　不問。受賞後も書き続ける意思のある方が望ましい。

応募方法　1．原稿：通しノンブルをつけ、右肩を綴《と》じる。綴じ方は自由。
2．二千字以内の作品の梗概《こうがい》。
3．作者プロフィール：以下の項目を**必ず自書で**A4紙一枚に記載のこと。
作品名、ペンネームと本名、生年月日、職業、来歴、連絡先住所、電話番号、メールアドレス
以上1〜3をまとめて、左記宛先《あてさき》へ送付のこと。
＊過去に他の文学賞で落選した作品でも、良く改稿されていれば応募作として受け付けます。

締め切り　令和○○年五月三十一日

最終選考委員　○○○○（作家）、○○○○（作家）、○○○○（評論家）、○○○○（矢間田書房編集長）

発表　令和○○年十月末

副賞　受賞作は当書房より出版される。受賞作にはその印税全額が支払われる。
また受賞者は当書房からの作家デビューをサポートします。

原稿送付先　〒一○三-○○○○　東京都中央区○-○-○
「矢間田書房ミステリー文学新人賞係」

ひと時代前、ファックスは通信機器として欠かせなかった。紙に印刷されたものが送られてくるので文書を読みやすいし、パソコンを立ち上げなくてもすぐ分かる。今、日常の情報のやり取りはメールが普通だが、こんな文面をわざわざファックスで送ってくるあたり、私と同年代の矢間田らしい。

この募集要項案のうち、「応募方法」の3の項目が、真っ先に目に入った。「必ず自書で」というところが、最も重要な部分である。そこだけ確認すれば、あとはどうでもよく矢間田に任せようと思った。

なおこれは感想だが、他の文学賞で落選した作品でも良く改稿されていれば応募可能な点、受賞作に賞金は出ないものの受賞作の出版が約束され、また出版社が作者の作家としてのデビューをサポートしてくれること、さらには受賞作の印税全額が作者のものとなることなど、この募集要項には、応募者にとって魅力的な内容が精いっぱい提示されているという印象である。

上から目線ではなく、応募者が賞を身近に感じ、自分のような者でも受賞しメジャーデビューできるのではないか、という気にさせてくれる。これならば、本格ミステリー作家としての志ある者は、皆応募したくなる。私は内心そう確信した。

ファックス紙を手に取って眺《なが》めていると、ダイニングの方から優子が話しかけてきた。

「矢間田さんって、高校のときの同級生でしょ。会社で新しい賞を立ち上げるの？」

「……ああ。なんでも、傾きかけた書房を盛り返す起死回生の企画だそうだ」

私は他人事《ひとごと》のように、気のなさそうな応えを返した。この文面を見たとて、この企画がまさか私の発案と出資により動いているとは、優子も気が付かないだろう。

そう思うと私は、一応安堵《あんど》の胸をなでおろした。前にも述べたが、優子に相談すれば、

「そんな雲をつかむような話、出資の無駄」

と一蹴《いっしゅう》されるのがおちだ。

「ミステリー賞なんて、その方面では素人のお父さんに意見を訊いたって仕方ないのにね」

優子は笑いながら、「早く夕飯にしましょう」と私の着座を促した。


食事がすむと、私は何をするというわけでもなく書斎に引き下がった。優子はいつものように千佳の部屋に入り、遺影の千佳と話をしているようであった。

書斎の肘掛け椅子にもたれて、ぼんやりと壁のあたりを見つめながら、私はその日の出来事を回想した。

宗岡と右野が言っていた論文不正の問題。

私の教室からは、毎年十本前後の欧文論文を、著名国際学術雑誌に公表している。

論文執筆者は、今教室に所属している三人の大学院生が主だが、彼らを直接指導しているのは宗岡と右野だ。大学院生が作成した論文を宗岡または右野がチェックし、彼らがチェックし終わったものを最後に私が校閲する。

論文不正を見抜くのは、同じ研究室内でもなかなか難しく、よほどの細かいチェック機構を備えていないと不正の事実は引っ掛かってこない。そもそも私自身学生を含めて教室員をすべて信頼しているので、これまでそのような事態が問題になったことはなかった。

だが大学院生にとってみれば、論文として業績を残すことは、いい就職口を得たり、あるいは

海外のランキングが高い大学にポスドク留学したりする際に、きわめて重要となる。というのも、有名な雑誌に数多くの論文を発表した研究者は、世界中《せかいじゅう》から優れた研究者として一様に評価され、それだけいろいろな大学や研究機関から、オファーが来るからだ。

論文の審査員は、文章の加筆修正はもとより、新しいデータの提示や繰り返し実験によるデータの信憑性《しんぴょう》の証明などを、しばしば要求してくる。そこで、論文が受理されるまでのこうした厳しい審査をできるだけ短期間で乗りきるために、つい不正に手をつけたくなるのも人情だ。

むろんそれはやってはいけないことだ。それを監視するのが、教室を主宰する主任教授の私の役目なのだが……。

千佳の悲劇に日常を囚《とら》われ、教室運営のことなど正直言ってこのところほとんど私の眼中に無かった。

まさかあの学生が……

私の頭の中に、何人かの大学院生の顔が浮かんだ。

第三章　罠は仕掛けられた

1

「第三十二回伴大夢賞《ばんだいむ》は、一条直哉《いちじょうなおや》さんの『敗者の慟哭《どうこく》』に決定」

九月一日、出版大手の恒明社《こうめい》は、同社が主催する第三十二回伴大夢賞の受賞作を、東京都の一条直哉さん作の『敗者の慟哭』に決定したと発表した。この作品は、三百二十八編の応募作の中から、一次選考、二次選考、および最終選考を経て選ばれた本格長編ミステリー小説で……

教室の教授室のパソコンに向かい、大手インターネットサイトの「エンタメ」欄を見ていた私は、そんな記事にふと目を止めた。

伴大夢は、本格推理小説の大御所作家のひとりである。ネット情報によれば、同賞は伴大夢が三十二年前に亡くなったその年、株式会社恒明社が彼の逝去を惜しんで設立した賞である。「本賞の応募者は、自費出版以外には商業出版を行っていない者」と限定されており、したがって新人のみが受賞の対象となる。

例年、ミステリーの中でも比較的本格よりの作品が受賞している。受賞者には、副賞として一千万円が与えられる著名なミステリー賞の一つで、応募者数も毎回三百名台という、堂々たる威容を誇っている。

矢間田書房にて新しい賞を立ち上げる準備に入っていた私は、最近こうした記事に敏感である。千佳が生前付き合っていたかもしれない、本格ミステリー作家志望の男から応募を受けるには、どのような賞が魅力的なのか。私の頭の中には、そのことが始終駆け巡っていた。

ネットの「伴大夢賞」の記事に目を通していた私は、あることに気づき、さらに検索を進めた。

この第三十二回伴大夢賞の受賞者は、千佳が殺害されたころには当然のことながらまだ作家としては無名であった。そのころは同賞に作品を投稿中で、「敗者の慟哭」も選考過程にあったのだろう。そうであれば、一条直哉も千佳殺害犯のリストに入るのではないか。

ミステリー作家志望者は皆その範疇にあると、疑心暗鬼かもしれない自分の思考の哀《かな》しさに翻《ほん》弄《ろう》されながら、それでも一条直哉についてもう少し詳しく調べてみたいという思いが湧いた。

その名前をインターネット画面に入力し、検索をかけてみると、そこには各新聞社や恒明社が発した、第三十二回伴大夢賞受賞者としての一条直哉の記事が連なっていた。さらに、関連サイトの上から五番目に、彼自身のＨＰが掲載されていた。

私はそれをクリックしてみた。

「一条直哉。ミステリー作家。東京都在住。これまでに著した作品、『敗者の慟哭』（第三十二回伴大夢賞受賞）、同人誌掲載短編小説『かまいたち殺人の罠』、『人形の瞳に映る殺人鬼』……」

その後にも、いくつかの作品名が並んでいたが、「敗者の慟哭（第三十二回伴大夢賞受賞）」というところは太字で強調して記されていた。そしてコメント欄に本人の受賞の喜び、審査員である何人かの著名なミステリー作家への謝意、次作への意欲などがつづられている。

だが、それ以上この一条直哉という作家の正体に迫ろうとしても、ネット上では何も出てこない。「一条直哉」で検索した他のサイトにも入ってみたが、結果は同じであった。

つまり、本名や連絡先はおろか写真もなく、また作家として以外の職業、年齢、生い立ち、東京都ということ以外の詳細な住所等、個人情報に関する記載が一切見当たらないのだ。こうして一時間余りネット上で一条直哉の情報を漁ってみたが、結果は同じであった。

私はますます気になってきた。まさかとは思うが、この作家と千佳との関係は、本当に何もないのだろうか。

私はじっとしていられなくなり、恒明社の代表番号をネットで探り当てると、さっそくそこへ電話してみた。

受付嬢らしき女性が出たので、名乗ってから伴大夢賞の担当の者に替わってもらうよう依頼した。こちらの職業や住所については触れなかった。

少し待たされた後、電話口から聞こえてきたのは元気のよさそうな男の声だった。

「はい。私、伴大夢賞の事務局を担当しております橋口《はしぐち》と申します。どのようなご用件でしょうか」

伴大夢賞は伝統があって、また過去の受賞作も優れた作品ばかりだと一応の世辞を言ったのち、私はさっそく訊きたかったことを尋ねてみた。

「第三十二回伴大夢賞受賞者の一条直哉さんについて、お尋ねしたいことがあって電話しました。私は貴賞に対して大変関心があります。一条さんという方は、いったいどのような方なのでしょうか。貴社の受賞者紹介欄や一条さんのHPを見ても、情報がほとんど載っていません。一条さんはペンネームですか。年齢は何歳ぐらいですか。現在はどこにお住まいなのでしょうか」

矢継ぎ早の質問に、相手は少々面食らっているようでしばしの沈黙があったが、やがて電話の向こうの声色は、トーンが落ちたような気のない返事に変わった。

「失礼ですが、あなたは一条さんにとってどのようなお立場の方ですか？　そういうことは、個人情報でお教えできないことになっているのですが……」

私は相手の言うことをほとんど無視して続けた。

「受賞作の『敗者の慟哭』について、とても興味があります。一条さんにお会いしてサインをいただいたり、お話を聞いたりできないものでしょうか」

「ですからそれはお断り申し上げております」

「なぜですか。ファンの一人としてお願いしているのですが」

「作家さんによっては、サイン会やトークショウなどの企画を積極的に受け入れてくださる方もいますが、一条さんはそういったイベントに一切参加しないと明言されています。あなたのような熱心なファンの方がいるのは大変ありがたいことですが、行きすぎになりますと、中には半分ストーカーのようなことをなさる方もいらっしゃいますので」

担当の橋口と名乗った男は、最初とはうって変わってトーンを下げ、迷惑そうな声色になった。

「ご本人の写真も居住地域も非公開なのでしょうか」

私はなおも粘《ねば》ったが返答は変わらず、本人の意向だから非公開は仕方ないというのが先方の応えであった。私はとうとうあきらめて礼を言うと、電話を切った。

結局橋口は、一条直哉の個人情報が非公開であることの理由すら述べなかった。よくよく考えてみるとその対応は手慣れたもので、これまでも受賞作に目を付けたファンからの同様な問い合わせが跡を絶たなかったのであろう。

ミステリー作家は、自分自身の神秘性を高めるため、個人情報を読者にさらすことを極力避けるケースがあるそうだ。作家が自らミステリアスな存在となり、それがうわさを呼んで、その作家の作品をぜひ手にしたいと思う人が増えることを狙っているのだという。

一条直哉が、自分の写真も公表せずもろもろの個人情報を隠す真の理由は分からないが、販売戦略の一環として出版社も加わって秘密を通そうとしていたら、それを探るのは容易ではない。

一条直哉のことについて、恒明社にそれ以上訊いても無駄だと悟った私は、次に矢間田書房の電話番号をプッシュした。

「よう、大日方か。どうだその後は？　少しは落ち着いたか」

ぶっきらぼうな矢間田の声が耳に入ってくる。

「まあ、何とかやってるよ」

「こっちは、例のミステリー文学新人賞の準備を着々と進めている」

「そうか、楽しみだな。賞の資金の件だが、お前の要望どおり、一千万円までは何とか用意した」

「本当に大丈夫か。お前の家が破綻《はたん》するんじゃないか」

矢間田は冗談っぽくいう。

「こう見えても、一千万ぐらいは俺の一存で捻出できる」

「それを聞いて安心した。こちらもやるからには、何とか社の特別予算を付けられるよう頑張ってるがな」

「頼もしいな」

「そうあてにされても困るが、まあ来年春ごろの応募原稿締め切りの線で、今どうにか動いている」

「うん……」

そんな会話を電話口で飛び交わしながら、私は少し間をおいてから尋ねた。

「ところで、第三十二回伴大夢賞の受賞作が、最近決定したことは知っているな」

「もちろん。確か『敗者の慟哭』というタイトルの、ハードボイルドっぽい本格ミステリーだったな。受賞者は一条とかいう名前の……」

さすがに著名なミステリー賞の情報は見逃していない。

「そう、その受賞者についてなんだが」

私は続けた。

「お前は出版業界の人間だから、受賞者の一条直哉という作家について、何か知っているかと思ってな」

「……ああ、そのことか。実はうちの社の者が、新聞社や恒明社に問い合わせてみたそうだが、一条直哉は徹底して覆面作家を決め込んでいるらしい。自身の情報については何も明かさないということだ。恒明社が言うには、おそらく授賞式にも出て来ないだろう、とのことだ」

「やはりな……」

私は小さくため息をついた。

「やはり……とは、お前も何か探ってみたのか」

「ああ。恒明社に電話で問い合わせてみたんだが、迷惑そうな応対で、何も教えちゃくれなかった」

「むろん、恒明社は本人の連絡先だけは押さえてあるはずだ。だがそれは、一条直哉との契約で絶対に外には漏らさないだろう」

「……だろうな」

「しかしなぜ一条直哉にそんなに関心があるんだ。『敗者の慟哭』という作品にしても、恒明社の者や審査員以外はまだ誰も読んでいないのだろう」

突然の矢間田のその質問に対し、私は返答に詰まった。まさか、一条直哉が娘の千佳が交際していた相手かもしれない、などとは言えない。

「うん……いやあな。こちらも新しい本格ミステリーの賞を立ち上げるとなると、この世界の大御所である伴大夢賞の受賞者のことくらい、知っていないといかんと思ってな」

思いつきの答えを返すと、矢間田は鼻で笑った。

「伴大夢賞のような大物賞を相手にしていても始まらん。こっちはこっちで、小回りの利く分、特徴を前面に押し出していかないと生き残れん」

「ああ、そうだな」

私はまた適当に応えておいた。一条直哉に対する私の関心の深さに宿る本当の意味を、矢間田は気づいていないようであった。

2

その後、第一回矢間田書房ミステリー文学新人賞立ち上げの準備は着々と進み、九月末にはようやく募集にこぎつけた。応募締め切りまでの期間は八ヵ月ほどしか無かったが、志のある作家なら十分に応募可能な期間であると私は受け止め、その募集締め切り期日を矢間田に提言した。募集開始から締め切りまで、少なくとも一年はあった方がいいのでは、という矢間田の意見に対し、私は抗《あらが》うように自説を通した。

本当は、一日でも早く応募作を入手し、そして千佳を殺したかもしれない本格ミステリー作家志望の男を突き止めて、私なりの復讐《ふくしゅう》を敢行することが、私の意中にあることだった。このように私にとって、締め切り日を翌年の五月三十一日とするのは、遅すぎるくらいであった。

伴大夢賞受賞者の一条直哉のことは頭から離れなかったが、こちらはこちらで、一条直哉という作家が何者なのか、並行して正体を突き止める捜査を続けていくことにした。

また私自身が、一条直哉にダミーのファンレターを書き、これを恒明社を通じて本人に届けてもらえるようにも画策した。

むろん本人は、五十を過ぎたおじさんファンからの手紙など読まないかもしれない。だが万が一返事が来たら、例のDNA解析システムに掛けて、返信の手紙についているであろうDNA

と、千佳の部屋にあったハーモニカから検出されたDNAとの相同性を調べるつもりであった。

こうして秋も本番を迎えるころ、矢間田書房の労により私は、殺人鬼トラップの設定を終え、後は獲物が罠にかかるのをじっと待つことにした。

一方宇田川刑事からは、私の家の空き巣の検挙に関する情報を含め、その後何の連絡もなかった。千佳の事件も発生から月日が流れ、確かな情報が得にくくなってきている。

警察はいったい何をやっているのか。

腹立たしい思いを胸に、私は今最も気持ちのよりどころとしている、自分の計画の成功を願った。


九月半《なか》ばから、大学では後期授業が始まっていた。

夏休み明けの学生は、受講にも身が入らないらしく、百人以上が聴講する私の講義の受講生のうち後ろ三分の一程度はほぼ寝ている。まじめに聞いている他の学生の迷惑にならなければ、特に気にするそぶりも見せず、見て見ぬふりをしながら講義を進める。

私のクラスの学生は薬学部に所属しているが、千佳は生命科学部の学生であった。私の薬学部の授業に出ている学生の中に、千佳を知っている者がどれだけいるかは分からなかったが、もしいたとしても少数だろう。学部が違えば、クラブ活動などの知り合いを除き、学生同士はほとんど交流がないからだ。娘を失った惨めな父親がどのような講義をするのだろうと、好奇の目にさらされることもない。

私は漫然と講義を続け、そして時間きっちりにそれを終えると、自分の教授室に戻った。そのタイミングを見計らうように、右野助教が教授室のドアをたたいた。

「失礼します」

もともと開け放たれたドアから、右野が中の様子を窺っている。まだ残暑厳しかったので、右野は白いブラウスに短めのスカートというい で立ちである。それは、夏休みが始まってから間もなくの時期に登校してきた彼女の姿とあまり変わらず、学生の集団にも溶け込めそうなまぶしい若さがあった。

「先日お話しした、教室の論文の不正疑いに関することですが」

右野は入り口に立ったまま、声を落とし、かしこまって言う。

「まあ、中に入って。そこへ掛けて」

テーブル脇の椅子を勧め、私も先に対面に座る。話題として避けたい問題だが、教室を主宰する教授としてはそうも言っていられない。

右野は入室してくると、部屋のドアを閉めた。やや硬い表情で私の勧める椅子に浅くかけ、背筋を伸ばした。

「問題のSNSをチェックしてみました」

「うん。何が書かれていたんだ」

「これです」

右野は持っていたA4紙を差し出した。手に取ってみると、横書きで日付と一行の稚拙な文章がプリントアウトされている。

「遺伝薬理学教室の論文に捏造疑惑があるんだって、どうしよう。C」

文面はこれだけであった。遺伝薬理学教室とは、私が主宰する教室の名である。

「この一行だけかね」

私は用紙から面を上げ、右野の表情を窺った。

「ええ、それ一つだけでした」

「他には何も？」

「はい」

「これじゃ何にも分からんな。遺伝薬理学教室とあるが、同じような名前の教室は他の薬科大学や医学部にもある。ここには多摩薬科大学とは書かれていないから、これじゃどこの大学の遺伝薬理学教室なのかも分からないじゃないか」

「……そうですね。それに、宗岡先生や大学院生にも訊いてみたのですが、みんなこのCというのが誰のことだか思い当たらないと言うのです」

「ふむ……」

もう一度文面に目を落とすも、それ以上のことは伝わってこない。

「最後の、『どうしよう』というところは、いったい何を意味しているのだろう」

私がおもむろに尋ねると、右野は首を傾《かし》げながら応えた。

「傍観的な見方ではなく、当事者かそれに近い人物の呟きにも取れますね」

微妙な表現だが、遠からずといったところか。

私も右野と同じようなことを感じていた。つまり、これをツイートした者は、私の教室の関係者かあるいは教室のメンバーと知り合いの者、ととらえることもできる。

「でも……」

「何かね?」

「どうしよう……とは、この人が困惑しているのかと思う反面、何か制裁や報復措置を取ってやろう、という意味に解釈することもできます」

内心ぎょっとしたが、考えてみれば確かにそれもあり得る。私はツイッターの文面がプリントアウトされた用紙を手に持ったまま、面を上げて右野を見つめた。

「ともかく、教室から発表された論文は一つ一つチェックしてもらいたい。それから、他にこの種のツイートがないかどうか、またこのCなる人物はいったい誰なのか、できるだけ事を荒立てずに捜査してみてくれないか」

右野は私の目を見て黙ってうなずくと、静かに腰を上げた。

「失礼しました」

言い残すと右野は、さっき自分で閉めたドアを開け、足早に教授室を去って行った。

私は手にしていた用紙を、シュレッダーにかけた。

3

それからしばらくの日々は、千佳殺人事件捜査状況や私の教室の論文不正問題に、目立った進展はなかった。そうして時間は漫然と過ぎて行ったが、千佳を失った私の悲しみは癒《い》えるどころか、ますます強まっていた。

翌年の五月末。

第一回矢間田書房ミステリー文学新人賞の募集締め切り日が迫っていた。

それまでは、週一回くらいの割合で、応募作が一つ届いたとか今日は三つ届いたなどと、矢間田から電話連絡があった。

だがいよいよ五月末日の締め切りを過ぎた段階で、合計百を超える応募が矢間田書房に寄せられたという最終報告が、矢間田からあった。

「娘の無念を科学の力で晴らすときが来た」

矢間田からの電話を切ると、私は思わず右こぶしを握りしめた。

新しくできた文学賞の第一回目募集に対しては、一般に多めの作品が寄せられる傾向にある。だがそのことを考慮に入れても、賞金もない小さな出版社の賞への応募数としては、上々の出来である。

これらは、一次選考査読員による厳正な審査を経て、その約一割が二次選考へと進む。一次選考委員は、矢間田書房の社員と一般から選抜された人たちだが、その詳細を私は知らない。選考過程はすべて矢間田に任せていた。

私にとって肝心なのは、応募してきた作者が自筆で記した作者プロフィールであった。

第一回矢間田書房ミステリー大賞募集要項の中で、作者プロフィールは、作品名、ペンネームと本名、生年月日、職業、来歴、連絡先住所、電話番号、およびメールアドレスを必ず自書でA4紙一枚に記載のこと、とされている。この作者プロフィールのみ、矢間田がすべて私のところに送ってくれる手はずになっていた。

なぜ私が応募者の自筆書類を手元に置きたいのか、矢間田は特に尋ねては来なかった。余計なことは詮索《せんさく》しない矢間田の性格は歓迎だが、もしそのことを訊かれたら、

「作者の息遣いをじかに感じたい。また受賞者が将来著名な作家になったら、自書の応募書類は貴重な文学資料となるやもしれん」

などと言ってはぐらかすつもりでいた。

私は賞の発案者の一人であり、また大口のスポンサーだ。それくらいのわがままは通すつもりであった。

やがて約束どおり、全作者の自書プロフィールが、何の支障もなく私の手元に速達簡易書留で送られてきた。

届いた矢間田書房の封筒の中には、A４紙が折り曲げられることなく百十七枚入っていた。応募者一人につき一枚で、百十七人分の作者プロフィールということになる。

この中に、果たして千佳を殺した犯人がいるのだろうか。

罠にかかった獲物を検分するように、私はそれぞれ個性のある自書作者プロフィールを、一枚一枚ワクワクしながら見ていった。もちろん、薄めの白い手袋をはめた手で。

いびつな字、躍るような躍動感のある字、小さくて同じ角度でひん曲がっている字……。その三割ほどは、以前原稿用紙に万年筆で原稿を著すころの時代であったら、およそ作家とは思えないような字でつづられていた。

また作品のタイトルを見ると、それだけで読んでみたいと興味をそそられるようなものから、本格ミステリーとはとらえがたく、まったく意味の分からないタイトルも散見される。

「ああ、即座に落とされる作品とはこういうことなのか」

と、思わず勝手な講評を下している自分に気づく。

だがざっとすべての書類に目を通してみたが、その中に私の知っているようなペンネームや本名は無かった。

そこで私は次の作業に取り掛かった。

これらの書類を一つ一つ細断し、特殊な抽出液でDNAを抽出したのち、PCRにより遺伝子を増幅させ、そして特定領域のDNA塩基配列をシーケンサで解析していくのだ。むろんそれは根気のいる作業であった。だが私は一つ一つ、粛々《しゅくしゅく》とそれを進めて行った。

そうして四週間後、すべての応募用紙のDNA解析が終了した。解析結果はその都度、千佳の部屋にあったハーモニカから検出されたDNAの同じ領域における塩基配列と鑑別した。

ところが、多大な期待とは裏腹に、百十七枚の書類に付着していたDNAはいずれも、ハーモニカから検出されたDNAとは一致しなかった。その結果から、今回の応募では、犯人が網にかからなかったことを私は知った。

その年の私のたくらみは、こうして失敗に終わった。

同時に私は、そこで大きな失望と挫折《ざせつ》を味わうことになった。

本当にこの方法で、殺人鬼を罠にかけることができるのであろうか。私は何か見当違いのことをしてはいないか。

また私はこの計画を、他の誰にも打ち明けたことはなかった。その孤独感も、本計画に対して当初私が抱いていた自信を削《そ》ぐ、一つの要因となって行った。

一方、千佳殺害事件に対する警察の捜査は、相変わらず漫然として大した進展はなかった。

一般に、殺人事件の捜査は、事件発生から数週間が山である。千佳の事件は、発生からすでに一年以上が過ぎていたが、千佳を殺害した犯人は未《いま》だに捕まっていない。それどころか警察は、まだめぼしい容疑者すら挙げていない模様である。

私は、警察への怒りと共に、自分自身の内にも徐々に焦燥を感じ始めていた。

4

その年の十月、第一回目の矢間田書房ミステリー大賞応募作の中から、厳正な審査を経て受賞作一編が決定された。だが、それは私に言わせればあまりぱっとしない作品で、とりわけここで言及する必要もない。ちなみに、前述したとおりその作者のＤＮＡも、ハーモニカから検出されたＤＮＡとは一致しなかった。

それからまた月日はいたずらに過ぎたが、宇田川らによる千佳殺人犯の割り出しは、相変わらず杳として進んでいなかった。

一方、ミステリー文学新人賞という私が仕掛けた犯人を呼び込む罠も、先述のとおり第一回目の応募では失敗に終わった。私の心中には、この殺人鬼トラップに対する、懐疑的な見方が生まれつつあった。

だがそれで断念するわけにはいかなかった。

他でもない憎い千佳殺人鬼を、何とかこの手であぶりだしてやりたい。千佳を殺しながらのうのうと生きている殺人犯を思うと、絶対にそいつを許すことはできない。

私の中には、再び激しい憤りと共に闘志が湧いていた。あきらめてなるものか。ここで止めてしまったら、元も子もないではないか。もう一度、同じ方法で殺人犯に罠を仕掛けてやろう。次こそ必ず、犯人は罠にかかる……。


矢間田の協力を得て、私は第二回目の矢間田書房ミステリー大賞の募集を発信した。

予想どおり、第二回目は、一回目に比べて応募作の数がだいぶ減った。それでも締め切りまでには、八十三作の応募が寄せられた。千佳が亡くなってからすでに二年以上の月日が過ぎていた。

私の手元には、矢間田から例によって作者手書きの応募書類が八十三作分送られてきた。私はまた大学の研究室にこもり、書類に付着しているであろうＤＮＡの解析を始めようとした。

それに先立ち、まず八十三通の書類をパラパラとめくりながら五十枚目あたりにまで進んだとき、私の目線はふと、その作者プロフィールの上で止まった。

ペンネームは相生隆太郎《あいおいりゅうたろう》、四十三歳。東京都在住。職業は多摩薬科大学教員。そして本名は……。

「宗岡彰吾！」

私は思わず声にして小さく叫んだ。

まさか教室の准教授である宗岡が、矢間田書房ミステリー文学新人賞に応募してきたとは……。

そのときの私の驚きをくどくどと説明する必要はない。

宗岡は、矢間田書房ミステリー大賞の仕掛人がこの私だとは、夢にも思っていないだろう。むろん応募してきた作者プロフィールを、今私がこうして手にしていることも……。

宗岡の応募作のタイトルを見ると、

『象牙《ぞうげ》の塔の殺意』

となっていた。

「なんだこれは。どうせ大学の教授選か何かで、目障《めざわ》りな奴を殺す話だろう」

鼻で笑うと、もう一度自己プロフィールの文字列をじっと見た。なかなかの達筆である。そしてその字には、やはりどこか見覚えがあった。

続いて、私の胸を内部から鋭い刃物で突き上げんばかりの衝撃が襲った。

「ミステリー作家志望の千佳の愛人とは、宗岡だったのではないか？」

まさかとは思う。

あの誠実そうな、幾分恐妻家気味の、家庭を大事にする宗岡が千佳の愛人であったなどとは、とても信じられるものではない。

さらに宗岡は、決定的証拠物件となりかねない千佳のハーモニカを盗もうと、私と優子が留守の間に私の家に侵入し、千佳の部屋を家探しした空き巣犯だったのだろうか。そのことも、私にはにわかに信じがたかった。

彼がミステリーを書いていたとしても、確かにそれは驚きではあれ、あり得ないことではない。

しかし宗岡と千佳とは、いったいどこに接点があったのか。それについては、どう考えても不可解であった。

こうして八十三人分の作者プロフィールをざっと眺め渡し、特に目を引いたものはペンネーム相生隆太郎、本名宗岡彰吾のものだけであった。それ以外の作者の本名をみても、私が知る者は無かった。

相生隆太郎という作家名は、もしデビューがかない作品が本となって書店に並んだら、あいうえお順でいくと一番初めの書庫に入る。当然目立つので、売れ筋にも好影響を及ぼす。

宗岡が果たしてそこまで考えて相生というペンネームを選んだかどうかは、定かではない。だが私の憶測が当たっていたとしたら、彼には、自分の作品が見事受賞しそして自身が作家として成功するという、大きな野望があることが窺える。

あの宗岡が、と改めて驚嘆させられると共に、私はさっそくこの一枚の作者プロフィールを、千佳の部屋で発見したハーモニカに付着していたDNAとの相同性鑑定にかけてみようと思った。

むろん、相生隆太郎、本名宗岡彰吾の作者プロフィールのDNAがハーモニカのDNAと一致しなくとも、応募されてきたすべての作者プロフィールのDNAについて、相同性を鑑定するつもりではいた。八十三枚の作者プロフィールの鑑定をすべて実施するには、大して時間はかからない。

しかしそのときの私の中では、宗岡が犯人なのではないかという疑惑が急速に拡大しつつあった。

心情として、身近で働いている宗岡を疑いたくはなかった。だがむしろ身近にいる存在だからこそ、学部は違えど同じ大学の学生であった千佳と接点を持つ可能性は、それ以外の応募者に比べて高いと言えた。

翌日は日曜日であったが、私は家で優子の出してくれた朝食をすますと、身支度する時間ももどかしく早々に大学に向かった。

日曜日まで出勤する私に、優子は訝しそうな目を向けた。だが、卒業論文の校正や試験答案の採点に忙殺されて時間が足りないと言い訳をぼやきながら、私は優子の心配を振りきった。

大学に行ってみると、休みの日なのに教室には助教の右野と二人の大学院生がいた。

皆、その日外せない実験があるという。私は、誰もいない実験室で一人大手を振ってＤＮＡ解析を行おうと思っていたので、少々予定を狂わされた思いでいた。

「先生がわざわざ日曜日に教室に来られて実験なんて、珍しいですね」

研究室で白衣姿の右野に会うと、彼女はそんな皮肉めいたことを言った。

「教授は、休みの日なんかに研究室に顔を出すもんじゃない」

と、暗に私を制しているようであった。

「急に一つアイデアが浮かんだものだからね」

平気な顔をして私が返すと、右野は目を丸くした。

「研究のアイデアですか？　後でぜひお聞きしたいですわ」

「……うん、まあもし思いどおりに行ったら、結果は後で披露しよう」

実際そんなつもりはないのだが、適当なことを言って私も白衣を羽織った。研究室の奥の方では、二人の大学院生が、電気泳動装置を使ってウエスタンブロットという方法を用い、生体試料中のタンパク質を解析する実験を行っていた。

それ以上右野に詮索されるのを回避すべく、私はさっそく空いている実験プラッテに着いた。そしてあらかじめ家で細断してきた宗岡の「自書作者プロフィール」を、DNA抽出操作に掛けた。

何を始めたのか右野に見られるのは避けたかったが、彼女ももうそれ以上私に係ることなく、自分の実験に執心しているようであった。

こうして、その日の午後には待望の結果が出た。

実験は成功であった。思ったとおり、宗岡の「作者プロフィール」からは、一人の人物のDNAが検出されたのだ。

シーケンサが解析した、宗岡の「作者プロフィール」に付着しているDNAの塩基配列が打ち出された用紙を手にすると、私は隠れるように教授室にこもった。いつもは開け放してある部屋のドアを、このときばかりはきっちりと閉め、以前千佳の部屋にあったハーモニカから検出されたDNAの塩基配列データと見比べてみた。

同《おな》じだった！

何度見ても、鑑定に用いた両検体のDNA塩基配列が、ぴたり一致していた。

念のため、USBフラッシュメモリーに取り込んだ宗岡の「作者プロフィール」のDNAデータを、自分専用のPCに移す。次に、そのPCのハードディスクに移しておいた千佳のハーモニカ検体のＤＮＡ塩基配列と、宗岡の「作者プロフィール」のＤＮＡ塩基配列を、専用ソフトを使って鑑定してみた。

両者が同一人物である可能性は、九十九・九九九九……パーセント。

「やはり……」

予感はあったが、それでも信じられない結果である。

データを前に放心状態となった私は、教授室の肘掛け椅子に掛けたまま天上を仰ぎ、そのまましばし茫然としていた。

5

翌日の月曜日。

私は宗岡を教授室に呼んだ。

宗岡はちょうど講義を終えて教室に戻ったばかりで、ネクタイを締めたスーツ姿であった。

「大日方先生、御用でしょうか」

宗岡は快活そうに言って、授業で使った教科書を小脇に抱えながら、教授室の真ん中に置かれたテーブルの脇の椅子に掛けた。

私は改めて宗岡の顔を見た。

黒々とした波打つ髪と彫りの深い顔に、以前とは違った視点から、私のまなざしが注がれる。

それに気づいたか気づかぬか、宗岡は凛《りん》とした瞳で、私の視線に真っ向から向かい合った。

「うん、例の論文不正の件だが」

まずは別の話題から入る。二年近く前に教室で持ち上がった問題であったが、未だに明らかとはなっていなかった。

「何か分かったのですか」

宗岡の問いに私は首を振る。

「右野君が見つけたツイッターの書き込み以来、SNS上での呟きはないようだ」

「そうですか……」

宗岡はしばしこちらから目を逸らし、何か考えていたようだが、またすぐに私に向き直ると言った。

「学生のうわさの出所も、おそらくそれだったのでしょうね」

「ああ、そんなところだろう。最近教室から発表された論文については、右野君がさらに調べている」

「僕も先生からご依頼をいただいてからは、過去に遡って教室から公表された論文の不正調査を続けています。今のところまだ該当するような不正は見つかっていませんが……」

宗岡はひとりごとのように呟くと、深刻な顔つきをして目線を下げた。だが今日私が宗岡を呼んだのは、論文不正のその後の調査状況を聞くことが目的ではない。

「ところで立ち入ったことを訊くようだが、君は最近、奥さんとはうまくいっているのかね」

私は探りを入れてみた。

唐突な質問に、宗岡はさすがにびっくりした様子で面を上げたが、私が無理に造った穏やかな表情を見つけると、苦笑して見せた。

「ええ、仲良くやってますよ。家では何事も女房に任せています。僕はすべてのことで、一歩引いてますから喧嘩になりませんよ。でも先生、どうしてそんなことを……」

「ああ、いや……女房ってやつは、なかなか扱いが難しいもんだ。私なぞ、女房が普段何を考えているのかまったく読めないよ」

　はぐらかすと、宗岡はこちらの腹の中を疑うそぶりも見せず、声を立てて笑った。

「それは僕も同じですよ。いつも女房の機嫌を窺いながら、夫婦円満を貫いています」

「うん、結構なことだ。浮気などはしてないか？」

　さりげなく尋ねてみたが、宗岡の表情には動揺のかけらも見られない。もしこれが演技だとしたら、この男相当なたまだ。

「僕がですか？　とんでもないです。女房にばれたら、殺されますよ」

　宗岡は言ってまた笑い飛ばした。私もいっしょに苦笑する。

「奥さんとは、何か共通の趣味でもあるのかね。夫婦が趣味を共有すると円満になるというじゃないか」

「そうですね。女房は最近絵の教室に通ってます。しかし僕は絵はどうも……」

　そこで私は、さらに踏み込んで尋ねた。

「では、君の趣味は何かね」

「僕の趣味ですか、さあこれといって……」

「ミステリー小説なんかは読まないのか」

宗岡の表情が、一瞬固まったように私には映った。そしてその直後、宗岡は開き直ったように言った。

「実は、先生には黙っていたのですが、ミステリー小説を書いています」

私はごくりとつばを飲み込んだ。

「ほう、こいつは初耳だ。君がミステリー小説をね」

「いやあ、先生にはずっと秘密にしておこうと思ったのですが」

「なぜだ。趣味を持つのはいいことじゃないか」

「趣味が高じて、ということもよくありますよね」

宗岡は笑顔で応じる。

「もしかして、プロの作家を目指している?」

だが宗岡は謙遜するように小さく手を振って否定する。

「無理ですよ。いくらミステリーが好きだからといって、プロの作家になれる人間はほんの一握りですから。それに僕には研究と教育があります。今の仕事にも誇りを持って臨んでいます。少し仕事が多すぎるのがしんどいですが」

「そうだな」

私も認める。

「君にいろいろと仕事を振っていることは、申し訳なく思っているよ」

「あ、そういう意味で言ったんじゃありません」

宗岡は相変わらず笑顔で、弁解するように頭を下げた。

「実は、娘の千佳が生前付き合っていた男性が、ミステリー作家を目指しているという話を耳にしたものだからね」

これは、宗岡の反応を見るための直球の発言であったが、宗岡は顔色一つ変えずに応じた。

「そうでしたか……。お嬢さんのことは、本当にお気の毒でした」

「ああ、いや……」

そこでしばし、気まずい沈黙が流れた。ややあって、私は顔を上げた。

「忙しいところ呼んで悪かった。仕事に戻ってくれ」

まずはその辺で話を打ち切るべく、私は宗岡に礼を述べた。

とりとめのない話に付き合わされたというような戸惑いの表情をちらと見せながら、宗岡は「いいえ」と言って出て行った。

宗岡が尻尾《しっぽ》を出すことは無かった。

だが彼との対決はまだ始まったばかりだ。必ず暴《あば》いて見せる。

宗岡よ。お前の罪状を示す絶対的な証拠は、すでに私のこの手に握られているのだ。

6

その日の午後、私は学内本部棟にある教務課に用事があって、自分の教授室がある研究棟から本部棟に歩いて移動していた。多摩丘陵に広がる本学キャンパスは広大で、仮に端から端まで移動するとなると、徒歩で二十分は要するであろう。

研究棟から本部棟までは数百メートルの距離だが、学生が集まる広場や厚生棟を抜けて行かねばならず、それは気晴らしも兼ねたちょっとした午後の散歩になる。

薬学部の学生は、どちらかというと皆地味な服装をしている。病院実習に行ったり、一般人の模擬患者が参加する実習があったりと、半社会人としてのふるまいを要求されることがしばしばあるからだ。そのような理由から、茶髪やピアスはもちろん、もみあげやマニキュアもいけない。自然、服装も質素になる。

それに比べて、生命科学部の学生は自由だ。学内で金髪やコスプレまがいの服装に出会ったら、それは生命科学部の学生にまず間違いない。千佳も生命科学部の学生の一人だったが、しかしあの娘はいつも落ち着いた服装をしていた。

また千佳のことだ……。いつもそうだ。

彼女の友達は皆卒業し、もう千佳のことを忘れたかもしれない。だが父親の私が、あれほど愛していた千佳のことを一瞬たりとも胸中から追い出すことなど、できるはずがない。私は情けない気持ちにさいなまれながら、学内を進んだ。

大学生と思しき年齢の若者を見るにつけ、私は千佳を失った悲しみに都度さらされ、そして絶望に沈む。今日のように良く晴れた日の午後でも、しとしとと降り続く雨の日の朝でも、胸の中にいつも悲しい千佳の想い出がいた。

そして最後に私は、自分の心の中にいる千佳に向かって叫ぶのだ。

「お父さんが、きっとかたきを取ってやる」

と……。

芝生が広がる学生広場を通り過ぎようとしたとき、ふと前方に見知った顔があった。

とっさには誰だか思い出せなかったのだが、記憶をたどるうちに、それが帝西大学法学部法学研究科大学院生の瀬川悠馬であることを私は認識した。千佳の通夜の際には、斎場に一人来て焼香をして行ってくれた、あの旅研究会のイケメン学生だ。あれからもう二年以上になるが、彼の記憶はなぜかしっかりと私の頭の中にあった。

瀬川は本学のキャンパスにも慣れた様子で、学生棟の方に向かって歩いていた。私が進む方向をちょうど彼が直前に横切ろうとしたとき、私は立ち止まって声を掛けた。

「瀬川君だね。娘の通夜に来てくれた……」

瀬川はきょとんとした顔をしてこちらを見たが、すぐに私に気が付き、笑顔であいさつを返した。

「大日方先生。こんにちは、お久しぶりです」

瀬川は頭を丁寧に下げた。

「やあ、本当に……。早いものでもう二年にもなりますよ」

「ご無沙汰《ぶさた》しています」

「……いやいや。ところで、今日はどうしたの？」

私が尋ねると、彼ははにかむように右手を頭の上に持って行きながら応じた。

「多摩薬科大学の旅同好会から、帝西大学の旅研の催し物や企画などについて、講演してくれないかという依頼を受けまして」

「へええ、君が？」

「ええ。以前から、千佳さん、あいえ大日方さんを通じて、うちの大学の旅研とこちらの大学の旅同好会とはよく交流していたんです。大日方さんが亡くなってからも、交流は続いています」

「そうだったのか」

私は笑顔で返しながらも、感慨に沈む。

千佳は、両校の交流を仲介する役割を担っていた。千佳はきっと、生きていたとき、人と人を結び付けるかけがえのない存在のひとりであったのだ。

だがそんな当たり前のことを、私は今まで改めて考えたこともなかった。千佳を失った今、私はそのようにほんの些細なことでも、千佳が関わっていたことはすべて大事に受け止めたい気持ちになっていた。

ふと私は、この青年から千佳のことをもっと深く聞いてみたいという小さな欲望に駆られた。

「瀬川君。今日時間はあるの」

「え？」

唐突な問いかけに、一瞬戸惑った顔を見せたが、瀬川は腕時計を見ながら、

「旅同好会の学生さんとの待ち合わせ時間まで、あと三十分くらいはありますが」

と応じた。

「千佳のことで、ちょっと話を聞かせてくれないかな」

私が申し出ると、瀬川はまた目を丸くしたが、その後すぐに、

「いいですよ」

と同意した。

私たちは、生協食堂のテーブルの一端に、向かい合わせに座った。ホット缶コーヒーを買って渡してやると、瀬川は礼を言いながら両手でそれを受け取った。

「先生の大学は、いつも学生でいっぱいですね」

私の方から用件を言い出す前に、瀬川が生協食堂内を見渡しながら言った。

もう昼食の時間はとっくに過ぎて、他大学だったら食堂内の学生もまばらなのであろうが、実際そのときの本学生協食堂は、まだ半分以上の席を学生が占めていた。まるで図書館の中にいるように、そこからは談笑する声はおろか、話し声すらほとんど聞こえてこない。

彼らが何をやっているのかと言えば、勉強である。特に薬学部の学生は、卒業して薬剤師国家試験に合格せねばならない。そのため、定期試験以外にも随時試験があるし、また毎日の勉強を怠るとすぐに学業について行けなくなる。

このように、定期試験の時期でもないのに、今生協食堂のテーブルに着いている学生は、パソコンや教科書、あるいは分厚い資料に向かって黙々と勉強している者がほとんどなのだ。文系の他大学の学生から見れば、どこか異様な雰囲気を感じるに違いない。

私がざっとそんな説明をしてやると、瀬川は苦笑いしながら、自分は薬学を目指さなくてよかった、というようなことを述べた。そうしてその後しばしの沈黙があってから、私は手短に切り出した。

「ところで、瀬川君から見て、千佳はどんな学生だったの？」

瀬川はやや視線を落としながら、私の質問に応じた。

「そうですね。初めはあまり目立たない、おとなしい子だなと思っていました。でもだんだん話をするうちに、いろんなことに興味を持つ活発な学生だという印象に変わって行きました」

私はうなずく。彼が千佳の性格をよく見抜いているなと思った。私はさらに突っ込んで尋ねてみた。

「瀬川君。千佳には誰か付き合っている人はいなかったの？」

その質問に、瀬川はなぜか顔を伏せ、しばし何かを考えている様子であった。が、やがてゆっくりと面を上げた瀬川は、今度はじっと私の目を見て応えた。

「先生。僕は千佳さんのことが好きでした」

意外な答えに驚き、しばし言葉に詰まっていると、瀬川は続けた。

「千佳さんも僕のことを好きになってくれたように思います。でも僕たちはまだ付き合うような関係ではありませんでした。そのとき千佳さんには、別に付き合っている人がいた……。彼女は僕に対しはっきりとは語っていませんでしたが、僕は雰囲気で感じました。でも、その人とは別れたいと思っていたようです。僕はなんとなくそう思いました。僕にもチャンスがある、とそう感じた矢先でした。彼女が亡くなったのは……」

私は絶句する。言ってから、耐えられなくなったように、瀬川は私から目を逸らせた。

だが目の前の青年の言葉は、なに飾ることなく胸の内から出て来た本心であると、そのとき私は感じた。

「千佳が付き合っていた相手とは、ミステリー作家志望の男ではなかったかね」

私は思いきって尋ねてみた。しかし瀬川の反応は薄かった。

「……さあ、そんな話、僕は聞いていません。先ほど申し上げましたように、付き合っている人がいたかどうかも、僕にははっきりとは分かりません」

瀬川はまた目を伏せた。私の胸の中に、生前の千佳の笑顔が浮かんだ。

「お父さんは私のこと何も知らないのね」

そう言う千佳の笑顔は嘲笑に変わり、そして私の頭の中をぐるぐる回った。

「子は働く父親の背中を見て育つ。父親は娘のことなど詳しく知る必要はない」

千佳が生きていたころ、昔人間の私はずっとそんな考えに固執していたが、それが大間違いであることを思い知った。常に娘に関心を持ち、彼女のことをもっともっとよく知っていたら、私はきっと娘の命を守ることができただろう。しかし……

「亡き娘への反省など何の役にも立たない」

私は顔を上げた。

「瀬川君。君は、西多摩署の宇田川刑事を知っているかい」

気を取り直すと、私は瀬川との話題を事件の方へと向けて行った。

「ええ。一度帝西大学の僕の研究室に来られたことがあります」

「ほう。用件は、やはり千佳の事件のことで……？」

「はい」

「宇田川さんからはどんなことを訊かれたの？　差し支えなければ話してもらえないだろうか」

瀬川はうなずいて同意を示すと、視線を上に向けながら、しばしそのときのことを思い出しているようであった。が、やがて彼は、ゆっくりとまた私の方を向き直った。

「そうですね……。僕と大日方さん……千佳さんとの仲、旅研究会での千佳さんの言動や他のメンバーとの交流について、あるいはコミュニケーションや友人関係はうまくいっていたかどうか、最近の千佳さんの様子に何か変わったことは無かったか、といったありふれた質問だったかと思います」

宇田川たちの目は、瀬川にまで及んでいた。

私が瀬川から千佳のことを訊こうと思ったのは、今日偶然彼に会ったからだが、宇田川の方ではすでに瀬川から直接千佳の交友関係についての情報を得ていたのだ。

それまで、西多摩署は千佳の事件の捜査に身を入れてやっていないのではないかと疑っていた私は、警察をほんの少しばかり見直した。

「それで、君は宇田川さんに何て答えたの？」

瀬川は少し躊躇していたが、私の真剣な目を見ると、その質問に訥々《とつとつ》と応じた。

「僕と千佳さんとの仲は友人関係以外のものではないこと、また千佳さんは、僕の目から見ると周りの仲間たちともうまく関係を築いていたこと、そしてあの事件が起こるまで千佳さんには特に変わった様子はなかったことなどを話しました」

「千佳に付き合っていた人がいたらしいということは？」

「はい。宇田川さんが、千佳さんの男性関係についても尋ねるので、さきほど先生に申し上げたようなことを答えておきました。つまり、そのことについて本人は何も言ってなかったが、僕の勘では誰かと付き合っていたようだと……」

そのとき私には、具体的なある人物の名が浮かんでいた。そこで私は単刀直入に尋ねてみた。

「瀬川君。千佳が付き合っていた人とは、ひょっとしてこの大学の薬学部の教員だったのではないかね」

するとと瀬川は飛び上がったように背を正し、目を見開いて驚く顔を見せた。

「さあ……分かりません」

瀬川は答え、そして私に訊き返してきた。

「先生はなぜそう思われるのですか」

「あ、いや……」

私は目を逸らせ、ひとこと付け加えた。

「ただなんとなくそんな気がしたものだから……」

7

遅い夕食を終え、キッチンのテーブルに着いて新聞を広げながら、音量を下げたテレビのニュース番組にぼんやり見入っていたとき、キッチンカウンターの向こう側で洗い物をしていた優子がぽつんと言った。

「ねえ、お父さん。千佳が付き合っていた人って、お父さんの大学の先生じゃないかしら」

驚いて新聞の紙面を下ろし、上目遣いに優子を見やると、向こうはシンクに視線を落としたまま平気な顔をして食器を洗っている。

「なぜそう思うんだ」

私は新聞を二つ折りにたたんでテーブルの上に置くと、体を優子の方に向けた。優子は黙って食器洗いを続けている。

「何か思い当たることでもあるのか」

なおも尋ねると、優子は首を横に振って悲しい笑顔を見せた。

「何もないわよ。ただそんな気がしただけ」

「千佳が言っていたことを何か思い出したのか」

私はなおも突っ込んで訊いた。

新たなミステリー賞の創設と、それに応募してきた作家の卵たちの中から犯人を抽出するという、奇想天外な私の策に優子が気づいているはずもない。

しかしそうやって網にかかってきた犯人像は、今優子が言ったように、確かに私の勤務先の大学の教員であったのだ。しかもそれは、私の身近にいる宗岡という男……。

そのことを、私は今までひとことも優子に告げていない。それなのに、優子の言うことがあまりにも唐突でかつ当を得ていたので、私の動揺はまだ収まっていなかった。

「いいえ。千佳が私に言っていたことは、前にお父さんに話したとおりよ。それ以外のことを、千佳は私には何も言ってません」

「なら、なぜ……」

言いかけて私は黙った。優子がいきなり洗い物の手を止めると、私の方に歩み寄ってきたからだ。

優子は私の対面に掛けると、薄笑いさえ浮かべながらこちらを凝視した。

「お父さん。私に何か隠してない？」

私も優子の顔を見て目を見開く。

「……何かって、いったい何のことだ」

頭髪の根元から、急に濃い汗がにじみ出てきた。優子の視線を避けるように、私は慌ててテレビの方に目をやった。

「何も隠してなんかいない」

嘘だった。私は新聞に手を伸ばした。

「本当に？」

勘繰りの眼でまだ私を見ている。

「何を言ってるんだ。当たり前だろう」

「そう」

優子はまたちょっと微笑んでから立ち上がった。

「お父さんが、千佳をひどい目に遭わせた犯人を、自分なりに捜しているのではないかと思ったのよ」

言って踵《きびす》を返すと、優子はまたシンクの前に戻り、洗い物を続け出した。

「そりゃあ俺だって犯人を捕まえたい。西多摩署の刑事たちだけに任せてはいられないからね」

私は冷や汗をぬぐいながら、カウンターの向こう側の優子にようやく言葉を返した。

夫婦二人、長い年月を同じ屋根の下で暮らしていれば、大方相手の考えていることなど分かってしまうものだ。最近の私の様子がどこか変だということを、優子は肌で感じたのだろうか。話の成り行きから私は、自分で進めてきた捜査の成果を、今ここで優子に話してしまいたい衝動に駆られた。

新人ミステリー賞の創設という、奇をてらった手段による私の捜査の結果、私の身近な存在である宗岡准教授が千佳を殺した犯人であるという、信じがたい結論が自分の中で導き出されていた。そして図らずも、優子の勘はそのあたりを探り当てているようでもあった。

その顚末《てんまつ》のすべてを話せば、優子は興奮に駆られて衝動的に宗岡を殺しに行くかもしれない。母親である優子の千佳への思いは、私以上に強いに違いない。

だが、今までの途中経過を優子に話すことは、時期尚早であると私は思っていた。

確かにもろもろのデータは、宗岡が千佳殺しの犯人であることを暗示している。これは私にとってまったく予期していなかった驚愕の結論であるが、その背景には、すでに述べたとおり確たる科学的根拠があった。

しかしながら、自分なりにその結論を受け入れる前に、まず宗岡本人の口から真相を聴きたいと思っていた。優子への報告は、それを確認してからでも遅くはない。

こんな重大なことを公の場に明らかにするには、まだ私に迷いがあったのだ。宗岡を信じたい気持ちも、心のどこかにあった。

そんな私の胸中を察したのか、おもむろに優子はシンクから顔を上げると、タオルで手を拭《ふ》きながら私を見た。

「もうこの話はこれくらいにしましょう。お風呂に入りますか」

意外にも優子はそこであっさりと引き下がった。

「ああ……」

なんとなく気まずい思いをしながら、私は安堵の胸をなでおろした。


優子とそんな話をしたのはそれきりであった。

彼女から千佳の悲劇が離れつつあるとは思わないが、それでも優子は私の前で泣くことは無くなった。水彩画の教室に通ったり、たまに大学時代の知人と会って食事をしたりと、以前のように千佳の部屋にずっと閉じこもっているようなことは少なくなった。

だがその心中を思うと、胸が張り裂けそうになる。そして悲しみを必死に乗り越えようとしているのは、私自身も同じであった。私は独り心に刻む。

「愛妻と愛娘《まなむすめ》のため俺は孤独な戦いを続ける」

仕事に忙殺されていても、ふと千佳のことが頭に浮かんでくる。忘れようとしても忘れられない。千佳との楽しかった些細な想い出が、今ではすべて悲しみの源になっている。

アルバムの写真、千佳のマグカップ、いつも千佳が着いていた食卓の椅子、千佳が履いていたスニーカー……。

どれを見ても、それらは皆、私の心の中にある悲しみへの玄関口に過ぎなかった。

私にはまだ仕事があり、そして周りにはたくさんの話し相手がいた。

しかし優子の日常には、そう多くの人が関わっているわけではない。以前より優子の交友関係は増えたが、それでも一人になる時間は私よりずっと多いはずであった。

そんなとき、彼女が千佳のことを考えないはずはなかった。

寄り添いながら、時には離れたところから、優子を見守り支える。今の私にはそんなことしかできない。

もう少し待ってくれ。きっと千佳を殺した真犯人を暴いて見せる。

私の前では精いっぱい元気な様子を見せようとする優子の姿に、私はそう誓った。

8

どうしたら宗岡に、千佳殺しを自白させることができるであろうか。

のっぴきならぬ絶対的な物的証拠を、奴に突きつけてやればそれが一番いい。しかしそれは警察のやる仕事で、私の範疇ではない。私のやるべきことは、宗岡と二人きりで会って、千佳のことについてとことん突き詰めて真相を話させることだ。

本当に宗岡が犯人であったとすれば、私の執念に奴は必ず屈するだろう。その自信が私にはあった。

決定的証拠とまではいかないが、宗岡がミステリー小説作家としてひそかに活動していたことや、千佳のハーモニカに付いていたDNAが宗岡のミステリー賞応募書類に付着していたDNAと一致したことなどの傍証証拠を突きつければ、宗岡も私の追及を逃れられないだろう。

また宗岡は、私たち夫婦の留守中に私の家に忍び込み、千佳の部屋に入って、あのハーモニカの所在を求めて家探しした空き巣本人と思われる。

あの日私たちが家を空けることを、宗岡なら知っていたはずだ。空き巣の被害に会う前日、私は研究室で教室員や学生たちと談笑しながら、週末の休みに伊豆方面に行くことを何気なく話していたからだ。そのことも含めて糾弾すれば、宗岡はすっかり罪状を吐露するに違いない。

では、宗岡を呼び出して自供させる場所は、どこがいいだろうか。

誰にも邪魔をされず、私たちの声が漏れることもなく、それでいて宗岡の不安や恐怖感をあおるような部屋。何もかもさらけ出してしまいたくなるような密閉空間……。

私の教授室でドアを閉め鍵を掛ければ、そこは誰にも邪魔はされないだろう。だが私の教授室は何の変哲もないごく普通の部屋で、相手の不安をあおるような雰囲気など一切秘めてはいない。

私は最初、その場所を警察の取調室のようなところと想定した。そこにはいずれ宗岡を放り込むことになるのだろうが、警察の取り調べの前に私が宗岡を尋問する。だがまさかそのために警察の取調室を借りるわけにはいかない。

あれこれ考えているうちに、思案は学内のある実験室へと思い至った。

多摩薬科大学の研究棟地下一階にある実験施設は、正式には「遺伝子組み換え実験安全管理施設」という長い名前が付けられている。そのすべてが、約六十平米の床面積を持つ四方頑丈な壁に囲まれた空間内に納まっている。

その名称のとおり、この実験施設は、各種細胞の遺伝子組み換え・編集などの実験や、組み換え遺伝子をトランスフェクト（移入）した細胞の処理あるいは培養を、安全に行うことを目的として設計された施設である。

しかしここにいう「安全」とは、万が一の事故に備え、遺伝子組み換え細胞、ウイルス、あるいは病原微生物の汚染がこの完全な隔離施設から外へ広がらないように考慮されているという意味である。したがって、施設内で実験を行う研究者当人にとっては、必ずしも当てはまる言葉ではない。

バイオテクノロジー関係の技術開発は、近年驚くべき急進展を遂げている。大腸菌や酵母などの微生物はもとより、動物や人間に至るまで種々の細胞のゲノム編集や遺伝子組み換え実験が、今や一般的研究手法として定着している。遺伝子を組み換えるという操作は、農学部をはじめ医学部や薬学部でも学部学生の実習カリキュラムに組み込まれているほど、一般的な実験手法なのである。

しかし数十年前までは、人類が絶滅に瀕《ひん》するほどの猛毒な新種の微生物を創成してしまう恐怖、すなわちバイオハザードを、多くの研究者たちが危惧した。しかも、遺伝子組み換え研究が盛《さか》んに行われ始めたころにあっても、その危険性を否定できる知識や根拠は稀有《けう》であったのだ。したがって、当然のことながら、微生物の遺伝子組み換え実験を行う研究施設は、汚染拡大防止のため法律上きわめて厳重な条件を備えた構造でなければならなかった。

数十年前の本学研究施設の改築と共に併設された、「遺伝子組み換え実験安全管理施設」も、その例外ではなかった。この施設は、ウイルス粒子すら外に漏れ出る隙間もない、気密かつ頑丈な壁で囲われた、当時最先端の構造と機能を有していた。

その後年月と共に施設は老朽化したが、制度上レベル4という最高の安全度を備えたこの施設は、今でも現役で実験研究に利用されていた。現に学内の何人かの研究者が、時々この施設内で遺伝子組み換え・編集実験を行っている。

同様な実験を行える施設は、後に学内の第二研究棟にも新しく設置されたため、現在では学内のほとんどの研究者が新しい方の施設を利用している。しかし、新施設の使用スケジュールが込み入ってくると、仕方なく旧施設を使って実験する場合もある。

このように、この施設は現在でも、雑菌を含んだ空気を吸引によって実験室から取り除き、代わりにきめ細かなフィルターを通した、雑菌を含まない新しい空気を室内に送り込むという基本的な機能を維持していた。だが建設以来数十年の時を経ているため、内部は壁の色がくすんで、すこぶる陰湿な雰囲気が醸《かも》し出《だ》されていた。

遺伝子組み換え実験安全管理施設は、前に述べたとおり大学研究棟の地下一階にあり、非常に奇異な構造をしている。この施設には窓がまったくない。また施設の入り口は、ドアが一つあるだけで他に出入り口は一切ない。壁はきわめて頑丈で、まるで監獄舎を思い起こさせる。

施設入り口のドアは、廊下に面している。廊下の一方、つまり施設の入り口ドアに向かって左側は、行き止まりになっている。もう一方の、入り口に向かって廊下の右側奥には、エレベーターがある。

廊下にも窓はなく、廊下を含めた施設全体が、隔離された構造となっていた。したがって、施設が外界と連絡できる通路は、一基のエレベーターのみであった。

施設の中には、第一、第二実験室という並列した二つの実験室がある。それぞれの実験室に入るためにはまず、施設の入り口のドアを入り、そしてその先にある、三平米くらいの広さのエアシャワー室という部屋を通り抜けなければならない。

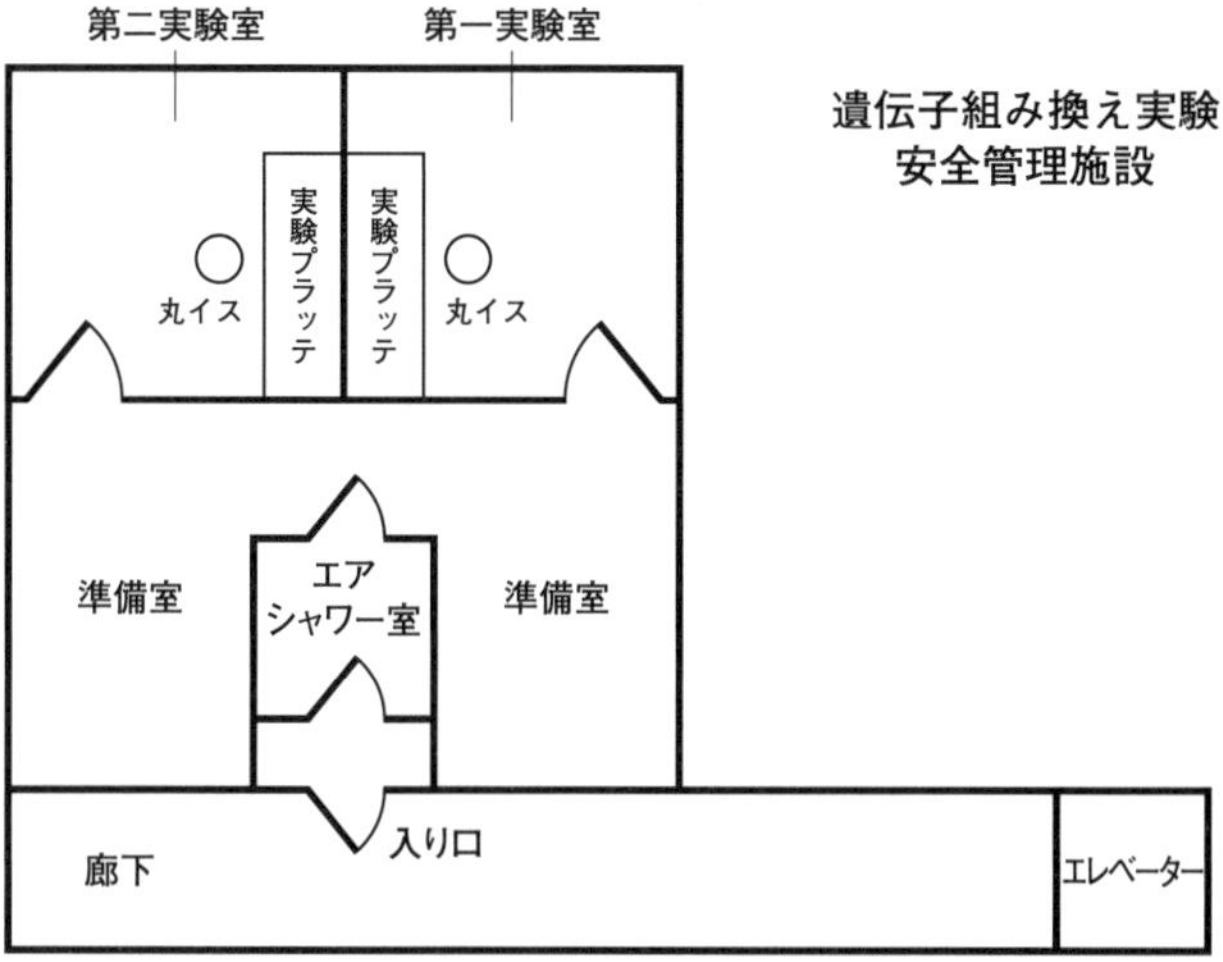

エアシャワー室には、入り口と出口のそれぞれ向かい合った位置にドアがあって、この二枚のドアをくぐると、ようやく施設の内側へと進める。そしてさらに奥にある実験室のドアを開けて中に入り、実験を行う。

エアシャワー室は、人が二人入るといっぱいになるくらいの広さである。この部屋は、前述のとおり奥にある第一、第二実験室にたどり着くための単なる通過点であるが、研究者の身体に付いている雑菌を取り除くという重要な機能を担っている。

まずエアシャワー室の入り口から中に入り、そのドアをきっちり閉めてから、室内の壁に設置されているボタンを押す。するとエアシャワーという強い風が、部屋の前後左右の壁、さらには床と天井から吹き付けられる。こうして、施設に入る人の衣類などに付着している雑菌を払い落とすのだ。

エアシャワーを浴びた後、今度は向かいの出口ドアを押し開けると、左右にそれぞれ準備室が、また前方には二つの実験室がある。これらの実験室はほぼ正方形の形をしており、向かって右側が第一実験室、左側が第二実験室である。どちらも三畳間くらいの小さな部屋である。

各実験室の入り口はそれぞれ一ヵ所だけで、これは部屋の内側に開くドアである。どちらの実験室も壁や天井などが非常に頑丈にできていて、前に述べたとおり窓はない。

私はこの施設の中の第一実験室で、宗岡の尋問を行おうと思っていた。述べてきたようにこの施設は、使用目的からして非常に閉鎖的で、ドアは一つしかないから、中から鍵を掛けてしまえば泣こうが喚《わめ》こうが外の誰にも聞かれる心配はない。

さらに施設は一世代前のものであり、壁や床などにもシミが目立ち、また明かりも最新のものではないので、これらすべてが陰気くさい。照明をすべて消してろうそくでも灯《つ》ければ、怪談話を始めるのにもってこいの場所と言えそうだ。

まさかろうそくの明かりの下で尋問を始めるわけにはいかないが、ここで宗岡と二人、千佳の話を淡々と進めれば、相手をおびえさせる心理的効果は十分であろう。

「俺も相当陰湿な性格をしているな」

と自分でも認めながら、しかし千佳を殺した犯人への復讐のためなら、これくらいなんでもないと心を鬼にした。後はこの部屋に宗岡を呼び出し、そして仕留めるのみだ。

この計画の目的は、あくまで宗岡の罪を暴くことだ。彼にすべてを自白させ、自分の罪を認めさせ、そして警察に出頭させることだ。

殺したいくらい憎い千佳殺人犯だが、そのために私自身が罪人になるのではなく、法律の下で裁く。これが私の計画のエンドポイントであった。

しかし、宗岡が開き直って逆襲に出る可能性も考えておかなくてはならない。そのときのことを考え、私はズボンのポケットに、折りたたみの小型ナイフを忍ばせることも忘れまいと思った。

牢獄《ろうごく》のような実験室の中で、二人きりでいるところを突然襲いかかられたら、こちらの身も危うい。そんな不測の事態をも考慮しながら、私はこの計画を再度点検し、それが完全であることを確認した。

こうして、罠にかかった獣を捕らえて息の根を止めるがごとく、胸の鼓動は徐々に高まって行った。

千佳が亡くなる前、紆余曲折《うよきょくせつ》の人生を私は何とか乗りきってきた。だが野球の試合に例えるなら、九回表に千佳の死というおよそ百点に匹敵するビハインドを、私は背負った。これはどう考えてもひっくり返しようがない。もう人生の負けは決まってしまった。

しかしこのまま負けるのはどうにも耐えられなかった。九回裏にせめて二、三十点は返してから、花道を去りたい。

私は改めて自身に誓った。

「百点ビハインドの人生を犯人に代償させる」

第四章　堅牢《けんろう》な実験室内の死

1

空には陰鬱《いんうつ》な雲が垂れ込め、死骸《しがい》に群がるような黒い鳥が二、三羽、輪を描いていた。日はとっぷりと暮れ、晩秋の冷たい風にさらされた木の葉がかさかさと音を立てて揺れていた。

この時間になると、大学の学内には人影もまばらだ。研究棟四階の教授室の窓から見下ろすキャンパス広場には、別棟の作り出す細長い影が、ずっと奥までその闇《やみ》を伸ばしつつあった。

教授室の壁掛け時計をおもむろに見やると、六時半を回っている。

その晩の七時ちょうどに、私は研究棟地下一階にある遺伝子組み換え実験安全管理施設内の第一実験室にて、宗岡と会う約束をひそかに取り交わしていた。

施設内の二つの実験室は予約制である。

予約に際しては、まずインターネットを通じ、学内の「遺伝子組み換え実験安全管理施設専用サイト」に入って、そこにIDとパスワードを入力する。

すると画面に施設の予約カレンダーが出るから、その中から実験する日を選び、その日の第一実験室または第二実験室の欄に、使用する時間帯と実験者名を打ち込む。それで決定ボタンをクリックすれば、予約が完了する。

こうすれば、その時間帯に他の研究者がその実験室に入ってくることは無い。さらに実験室のドアは、それぞれ内側から回転錠を回して施錠することができるから、完全な密室で宗岡の尋問を行える。

私はその日、自分の名前で、午後七時から九時半まで第一実験室を予約しておいた。七時に宗岡と会えば、彼を詰問する時間はたっぷりあった。

宗岡には、

「ヒト大腸がん細胞に、ある遺伝子編集操作をしたところ、大変興味あるシグナル伝達系リン酸化酵素の変化が起きた。君にも見てもらって意見を聞きたい」

という理由を述べ、第一実験室で会う約束を交わしたのだ。

宗岡は何の疑いもなく私の申し出に瞳を輝かせ、必ずその時間帯に、地下一階にある遺伝子組み換え実験安全管理施設に赴くと確約した。

午後六時五十分。

私は教授室を出ると、隣の遺伝薬理学教室の研究室を覗《のぞ》いてみた。するとその奥の窓際に、向こうを向いて、デスク上のパソコンのキーを無心にたたいている宗岡の姿を見つけた。六十平米ほどの広さの研究室内には、他に誰の姿もなかった。

私は彼の背に声を掛けた。

「宗岡君。警備員室から施設の鍵を借りてきてくれないか。私は間もなく、先に地下へ降りて行くから」

「分かりました」

宗岡は振り返って返事をするると、すぐに立ち上がった。その姿を見やりながら、私は研究室を出ると、そのままエレベーターへと向かった。

遺伝子組み換え実験安全管理施設の鍵は、他の実験室の鍵と同様、研究棟の警備員室で警備員が厳重に保管している。警備員室は同じビルの一階にあるから、そこで鍵を借り、さらに地下一階へ下りて行っても大した手間ではない。

私は、自分の教授室がある研究棟四階からエレベーターに乗ると、一人で先に地下一階へと向かった。

ガクンッと音を立て、小さな振動を残すと、エレベーターが止まった。地下一階だった。ドアが開くと、正面にまっすぐ延びる薄暗い廊下があった。私はゆっくりと歩を進め、エレベーターの箱から廊下に出た。

天井や床の隅《すみ》に黒カビが広がっている。蛍光灯が一本切れているのか、廊下の天井に灯る明かりには影があった。

私は一本道の廊下を進んだ。ほどなく、遺伝子組み換え実験安全管理施設の頑丈なドアの前に行き着く。ドアは施錠されているはずである。

何気なく、試しに入り口ドアのノブを右手で握って回してみたが、やはりドアはちゃんと施錠されていて動かなかった。入り口ドアの前に佇んだまま、私はこれからこの部屋の中で繰り広げられる宗岡との対決を思い描き、一つ武者震いした。

宗岡は間もなく施設の入り口ドアの鍵を持ってやってくることだろう。彼が出て来るはずの、エレベーターのドアを振り返り、私は無意識のうちにこぶしを握りしめていた。

そのときであった。

施設の入り口ドアの中から、ドーンという壁を打つような大きな音が、振動と共に伝わってきたのだ。そしてそれとほとんど同時に、

「ギャア……」

という、誰かの悲鳴のような声がかすかに、だが私の耳には確かに聞こえた。音も悲鳴も、いずれも施設内の奥の方から発せられたようだった。

「中に誰かいる」

とっさに思った私は、ドアノブに飛びつき、それを引き開けようとした。しかしドアは、さっき確認したように間違いなく施錠されていた。

ノブを回し、もう一度引っ張ったが、やはり開かない。私はこぶしでドアをたたき、中に向かって叫んだ。

「どうしました。誰かいるのですか」

ドアに耳を押し当ててみたが、中からは何の返事もない。

音も悲鳴も一回限りで、その後は何の物音もしなかった。私のいる廊下もしんと静まり返り、自分の息遣いのみが、四方の壁に響き渡った。

突然、廊下の突き当たりにあるエレベーターのドアが開いた。

振り向くと、中から白衣姿の宗岡が出てきた。私はその姿に向かって叫んだ。

「施設の中で何かあったようだ。さっき、壁に重い物がぶつかるような音と人の悲鳴が中から聞

こえたんだ」

宗岡は私の前まで来て立ち止まり、怪訝そうな顔でまず私を、そして今度はその視線を移してドアを、それぞれ順に見やった。

「施設の鍵は？」

宗岡の横顔をにらみながら私が尋ねると、彼はこちらに視線を戻して応えた。

「右野君が持って行ったようです」

「右野君が？　なぜ彼女が……」

「分かりません。ただ警備員が言うには、少し前に右野君が警備員室に現れ、施設の鍵を借りたいと言うので鍵を渡したということでした」

私は再びドアノブを見つめた。

「鍵は掛かったままですか？」

横で宗岡が訊く。私はうなずいた。

「君ご苦労だが、もう一度警備員室に行って研究棟のマスターキーを借りてきてくれないか。あ、ついでに警備員もいっしょに連れてきてくれ」

ただならぬ気配にようやく急を察した宗岡は、険《けわ》しい表情で首肯すると、踵を返しエレベーターに戻って行った。再びエレベーターに乗り込んで彼が急ぎ去って行くと、後に残った私は施設入り口ドアの前で棒立ちになっていた。

とんだハプニングだ。

中で何があったのかは分からないが、今日の私の計画は中断を余儀なくされた。

イラつきながら待つこと五、六分。

そのときの私には、宗岡が戻ってくるまでのその短い時間も、十倍以上に長く感じられた。その間、私は念のためもう一度ドアを開けようと試みたが、やはりドアは施錠されていて開かなかった。

そうして私は、宗岡が来るまでずっと、施錠された入り口ドアを睨《ね》め付《つ》けながらそこで待った。壁に何かがぶつかるような音と悲鳴のような声が聞こえた後は、相変わらず中からは物音ひとつない。

ようやくエレベーターのドアが再度開き、中から宗岡、そして蒼白な顔をしながら警備員が、順に飛び出してきた。

「いったいどうなさったのですか」

警備員の田島は、私も顔なじみである。

「マスターキーは？」

私が尋ねると、田島は持っていた鍵を差し出した。それを奪うように受け取り、焦ってもたつきながら鍵穴に差し込む。

カチャリと音を立てて錠が開いた。

まず私が、続いて宗岡が飛び込む。

「田島さんは入り口のところで待っていてください」

振り返って私が叫ぶように言うと、田島は厳しい顔つきでうなずいた。

エアシャワー室の入り口ドアを開け、宗岡も入ってくるのを待ってからドアを閉める。

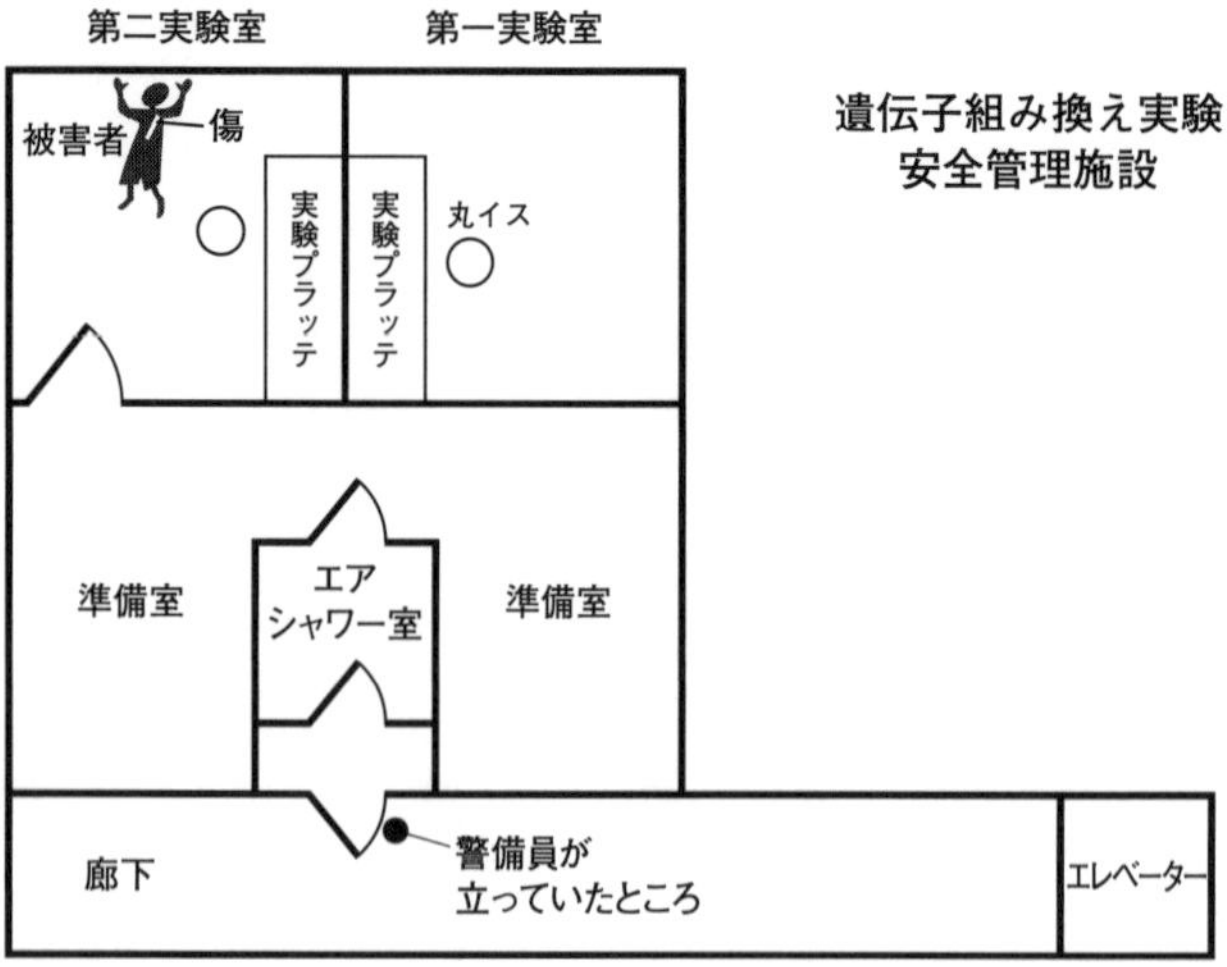

いつもならここでエアシャワーを浴びてから、反対側のドアを開けて先へ進む。

しかし今はその手順を省略し、私はすかさずエアシャワー室の反対側のドアを向こう側へ押し開けた。宗岡もすぐ後ろについてくる。

施設内に入ると、向かって右側の第一実験室のドアは閉まっていたが、一方左側の第二実験室のドアが、内側に大きく開いていた。私はそちらに駆け寄り、開け放たれた入り口から中を見た。

実験室の向こう側の壁際に、誰かが倒れている。

女性だ。

白衣を着ている。

純白の、まだ新しい白衣だ。

壁に頭を押し付け、うつぶせ気味に四肢を妙な格好で折り曲げて、床に伏している。

そして何よりも私の目に真っ先に飛び込んできたもの。

それは、倒れている女性の背中に、まるで日本刀で袈裟懸《けさが》けに切りつけられたように、右肩から左腰上部に掛けて走っている、大きな切り傷であった。白衣の上に、赤い真一文字の傷が、見事に口を開けていた。

「右野君！」

後ろから、私の肩越しに中の様子を目の当たりにした宗岡が、小さくひとこと叫んだ。

2

そう。それは右野助教であった。

室内には、倒れている右野以外に誰の姿もなかった。

どこかから、ゴーという風の音がかすかに聞こえてきた。

私が真っ先に、倒れている右野に駆け寄った。見ると右野の左頭部は、第二実験室の向こう側の壁に、押し付けられるようにして接している。そのあたりが陥没していることが、一見して分かった。髪にはうっすらと血がにじんでいた。

頭部《けいぶ》は背中の方に反《そ》ってぐにゃりと曲がっていた。頭部が強い力で壁にぶつかったために首の骨が折れ、そのため首と体の角度が異常に反り返ったものと思われた。

右野の目は見開かれ、そしてその白い額には頭部からにじみ出てきた鮮血が、今まさに一筋、二筋流れ落ちてきていた。

一方、背中の大きなまっすぐの切り傷には、意外に出血が少なかった。それは前述のように、裂けた白衣の上から朱の一直線を描いていた。

右野の両腕は、九十度に近い角度で折り曲げられて頭の両脇を這《は》い、下肢は両方とも三十度くらいの角度で膝を折り曲げて床に投げ出されていた。

「右野君」

顔の手前に屈《かが》むと、そばで名を呼んだが、返事がないことはすでに明らかであった。肩のあたりに手を触れてみたが、まったく動かなかった。

だが、私の手には、彼女のぬくもりが伝わってきた。それは、ついさっきまで右野に息があったことを示していた。

「救急車を」

第二実験室の入り口から中の様子を窺っていた宗岡が振り返り、施設の入り口に立っている警備員の田島の方に向かって怒鳴《どな》った。田島は、

「分かりました」

と大きな声で返答し、施設入り口付近でスマホから救急に連絡を入れていた。

「もう手遅れだ……」

立ち上がりながら私が呟くと、宗岡は緊張した面持ちで第二実験室の外に目をやった。続いて宗岡は、右側の準備室そして左側の準備室と、順に素早く点検した。

「こちらには誰もいません」

もとよりほとんど物が置かれていない準備室である。人が隠れる余地はない。

次に宗岡は、右側の第一実験室ドアに歩み寄ると、ノブに手を掛け、それをさっと押し開け

た。ドアは施錠されていなかった。

私もその後ろから中を覗いた。こちらにも誰もいない。本当なら今頃、私はこの第一実験室の中で宗岡を糾弾していたはずだった。

宗岡は、第一実験室の内部はむろんのことドアの陰《かげ》になったスペースもよく確認していたが、そんなところに人が隠れているはずもなかった。

第一実験室のドアは元どおり閉め、私たちは再び第二実験室に入った。

「右野君はなぜこんなことに……」

宗岡が私に尋ねた。

「分からない」

「先生は、施設入り口ドアの外で何を聞いたのですか」

「さっき君に言ったとおりだ。壁をたたきつけるようなドーンという音と、ギャアという、悲鳴のような叫び声を聞いた」

「それは確かに人の叫び声だったのですか」

「そうだ。間違いない」

「聞いたのはそれだけですか」

「それだけだ」

「私が警備員室にマスターキーを取りに行っている間には、誰もこの施設の中から出て来なかったのですね」

宗岡は低い声で質した。私は不機嫌な顔をして宗岡をにらみつけた。

「誰も出て来ていない。ドアはずっと施錠されたままで、音と悲鳴を聞いた後は、中からはもはや何も聞こえてはこなかった」

憮然とした口調で返すと、宗岡はもう一度床に倒れている右野を黙って見やった。続いて宗岡は、やおら施設入り口に立っている田島の方を振り返ると言った。

「田島さん。警察にも連絡した方がいい」

黙って右野を見下ろしている私を置いて、宗岡は第二実験室を出た。そしてエアシャワー室を通り抜けると、田島が陣取っている施設入り口の方へ歩み去って行った。

一方の私は、まだ何がどうなっているのか見当もつかず、相変わらず右野の遺体をじっと見つめたまま、呆然とそこに立ち尽くしていた。

エアシャワー室の二つのドアは、宗岡が通った後は開け放たれたままであったので、入り口の方から宗岡と田島の会話が聞こえてきた。

「私たちが施設内に入って行ってから今まで、この入り口から外に出て行った者はいませんね」

「はい。私はずっとここに立って見張っていましたが、中から出て来た人はいません」

「確かですね」

「確かです」

やがて宗岡は、第二実験室の方に戻ってきた。

「先生。右野君は、この部屋の鍵を持っていませんか」

その声に我に返った私は、宗岡を一瞥《いちべつ》すると、もう一度右野の脇にかがみこんだ。そしてざっと遺体の周辺を見渡したが、床に鍵は落ちていない。

だが、倒れている右野をよく見ると、白衣の右ポケットからタグの付いた鍵が覗いていた。私がそれに手を伸ばし、鍵を取り出そうとすると、すかさず宗岡が鋭い声で制した。

「何も触れない方がいいと思います」

私は驚いて振り返り、宗岡の顔を見上げた。

「どういうことだ」

「右野君は、殺されたのかもしれません」

「なんだって……」

「頭はぐちゃぐちゃだし首も折れているようです。そしてこの背中の傷」

宗岡が指さす先には、右野の背部にぱっくりと口を開けた大きな切り傷があった。斧《おの》や日本刀などで、人体を大きく切った傷を割創《かっそう》というが、右野の背中の傷はまさにそれであった。

「自殺は考えられません」

「そうだな……。背中のこの位置に、自分でこのような傷を残すことは不可能だ」

私は認めた。

「それにこの施設には、右野君にこんなひどいけがを負わすような機材や器具、凶器といった類の物は何もない。事故も考えられません」

宗岡はさらに言及する。私は宗岡の顔を凝視した。

実験室内にあるプラッテ（実験台）は、床と壁に括《くく》りつけになっていて、取り外せるようなものではない。また丸椅子にしてみても、さして重量は無く、このままの状態で人を死に至らしめるような凶器にはなり得ない。

そして一見したところ、これら室内にある物体には、血痕《けっこん》や凹《へこ》みなどの痕跡《こんせき》は一切なかった。

「じゃあ、いったい誰がやったんだ。右野君を殺したのは誰だ？　私たちが入ってから今しがたまで、この部屋には私たち以外右野君しかいなかった」

詰問するように宗岡に迫ると、彼は私の問いには応えず、不意に第二実験室内の、入り口とは反対側の壁に目をやった。

それは、ちょうど右野がうつぶせに倒れている頭部のすぐ上あたりであった。私もその視線の先を追う。宗岡は壁を指さして言った。

「あそこに、かすかに血のような跡があります」

言われて私もその近くにゆっくりと歩み寄り、右野の遺体越しに、宗岡が指す壁の表面を凝視した。確かに白っぽい色の壁の、床から六、七十センチメートルほどの高さに、うっすらと赤茶色の血糊《ちのり》をなすったような跡があった。

「右野君は、何者かによりこの壁に非常に強い力で頭を打ちつけられて、即死したのではないでしょうか」

「では背中の傷は……？」

「それは……。どうやって背中にけがを負ったのかは、僕にも分かりません」

「ううむ……」

あまりにも奇怪な状況に、思わず私はうなった。

「この施設の唯一の出入り口にあるドアには、錠が下りていた。そしてそのドアの鍵は、右野君の白衣のポケットに入っていたんだ。また、もう一つ施設のドアを解施錠できるマスターキーは、警備員の田島さんが管理していた。その他には、このドアを解施錠できる鍵は無い。右野君が殺されたのだとしたら、彼女を殺した奴は、鍵も持っていないのにこの密室からいったいどこへどうやって消えたと言うんだ」

私の口調は怒気を含み、宗岡を閉口させていた。

宗岡にかみついてもどうしようもないことは分かっていたが、それでもそのときの私にはそうする以外他に何の言動も思い浮かばなかった。

やがて宗岡は、蒼白な顔で再び私に目を合わせた。

「……分かりません」

彼はゆっくりとかぶりを振りながら、さっきと同じ答えを返した。

3

警察が到着し、現場検証が始まった。

救急隊員もほぼ同時にやってきたが、右野がすでに死亡していることを確認すると、後の捜査を警察にゆだね、すぐに退室して行った。

鑑識課員たちのせわしない検証が進む中、私と宗岡は西多摩署の宇田川と前島から、事件発覚に至ったいきさつなどの詳しい説明を求められた。私たちは、入り口から向かって右側の準備室にて、立ったまま宇田川と前島に対面した。

私からまずざっと経緯を説明すると、宗岡は緊張した面持ちで私の話を肯定し、その後自分が警備員室に赴いて、警備員と共にマスターキーを携えてこの施設に戻ってきたことなどを言い添えた。

刑事たちは黙って私たちの話を聞きながら、所々をメモしていた。がやがて宇田川が、猪首を持ち上げて、小さな目で私を見ると質した。

「大日方さんが先にこの施設にやってこられ、そのあと間もなく宗岡さんが到着した、という順番で間違いありませんね」

「ええ、そうです」

私が応えると、宗岡もうなずく。宇田川はさらに私に尋ねた。

「施設入り口のドアは、そのとき確かに施錠されていたのですね」

そのことは、宗岡が警備員室から鍵を持ってくる間にも私自身が再度確認している。あのときドアは間違いなく施錠されており、宗岡を待っている間も私が何回かノブを回してドアを引いたが、ドアは動かなかった。

「間違いありません」

しっかりとした口調で私が答えると、宇田川は渋面を作って私から目を逸らした。

宇田川の疑問は理解できた。

施錠されたドアの奥から、壁に何かが当たるような音と悲鳴が聞こえた。だがその後私たちが中に入って行ったとき、施設内には第二実験室で倒れている右野以外誰もいなかったのだ。

そして右野の頭部と背中に残る痛々しい傷……。

これらの傷は、いずれもまだ新しかった。そして私が遺体に触れたとき、それはほのかなぬくもりを保《たも》っていた。検視による死亡推定時刻の報告を待つまでもなく、右野はそのときまさに殺された直後だったのだ。

これらの状況は、私たちのみならず、警察をも困惑させているに違いなかった。

ふと、第二実験室内で検証に当たっていた鑑識課員のひとりが、宇田川のところにやってきて何やら耳打ちした。宇田川はそれにぎろりと眼光を輝かせ、続いてその目で私たちをかわるがわる見た。

「お二人の所持品を拝見させてください」

「持ち物……ですか」

宗岡が訝しそうに訊く。

「そうです」

「何も持っていませんが……」

確かに私たちはこの施設に来たとき手ぶらだった。大体当初の目的は、この「尋問室」の中で宗岡の罪状を暴くことだったのだから、何も持っていなくとも当然であった。

ところが突然、私の頭に衝撃が走った。

ズボンの右ポケットに、折りたたみの小型ナイフが……。

それは、万が一宗岡が開き直って私に襲いかかってきたときの護身用に、私が携えていたものだった。

「ご協力をお願いします」

なおも宇田川は要求を繰り返した。

「なぜ、私たちの所持品を調べるのですか」

私に代わって宗岡が反抗的な態度を見せた。だが宇田川の返答は、事務的で冷淡であった。

「鑑識の調べでは、被害者は非常によく切れる刃物のようなもので背中を切りつけられたらしいということです。念のためお二人の持ち物を確認させていただきます。ポケットの中の物をすべて出してください」

宗岡は憮然とした表情で突っ立っていたが、やがて要請に応じてズボンや白衣のポケットの中から財布とスマホを取り出した。

私の全身から、どっと冷たい汗が湧き出た。

前島刑事が、宗岡の所持品を確認しながら、今度は私の方を見た。私も、ズボンのポケットに恐る恐る右手を入れた。

右手の指が、財布とナイフに触れた。左手がポケットからスマホを取り出し、そして右手には財布といっしょに折りたたみナイフがつかまれていた。

ナイフを見た宇田川と前島の顔色が変わった。宗岡も不思議そうに、私が取り出したナイフを見た。

「なぜこんなものを……？」

宇田川が優しい声で尋ねた。とっさに言葉がない。

「……教授室で、カッターナイフ替わりにこれで紙を裂いた際に、使い終わってから、うっかりそのままポケットに入れっぱなしにしていました……」

苦しい言い訳であった。しどろもどろの私の説明に、刑事たちは怪訝な顔でお互いをちらと見合った。それから宇田川は、私に向き直ると言った。

「大日方さん。どこか別の部屋で、もう少し詳しくお話をお訊きしてもいいですか。このナイフは少し預からせていただきます」

宇田川は、右手にハンカチを広げて私からナイフを受け取ると、それをハンカチにくるんで上着のポケットに収めた。私は、無言で宇田川の申し出に従わざるを得なかった。そのときの私の顔面は、さぞかし蒼白となっていたことであろう。

私は宗岡と引き離され、宇田川と前島の両刑事に付き添われながら施設を出た。すれ違いざまに、驚いたような見開いた目で私を懐疑的に見る宗岡の顔が、私の網膜に残った。

そのまま私は警察の車で、西多摩署まで連れて行かれた。

署の取調室で宇田川からさんざん油を搾られたが、私が持っていたナイフのルミノール反応結果が鑑識からもたらされると、私はようやく解放された。当然のことながら、ナイフから血痕が検出されるようなことはなかった。またそこに付いていた指紋も、私のものだけであった。


家に電話すると、驚いた優子が西多摩署まで車で迎えに来た。その日私は電車を使って大学に出勤していたので、自家用車は家に置いてあった。時刻は深夜で、すでに日付が変わっていた。

私はバツが悪そうに、優子が運転する車の助手席に乗り込むと、わざと何事も無かったような声色で事情を優子に説明した。

「ポケットにナイフが入っていたことに気づかなかったなんて……。しかも間が悪いことに、その足で殺人事件現場に出向いてしまったのね」

優子がハンドルを握りながら、こちらを見ずあきれたように言った。

「まいったね……」

そう応じるのがやっとであった。

「まさか警察がお父さんを疑っているわけでもないでしょう」

優子はなおも尋ねてきた。私は仕方なく応えた。

「俺が右野君を殺害する理由などないよ」

「でも八時ごろから今まで、ずっと取り調べを受けていたなんて……」

「取り調べと言われればそうだが、宇田川刑事はずっと丁寧な口調で、俺にいろいろ尋ねていたよ」

優子は黙ってうなずいたが、まだどこか納得のいかなそうな顔をしていた。

私がポケットにナイフを忍ばせていたことの真の理由は、前にも述べたように、宗岡を糾弾中に彼が開き直って私に襲いかかってくることを危惧したからである。いわば護身のためであった。

だがそのことは、まだ警察にも優子にも話していなかった。しかし優子は、私がナイフを持っていた事情について、それ以上訊いてくることはなかった。

しばし車内に会話の無いまま、優子の運転する車は明かりの少ない街道を走った。ほとんど対向車とも出会わない。

とりあえず私はほっとし、車の揺れに任せて、目に飛び込んでは去って行く夜景をぼんやり見ていた。

「ねえ」

おもむろに、前を見たまま優子が口を開いた。

「うん……？」

「右野さんが、殺されたってホントなの」

「……ああ。発見したのが私と宗岡だった。間違いない」

私は短く応えた。

「警察は何て言ってるの」

「そのことについては、私は警察から何も聞いていない。だが宇田川らは、現場に駆けつけると大人数で物々しく捜査を始めていた。あの様子は自殺や事故の処理という感じじゃなかったよ。おそらく殺人として捜査を始めたのだろう」

「ふうん……。でも、なぜ右野さんが」

運転席で優子は一つ身震いすると、ちらとこちらを見た。

「分からんね」

私は憮然として腕を組む。

「宗岡さんは何か知っているのかしら」

優子はさらに訊いてきたが、正直言って私には何が何やらさっぱり分からなかった。

再三述べてきたように、遺伝子組み換え実験安全管理施設のたった一つの入り口には、間違いなく錠が掛かっていた。私はその奥から響いてきた大きな音と悲鳴を聞いたのだから、まさに右野が殺されるその瞬間に、ドア一枚隔《へだ》てて現場に居合わせたことになる。そして私は、ずっとそこに立っていた。

だがそのあと間もなくマスターキーでドアを解錠し、宗岡と共に中に入ったが、右野の遺体以外中には何者の姿もなかった。

右野が背中に負った深い傷は、彼女が自殺ではないことを証明している。状況からして事故死もあり得ない。そもそも第二実験室には、丸椅子が一つ置いてあるだけで、それ以外物が何もないのだ。

とすれば、右野は殺されたとしか考えようがない。だが殺人犯は、施設の中から煙のように忽《こつ》然《ぜん》と消えてしまった……。

むろんそんなバカなことがあるはずはない。きっと何かを見落としているのだ。何かを……。

「ねえ、お父さん聞いてるの？」

優子の声で我に返る。

「……え、何だっけ」

「いやだ。宗岡さんのことよ。宗岡さんは何か言ってなかった？」

「何かって……いや、彼は事件のあと、敏腕を発揮していたよ。警備員に救急車と警察への連絡を依頼したり、施設内に犯人らしき者が隠れていないか見て回ったり……」

「そういうことじゃなくって、右野さんが殺されたことについて、理由とか誰それがやったんじゃないかとか、宗岡さんには何か心当たりは無かったのかしら」

言いながら優子はイラつくような態度を見せた。

「いいや、彼はそんなこと何も言っていなかったよ」

私はかぶりを振ると、優子の様子にやや面食らいながら、彼女を見やった。一方の優子は急に押し黙り、不機嫌そうにずっと前を見ながら運転を続けていた。

もしや優子は宗岡を疑っているのではないか。

そのことがふと私の脳裏に浮かんだ。

だが妻は宗岡がミステリー小説を著していることを知らないはずだ。いつか優子にそれを打ち明けようと私は思っているが、しかし宗岡が千佳を殺《や》ったという確証をまだつかめていない。それについて厳しく宗岡を糾弾しようと思っていた矢先、不可解な右野の事件に遭遇してしまったのだ。

その日の出来事に対する「夫婦の反省会」はそれで終わった。家に帰ると、優子が用意してくれていた食事にも手を付けず、私はひとり缶ビールをあおった。

4

翌朝遅めに大学に出勤すると、研究棟入り口あたりからエレベーター付近にかけて、警察官や報道関係者の人だかりができていた。エレベーターから地下までは、現在立ち入り禁止となっており、警察の捜査が続いていた。右野の遺体は、昨晩のうちに遺伝子組み換え実験安全管理施設から運び出され、司法解剖に回されていた。

研究棟に入るとき、報道関係者がマイクを向けて私に迫ってきたが、それをすり抜けると、私は階段を自分の教授室がある四階まで駆け上がった。

とりあえず自室に落ち着くと、しっかりと部屋のドアを閉めた。そしてパソコンに向かいながら、昨夜《ゆうべ》の事件を振り返ってみる。

七時に、地下一階の遺伝子組み換え実験安全管理施設内の第一実験室で宗岡と会う約束をした私は、まず教授室の隣の研究室にいた宗岡に声をかけてから、エレベーターで先に地下へと下りた。そして施設入り口まで行くと、ドアの施錠状態を確かめようとノブを回してみたが、ドアには間違いなく鍵がかかっていた。

その直後に私は、施設の中で発した「ドーン」という何かが壁を打つような大きな音に気づいた。そしてそれとほとんど同時に、誰かが短く叫ぶような声を聞いたのだ。

音も悲鳴も、いずれも一回きりであり、施設内の奥の方から聞こえてきた。私はすぐにもう一度ドアノブに飛びつき、ドアを開けようとした。が、やはりドアは施錠されたままで開かなかった。

それから宗岡が施設にやってきたが、そのとき宗岡は、遺伝子組み換え実験安全管理施設の鍵を持っていなかった。宗岡が鍵を借りに行く前に右野が警備員室に現れ、そして警備員はその鍵を右野に渡したのだという。

そこで私は宗岡に、もう一度警備員室に行って今度は研究棟のマスターキーを持って警備員といっしょに戻ってくるよう指示した。

事件発覚後、彼らが施設にやってくるまで、私は入り口ドアの前を一歩も動かなかった。その間ドアは微動だにせず、中からはもはや何の物音も聞こえては来なかったのだ。

やがて宗岡が警備員と共に施設に戻ってくると、持ってきたマスターキーで入り口ドアを解錠し、私と宗岡が順に中に入った。そこで、奥の第二実験室内に横たわる無残な右野の姿を発見したのだ。

宗岡と私は施設内をくまなく調べたが、中には誰もいなかった。またその間、施設の入り口では警備員の田島がずっと頑張っていたので、彼に気づかれず誰かが施設から逃げ出せた可能性は無い。

ところで遺伝子組み換え実験安全管理施設内の二つの実験室の壁には、それぞれ入気口と排気口が一つずつ取り付けられている。これらの孔《あな》は、雑菌を含んだ空気を吸引によって実験室内から取り除き、代わりにきめ細かなフィルターを通した、雑菌を含まない新しい空気を室内に送り込むという機能を果たしている。そして空気浄化装置の本体は、実験室のすぐ上階すなわち一階にある。

これらの入排気口は、各実験室の相対する方向の壁にそれぞれ、床から約一・五メートルの高さの位置に取り付けられている。入排気口の大きさはまったく同じで、いずれも横二十センチ縦十センチほどだ。試してみるまでもなく、この隙間に人が入るのは到底無理である。

おまけにどちらの孔にも、幅約一センチの間隔で縦に緻密な鉄製格子がはめ込まれており、繰り返しになるがここから人が出入りすることは、たとえ子供といえども不可能だ。またこの格子は、なかなか取り外せないようになっていて、昨夜現場でざっと見た限りでは、それを取り付けている十個のビスが最近外された形跡もなかった。

施設内で外に通じている空間といったら、二つの実験室内に各々あるこれらの入排気口のみで、それ以外そこはありのはい出る隙間もない完全な密室である。それは、ウイルスすらシャットアウトするこの施設の性質上、当然のことであった。そして施設の入り口ドアを開ける、マスターキー以外の唯一の鍵は、室内で倒れていた右野の白衣のポケットの中にあったのだ。

　昨晩は頭の中が混乱していて、以上の不可解な状況自体、私は十分に把握していなかった。しかし今こうして教授室で、昨晩起こった事件の現場の状況を整理し、そしてそれをじっくり考えれば考えるほど、謎は深まるばかりである。

　ふと私はあることに思い至り、キーボードをたたいていた手を止めた。

「犯人は宗岡だったのではないか」

　私は昨晩、地下一階の施設に下りていく前、宗岡に声を掛けた。そのとき宗岡は、すでに地下の施設内で右野を殺した後だったのではないか。

　右野を惨殺した宗岡は、右野が持っていた鍵で施設入り口のドアを施錠した。そしてそれをずっと所持していた。

　その後、私に続いて施設に下りてきた宗岡は、鍵は右野が持って行ったと主張する。そして、警備員室に赴いてマスターキーを持ってくるようにとの私の要請に応じ、警備員を連れマスターキーも持って施設に戻ってくる。

　マスターキーでドアを解錠し、私に続いて中に入った宗岡は、私の隙を見計らって右野から奪った鍵をまた右野の白衣のポケットの中にそっと戻す。その後でその鍵を私が見つけたとしたら……。

　それで密室の謎は解決される。だが……。

　私ははっきり覚えていた。私の目を盗んで宗岡が右野の白衣のポケットに鍵を滑り込ませるチャンスは無かった。それは間違いない。

宗岡が私より前方の位置で、右野の遺体を観察したことはなかったのだ。むろん宗岡は右野の遺体には一切手を触れていない。

宗岡はあのとき、遺体のそばにかがみこむことすらしなかった。もし宗岡が右野の白衣の中に鍵を戻そうとしても、私がそれに気づかぬはずはない。そして間もなく私はその鍵を発見した。

鍵は最初から、右野の白衣のポケットの中に入っていたのだ。

宗岡には右野を殺せなかった。第一、右野の悲鳴が中から聞こえた瞬間、私は鍵が掛かった施設の入り口ドアのすぐ前に立っていたのだ。

では誰が、いったいどうやって……


突然、教授室のドアがノックされた。

私は思わずぎくりとして、身をこわばらせた。しんと静まり返った部屋に、もう一度ノックの音がした。

「はい」

気を落ち着け、やっと一つ返事をすると、ドアの向こうから声がした。

「宗岡です。ちょっと入ってもいいですか」

私は、いつの間にか湧き出ていた額の汗をぬぐうと、ドアに向かって応えた。

「入りたまえ」

宗岡は、ダークスーツにネクタイという、いつになくフォーマルな服装で姿を見せた。

「今朝も警察に呼び出されまして」

焦燥した顔色を隠さず、言いながら宗岡は、教授室内のテーブルの脇にある来客用の椅子に掛けた。

「まったく何がどうなっているのか……」

宗岡の様子を訝しく思いながら、私も自分の混乱の様子を彼に伝えた。

「何か思い当たったことでもあったのかね」

訪問の理由を尋ねると、宗岡はためらっているようであったが、やがてわずかに眉をひそめてから話を始めた。

「先生、ご注意ください。警察は、先生を疑っているのではないかと思います」

「警察が？　まさか……。そりゃあ昨晩はナイフの件で随分と執拗《しつよう》に尋問を受けたが、私に右野君を殺せないことは明らかだ。君だってそれは分かっているだろう」

「ええもちろんそうですが、さっきの僕に対する聴取の中で、警察はいくつか気になることを述べていたものですから、先生のお耳にだけは入れておいた方がいいと思いまして」

「いったいどんなことだ。遠慮なく言ってみたまえ」

「ええ……」

宗岡はまた少しく言葉に詰まっていたが、私の顔を見ると続けた。

「前島という刑事から、昨晩起こったことをもう一度事細かく訊かれました。その際前島刑事は、僕が地下の施設に赴いた際先生はドアを開けようとしていなかったか、またそのとき先生は鍵らしきものを持っていなかったか、まずはそういったことを尋ねてきました」

「君は何と答えたのだ」

「もちろん、そんなご様子はなかったと」

「そうか。それで？」

「ええ。しかし前島刑事は、僕の返答にどこか得心していない様子でした。そしてさらに、先生と僕がドアの鍵をマスターキーで開けて施設の中に入り、右野君の遺体を発見した後のことを尋ねてきたのですが……」

「何だ。遠慮なく言ってくれ」

じらされた思いで私は催促した。宗岡は上目遣いに私を見た。

「先生が、ご自分で持っていた施設の鍵を、そのときそっと右野君の白衣のポケットに忍び込ませたのではないかと」

驚いて私は目を見開いた。

「まさか……。私がそんなことをするわけがないだろう」

そのときの私は、頭の中が真っ白になっていたに違いない。大人気なく身を乗り出して抗議すると、宗岡はそれをなだめるように何度もうなずいて見せた。

「もちろんです。先生がそんなことをするわけがありません」

「君はちゃんと見ていただろう。鍵は初めから右野君の白衣のポケットにあったのだ」

しかし私のその問いに、宗岡は急に押し黙った。

「どうなんだ。まさか君は……」

「……。先生、申し訳ありません。僕はそのことについては、何もお答えできません」

「なぜだ。警察には何と言ったんだ」

私はまた声を荒らげた。だが宗岡は私から視線を逸らすと、小さくかぶりを振った。

「警察には……大日方先生が、倒れている右野君の白衣のポケットを指したので、そちらに目をやったところそこに鍵が入っていたと……そう言いました」

「そ、それでは右野君のポケットに初めから鍵が入っていたのか、それとも今君が言ったように私が君の隙を見て鍵を滑り込ませたのか、分からないじゃないか」

宗岡の襟元をつかみかからんばかりに、上半身をテーブルの上に乗り出すと、宗岡はこちらの勢いに臆《おく》することなく私をにらみ返した。

「先生。僕はありのままを正直に述べることしかできません。失礼を承知で申し上げますが、あのとき先生には、僕の目を盗んで右野君の白衣のポケットに鍵を入れるチャンスが、いくらでもあったと思います」

「何！　どういうことだ」

「今申し上げたとおりです。もちろん先生が本当にそうしたと言っているのではありません。ですがもし……、もしそう解釈した場合、あの密室殺人の謎は、最も合理的に説明がつくことは確かです」

「き、君は、右野君を殺した犯人が私だと言うのか」

「いえ、決してそのような……」

私は椅子を倒しながら立ち上がった。

「もういい。出て行きたまえ」

宗岡をにらみつけながら、握りしめたこぶしを震わせ声を殺して言うと、宗岡は私の目に視線を合わせたままゆっくりと腰を上げた。そしてやおら深々と頭を下げると、何も言わずに教授室から退室して行った。

5

私は怒りで全身が震えていた。宗岡が去った後も、しばらくそうして、その場に立ち尽くしていた。

宗岡よ。お前は千佳を殺した殺人犯のくせをして、今度は千佳の父親である私を殺人犯に陥れようとしているのか。何の恨みがあって私たち父娘を……。

右野を殺ったのも宗岡に違いない。宗岡は右野を殺し、その罪を私に転嫁しようとしている。

何のために……？

私は、千佳を殺した犯人が宗岡であることを、ＤＮＡ鑑定によりかぎつけた。そのことを私はずっと誰にも伝えずにいたが、しかし宗岡は何かのきっかけでそれを知ったに違いない。そして私がそのことを暴露する前に、奴は先手を打って私を殺人犯に仕立て上げて警察に逮捕させようとしたのだ。

そうだ。それに違いない。徐々に冷静さを取り戻し、私はぶつぶつひとりごとを言いながら、檻《おり》の中のクマのように教授室内を行ったり来たりした。

だがそうしているうちに、ふと一つの疑問に突き当たった。

「では、右野はなぜ殺されたのだ。そして右野を殺ったのが宗岡だとしたら、いったいどのような方法で奴は右野を葬ったのだ。さらに、その後奴はどうやってあの密室から抜け出したのか」

興奮を収めた私は、ゆっくりと自分専用の肘掛け椅子に体を沈め、じっと壁を見つめた。自問に対する答えが私にはなかった。

私の危機は去っていなかった。

よくよく考えてみれば、さっき宗岡が語っていたことは、確かに理にかなっていた。右野が殺された密室の謎を解き明かすカギは、右野が警備員から渡された遺伝子組み換え実験安全管理施設の鍵の動向である。

宗岡の言うには、警察は私が右野殺しの犯人と疑っているようである。私が右野を殺していないことは、私自身が一番よく知っている。しかし警察から見れば、もし私を右野殺しの犯人と仮定した場合、いろいろと不可解な謎が氷解するに違いない。

すなわち警察は、さっき宗岡が言っていたように、右野殺しの顚末を次のごとく考えていることだろう。

右野は警備員室から施設の鍵を借り、その鍵で遺伝子組み換え実験安全管理施設入り口のドアを解錠して中に入った。

その後で私が施設に入り、そして第二実験室内で右野を殺す。私は右野から鍵を奪い、施設を出ると、その鍵で施設入り口のドアを施錠する。鍵は私が自分で隠し持つ。

その後私はエレベーターを上がって研究室に顔を出し、宗岡に声を掛ける。続いて再び地下の施設に戻ると、私はやがてエレベーターから出てきた宗岡に、施設内で異常があったことを告げる。そして警備員室からマスターキーを持ってくるよう依頼する。

宗岡は私の依頼を受けて警備員室に赴き、警備員と共にマスターキーを持って施設にやってくる。そのマスターキーを使って施設のドアを解錠すると、私と宗岡が順に中に入る。

二人で右野の遺体を発見したあと、私は宗岡に、準備室や隣の第一実験室に人が隠れていないかどうか捜索させる。その間に私は隙を見て、右野の白衣のポケットの中に鍵を滑り込ませる。

そして、宗岡が施設に来る前に私が聞いた音と悲鳴は、すべて私がでっち上げた狂言であったと結論する。

恐ろしいことだが、仮に以上のことがもし実際に行われていたとしたら、密室殺人の謎にすべて説明がつくのだ。そして私がそうでないと言える証拠は何もない。

加えて、間が悪いことに私は昨夜、ズボンのポケットの中にナイフを忍ばせていた。ナイフからルミノール反応は出ていなかったが、警察が私を疑う傍証は多々あることだろう。

罠にはめられたのではないかという戦慄が、私の背を冷たい電撃となって走り下りた。

だが右に書いたことはすべて作り話だ。

何度も述べるように、実際のところ私はやっていない。

だとすれば、宗岡はなぜ、そしてどうやって、右野を殺したのか。

もしかしたら、宗岡は千佳殺害の件で、右野に何か重大な事実を知られたのではないか。右野からその情報が警察に渡るのを恐れ、宗岡は口封じのために彼女を一思いに殺害した、と考えることもできる。

だがもしそうだとしても、宗岡があの密室から抜け出せた方法を突き止めない限り、私は自分の身の潔白を証明することはできない。そして私はこのまま宗岡の仕掛けた罠に落ち、殺人犯として警察に逮捕されるだろう。

これは後程警察が明らかにしたことだが、右野は頭部を第二実験室の壁に強く打ちつけられ、その結果頭蓋骨骨折を負って脳挫《ざ》傷《しょう》で亡くなったということである。これらの情報によれば、右野は何者かの強靭《きょうじん》な力でその頭を壁にぶち当てられ、即死したものと思われた。

一方、ばかげた考え方ではあるが、右野が自分で壁に突進して行って頭をたたき割ったという可能性もある。その説を支持するなら、右野がなぜそのような行動をとったかについての合理的な説明が必要だ。

右野が薬《ヤク》をやっていたという事実はなく、また解剖の結果、彼女の体内から薬物の類は検出されていない。さらには、右野をよく知る者に尋ねても、彼女が精神に異常をきたしていたとする証言は一切なかったようだ。

最後に、右野の背中にあった深く大きな切り傷は、致命傷ではなかったが、右野が自分でその傷を作ることは不可能であることが改めて立証された。そしてこの事実は、彼女の死が自殺でなかったことを強く裏付けている。

その日の晩は早めに帰宅の途についたが、大学の駐車場で車に乗り込むとき、私は駐車場の物陰に二人の私服刑事らしき男たちの姿をちらと見た。二人はすぐに視界から消えたが、私を監視していることは明らかであった。

帰宅し、家の玄関を入ると、早々に入り口の明かりを消してドアを施錠した。出迎えた優子がた。

不審そうに私の様子を窺っていた。

「どうしたの。顔色が悪いわ」

「どうもこうも……」

言いながら私はリビングに入り、カバンをソファーの上に放り投げると、普段着に着替え始めた。

優子はキッチンの向こうに入り、調理を始めた。その姿に向かって私は続けた。

「警察が俺のことを疑っているらしい」

優子は手を止め、面を上げてこちらを見た。

「なぜ？　お父さんが何をしたというのですか」

「何もしていない」

私は憮然として応じる。

「大学でも、俺を監視している刑事を見かけた」

リビングのソファーに掛けて、新聞を広げながら話を付け加えると、優子が料理の手を止め、こちらにやってきた。私の横に座りながら、彼女は言った。

「それと関係があるかどうか分からないけれど、今日買い物から帰ったら、向かいのお宅の塀の陰に、身をひそめるようにしてこちらの様子を窺っている男の人が二人いたわ」

私は両手に広げた新聞を下ろし、優子の顔をにらんだ。

「昼間も家に来ていたのか」

「いやな感じ。私はすぐに家に入って、窓にカーテンを引いて中が見えないようにして、じっとしていたのよ。誰かに見張られるなんて、私たちがいったい何をしたというの」

「明日、西多摩署の宇田川に抗議してやる。被害者は俺たちの方じゃないか。これじゃあまるっきり逆だ。千佳の事件の捜査を放り投げておいて、てんで見当違いの方向を当たっている。まったく警察は何をしているんだ」

私の言葉に優子も憮然とした表情でうなずいたが、ここで二人腹立たしく警察を罵《ののし》っていても仕方がない。私は天を仰ぐ。

「もがく俺と妻を正義は見放したのか」

だがその話題はそれきりとなり、間もなく私たちは、会話もないつましい夕飯を摂《と》った。

6

翌日大学に行くと、研究棟の入り口には相変わらず捜査中を示すテープの縄張りが張られ、警官が数人現場の見張りに着いていた。そのあたりに宇田川の姿を探したが見当たらず、私は大学正門付近に何気なく目を向けた。

するとそこに、昨晩見かけた二人の私服と思しき男たちが、遠目にこちらを窺っている様子が目に留まった。刑事たちは、私と目が合うと何気なしに視線を逸らし、正門の向こう側へ消えて行った。

私はまた腹の中に憤りを覚え、踵を返すと研究棟の階段を、教室のある四階へと上った。

教授室に着くと、さっそく西多摩署に抗議の電話を掛けたが、宇田川は不在であった。戻ったら電話をくれるように署の者に伝言を頼むと受話器を置き、どっかりと肘掛け椅子に座る。そこへ電話が鳴った。

宇田川かなと思いきや、内線のコール音である。朝っぱらから誰だろうと不機嫌そうな口調で電話に出ると、若い女性の声がした。

「先生、おはようございます。六年の綿貫沙耶です」

突然そう名乗られても、一瞬誰なのかピンとこない。少し考えてから、自分の教室の卒論学生であることに気づいた。

教室には、四年生、五年生、六年生と、合わせて四十人余りの学生が卒論生として所属している。週に二回のゼミのとき以外、ほとんど彼らと顔を合わす時間もない。

綿貫は、二年前助教の右野と共に、教育棟一〇〇二室で千佳の首吊り遺体を最初に発見した学生だ。あのときは四年生であったが、今は六年に進級している。

「ああ綿貫さんか。どうしたね、朝早くから」

私は普段の自分の声に戻した。壁に掛けてある時計を見やると、まだ八時半である。

始業時刻は九時だが、私はいつもそれより朝早めに大学に来ていて、学生もそのことを知っている。それでこの時間に電話を掛けてきたのだろう。私自身はその日講義予定は無かった。

「午前中、少しお話しできるお時間はありますでしょうか」

「何か、卒論に関することかね」

「いいえ。そうではなく、先生にご相談したいことがありまして」

「ほう。いったい何かな」

「……先生に直接お話しした方が、よろしいと思います」

思わせぶりな言い方をやや怪訝に思いながら、私は軽い調子で返事をした。

「ま、そうか。分かった。君は今日、一時限目の授業はないのかね」

「ありません。今日は二時限目からです」

「それじゃあ、九時に私の教授室に来られるかな?」

「大丈夫です。では九時にお伺いします。ありがとうございます」

「うん……」

電話は切れた。

最近の子は、アポを取るのも普通はメールだ。電話でこちらの予定を訊いてくるのは珍しいなと思いながら、彼女の用件を思案する。綿貫が、卒論以外のことで折り入って私に相談とは、はていったい何だろう。

パソコン上でメール整理などをして待っていると、綿貫沙耶は九時五分前に私の部屋に現れた。

「先生、お忙しいところすみません」

いつもドアを開けっぱなしの私の部屋であるが、綿貫はお辞儀をしてから中に入ると、後ろ手にゆっくりドアを閉めた。

密閉された教授室内で女学生と二人話をしていると、教室員があらぬ勘繰りをしたりするので、私はいつもドアを開け放したまま学生を迎え入れている。今も私は、彼女がドアを閉める動作を途中で止めようとしたが、ふと彼女の深刻そうな顔を見てそれを思いとどめた。

綿貫はうつむき加減に教授室内に歩を進め、肘掛け椅子から立ち上がった私の前で一礼してから言った。

「大日方先生に、ぜひお話ししておきたいことがあります」

何かただならぬ気配を感じた私は、彼女の前にまで歩み寄ると、テーブルの向こう側の席を指示した。

「まあ、そこへかけなさい」

綿貫は言われるまま椅子に掛けると、私が対面に着くのを待ってから、ゆっくりと面を上げた。

「いったい何事かね」

大げさに尋ねると、綿貫は躊躇するように大きな瞳をいったんテーブルの方に向け、つばを飲み込んでから再び私の顔を見た。

「先生。右野先生は殺されたのでしょうか」

唐突な質問であったが、綿貫の顔を見やるとその表情は真剣そのものであった。

「分からない。警察の捜査がどういう方向で進められているのか、私もまだ詳しいことは何も聞かされていないのだよ」

「でも右野先生は、地下の実験施設で頭を壁に打ちつけられ、背中を刃物のようなもので大きく切り裂かれて亡くなっていたということですよね」

「誰がそんなことを君に話したんだ……」

「宗岡先生から伺いました」

「宗岡も余計なことを……」

非難めいた言い方をすると、綿貫はそれを遮《さえぎ》るように私に訴えてきた。

「先生。私怖いんです。右野先生が殺されたことと、先生のお嬢さんの事件とが、何か関係があるんじゃないかと……」

私は言葉を断った。

千佳が亡くなったときの話をされると、反射的に私の口はつぐまれる。私はいつもそれを恐れているのだ。

千佳が殺された瞬間を思い描くときには、決まって全身を激痛にも似た戦慄と悲しみが貫き通るからだ。それは私にとって、「千佳喪失症候群」とでも言えるような、難治疾患的な症状であった。

沈黙に恐れをなし、そしてそれを断ち切るかのように、綿貫は続けた。

「先生のお嬢さんが亡くなられた日のことを、私今でも時々思い出すんです。右野先生と二人で教育棟をエレベーターで十階まで上がり、そのあと警備員さんも呼んでセミナー室に入ってお嬢さんのご遺体を発見したときのことを……」

私は全身をこわばらせたまま、相変わらず言葉を発することなく、じっと綿貫の述懐を聞いていた。もともとその事件の第一発見者は右野と綿貫である。そしてそのうちの一人である右野は、すでに何者かの手によって殺されている。次は自分ではないかという、綿貫の恐れているものが、私にも理解できた。

だがそのとき私は、きっと鬼のような形相をしていたことだろう。綿貫も緊張の度合いを高めながら話を紡いでいたが、ふと異様な私にようやく気づき、話を続けることにためらう様子を見せた。

「あ、先生申し訳ありません。先生にとっておつらい出来事を思い出させてしまって……」

綿貫はまた頭を下げた。

「いや、つらいのは確かに君の言うとおりだが、それより君が気づいたことを残さず話してもらいたい。あのとき君と右野君は教育棟十階の一〇〇二室に入り、天井の梁からぶら下がっている娘の遺体を発見したということだが……」

そこまで言って、急にまた胸の動悸《どうき》を覚えた。

そのときの私は、千佳を天井からつるしている犯人の姿を連想していた。もう二年以上前のことなのに、時の流れは私をいやすどころか、ますますその意識を鮮明に浮かび上がらせていた。

私はかぶりを振って、脳裏をよぎるその恐ろしい光景を頭から払い去ってから、続けた。

「何か不審な点でも思い出してくれたかね」

できるだけ感情を抑えた声で尋ねると、綿貫は蒼白な顔で再び私を見つめ、そして語り始めた。

「……先生もお聞き及びのことと存じますが、あの日私は、右野先生の後について教育棟の十階に上がりました。エレベーターを出ると、直線通路を右手に進んで一〇〇一室に赴く途中、手前の一〇〇二室の曇りガラスを透かして、先生のお嬢さんが天井からぶら下がっている影を見ました。その後右野先生が警備員さんに連絡し、マスターキーを持って駆けつけた警備員さんがそのキーでドアを開け、そして警備員さん、右野先生の順にお二人が中へ入って行きました」

「私もその話は生前の右野君から詳細に聞いている」

綿貫の話の真意を量りかね、私は眉をひそめた。

「……そこで、先生のお嬢さんのご遺体を発見したのですが、もちろんそのときはご遺体がどなたであるかは知りませんでした。私も右野先生もびっくりして、しばらくは震えながらご遺体を見ていました。やがて事態を把握した右野先生が警備員さんに呼びかけて、まだ息があるかもしれないからお嬢さんを下ろそうと言い出し、私たちも手伝ってその子をロープから降ろすことになりました。でももう手遅れだということは、多分みんな分かっていました。お互い言葉には出しませんでしたけれど……」

黙ってうつむいている私の顔色をちらと窺うと、綿貫は続けた。

「実は、お話ししたかったのはそのときのことなのです。あれからずっと、警察には黙っていたのですが……」

「話してみなさい」

ためらう様子を見せていた綿貫をそう促すと、彼女は小さくうなずいてから開口した。

「警備員さんが机の上に乗り、梁に手を伸ばしてロープの結び目を解いているときでした。右野先生が、警備員さんにも私にも気づかれないように……私はとっさに気づいてしまったのですが……机の上に置いてあった千佳さんのバッグの中にそっと手を入れて、中を探っていたようなのです。それはほんの一瞬でしたけれど、私には確かにそう見えました」

綿貫はそこで言葉を切り、自分を落ち着かせようと右手を胸に当てた。

二年以上前の出来事なのに、彼女の記憶は確かである、と私は思った。それだけ、あのときの出来事が彼女のトラウマになって、胸の奥に深く刻まれているのだろう。

「右野君はいったい何を……？」

私が質すと、綿貫は黙ってゆっくりとかぶりを振った。

「千佳のバッグから右野君が手を引いたとき、彼女の手には何か握られていなかったかね」

なおも問うと、綿貫は、今度はやや激しく首を横に振った。

「ふうむ……。右野君は何をしていたのだろう」

ひとりごとのように呟き、話の続きを静かに待ったが、綿貫はそれ以上口を閉ざしていた。

「君はそのことを右野君に確かめたことはあるのか」

しばらくしてまた私は尋ねた。

「いいえ。ずっと気になってはいたのですが、些細なことだから忘れようと自分に言い聞かせ、右野先生にはお話しできずにいました。でも右野先生は突然亡くなってしまわれました。もし殺されたのだとしたら、あのときの右野先生の行動が、何か大事な意味を持ってくるのではないかと、そんな風に思えてきたものですから……」

綿貫はうつむいた。そうしてまた私たちの間に、しばしの沈黙が流れた。

相変わらずどこか釈然としない思いをぬぐえぬまま、少しおいてから私は言った。

「その他に、何か気が付いたことはなかったかね」

綿貫はゆっくりとまた首を左右に振った。

「それだけです……。今までそのことを誰にも言えなかったので、先生に聞いていただいて、少し気持ちが楽になりました」

彼女は言い終えると、それで用は済むんだというほっとしたような表情で、静かに腰を上げた。そして私に目を合わせることなく黙って一礼すると、退室して行った。

教授室を出るとき、綿貫はまたドアをきちんと閉めて行った。だが私はそれを再び開けようともせず、テーブル脇の椅子に掛けたまま腕を組んで、さっきの綿貫の話の内容をもう一度じっと考えていた。

7

綿貫が目撃した右野の不可解な行動。

右野は千佳のバッグから何かを抜き取ったのではないか。だとすればそれはいったい何か。それを持っていたがために、彼女は殺されたのだろうか。

事件の後私は、警察から返却された千佳のバッグの中身を確認した。だがこれといってそこから何かが盗まれた形跡も、私には思い当たらない。もともと千佳の持ち物など私が点検できたはずもないので、娘が普段持ち歩いていたバッグの中に何を持っていたのかもまったく知らない。

そうして綿貫が報告した右野の不可解な行動の理由付けに頓挫《とんざ》していると、ふと私の思考は千佳があの晩いったい何のために一〇〇二室に行ったのかに及んだ。

千佳を殺した犯人がいるとすれば、そいつが千佳を一〇〇二室に呼び出したのではないか？ しかしあの日一〇〇二室の鍵を借りに来たのが千佳本人であったことが、警備員の田島の証言から明らかになっている。

これらの事実が、どうしても頭の中に引っ掛かった。千佳自身が一〇〇二室の鍵を借りたことは、今まで警察を含めて誰も重視していなかったように思われる。しかし千佳は、一〇〇二室に何か重大な用があって自分からそこへ行ったのではないか。私にはそんな気がしてならなかった。

にわかに私は、一〇〇二室をもう一度よく調べてみる必要性を感じた。具体的に何を調べるというあてがあるわけではないが、あの晩千佳が一〇〇二室で見たこと思ったことを、私も感じてみたかった。

研究棟一階の警備員室窓口で、中に声を掛けた。出て来た警備員の田島に一〇〇二室の鍵の貸与を求めると、田島は言った。

「一〇〇二室の鍵は、さっき宗岡先生が借りて行かれましたよ」

「宗岡が……」

なぜ宗岡は一〇〇二室の鍵を借りたのだろうか。

「宗岡がこちらへ鍵を借りに来たのは、どれくらい前のことですか」

「そうですね……ええと、二十分ほど前です」

田島は鍵の貸借記録簿と腕時計を見比べながら応えた。

田島に礼を言って教育棟へ赴くと、エレベーターで十階まで上がった。そして十階のフロアに降りると、通路を一〇〇二室へと進んだ。

一〇〇二室のドアは閉まっていたが、そこに近づいて聞き耳を立てると、中で人の気配がした。曇りガラスのドア窓を透かして見ると、中で人影が動いている。

宗岡だ。彼に違いない。

机を動かしているような、ガタガタとした音が、ドアを通してかすかに聞こえる。

私はノックもせずにさっとドアを押し開けた。

そこで、部屋の真ん中に置かれた机の上に乗って、今まさにそこから床へ降りようとしている宗岡の視線と私の目が鉢合わせになった。

「ここで何をしているのかね」

私は冷ややかな口調で言った。

「大日方先生」

宗岡は驚いて私の顔を見つめたまま、机の上で動作を止めた。

「実は思うところあって、この部屋にある天井の梁の様子を調べていたのですよ」

宗岡は悪びれもせず落ち着いた口吻《こうふん》で述べると、今度はゆっくりとした動作で、机から床に降り立った。

「先生こそ、なぜここへ……」

私と対峙した宗岡は、怪訝な顔で問うた。

「この部屋で何か見つけたのかね」

宗岡の質問には応えずに、私は皮肉をこめて訊いた。しかし宗岡は、私の不意打ちに動揺するそぶりもなく、不敵な含み笑いを見せた。

「ええ、先生。ちょっとした発見を」

「発見？　ふん、いったい何を……」

私は、ばかにしたような言い方をして宗岡に迫ったが、彼はさらりと応えた。

「千佳さんの事件の真相です。しかしまだ事件の謎をすべて解き明かしたわけではありません。いずれそのときが来たら、先生にも順序立ててすべてご説明するつもりです」

その鼻に掛けたような言い草が、ますます私を不機嫌にした。

「何の重大発見をしたのかは知らんが、そんな探偵のような真似《まね》ごとをしている暇があったら、教室の論文不正の真相を早く暴《あば》き出《だ》して、再発防止の対策でも練ってもらいたいものだ」

私がまた無愛想《ぶあいそう》に言うと、宗岡は真顔に戻り慇懃な口調で返した。

「承知しました。そちらの方もいずれ……」

宗岡は言い残すと、私を横目に「失礼」と言いながら、堂々とした態度で部屋を出て行った。

私は苦々しくその後ろ姿を見送った。

宗岡がここで何かを調べていたことは間違いない。その結果彼は、この一〇〇二室で何を見つけたというのか。もったいぶった言い方をしていたが、明らかに宗岡は私に何かを隠していた。

私は宗岡の行動を疑った。彼は一〇〇二室で千佳を殺害し、そして私の知らない方法で一〇〇二室を密室に変えたに違いない。

一方、千佳殺害の過程で、宗岡はこの一〇〇二室に何か決定的な証拠を残してしまったのではないか。それは、緻密な警察の捜査でも知り得ないような何か。むろん、指紋や毛髪やＤＮＡの類ではない。物的証拠以外の何か……

事件からもう二年以上の年月が過ぎていたが、万が一あとで警察がそれに気づきその手が及ぶ前に、この部屋を独自に調べて、処分しきれなかった何か重大な証拠を消し去ろうと画策したのではないだろうか。

では、その決定的証拠とはいったい何か？

宗岡は机に乗って、天井の梁の様子を調べていたと言ったが、そこに何があったというのだろう。

宗岡が去った後、私も机の上に乗って、その真上にある梁を調べてみた。梁は丸みを帯びたやや太めの金属製であり、そのほぼ中央に千佳の遺体を吊り下げたと思われる浅いくぼみがあったが、それ以外は、私の目で見る限り特にめぼしい物は見当たらなかった。

8

翌朝、ダイニングの食卓で朝刊を広げて眺めていると、思わぬ記事を目にした。

「伴大夢賞受賞作家、一条直哉さん死去」の見出しで、そのあと一条直哉の著書等《など》の紹介が次のように続いていた。

「一条直哉さんは東京都在住の本格ミステリー作家で、第三十二回伴大夢賞の受賞作『敗者の慟哭』をはじめ、『かまいたち殺人の罠』、『人形の瞳に映る殺人鬼』などのミステリー小説を著した人気作家である。一条さんは、私生活においても謎の多い作家として知られていた。一条直哉はペンネームで、本名や年齢、死因などは明かされていない……」

「亡くなったのか……」

私はひとり呟いた。

「誰が？」

私の呟きを、キッチンカウンターの向こう側で朝食を作っていた優子が聞きつけて訊いてきた。

「一条直哉という新進気鋭のミステリー作家だよ。君は知らないだろうけどね」

「あら、知ってるわよ。伴大夢賞作家でしょ」

「ホウ……こりゃあたまげた。君が一条直哉を知っているとは」

「有名な人じゃない。『敗者の慟哭』とか……」

「読んだのかい？」

「ちゃんと読んではいないわ。でもこの間、テレビのドラマでやってたでしょ。あれ、原作は一条直哉よ」

そのドラマを私は見ていなかった。作品が映像化されるほどの人気作家だったのかと、改めて記事を見直す。

だがそれ以上のことは、新聞にも書かれていなかった。

「でもなぜ亡くなったの？」

「それが、新聞には何も出ていないんだ」

私は新聞を食卓の上にたたんで置いた。

「はい。できたわよ」

優子が盆に、湯気の立つご飯とみそ汁を載せて運んできた。一条直哉に関する私たちの会話はそこで終わった。

だがその後も私は、なぜか妙に一条直哉のことが気になっていた。

家を出るとき、私服の刑事らしき男が二人、遠くの路地からこちらを窺っているのが目に入った。が、構わず車に乗り込むと、まっすぐ大学に向かった。跡をつけられているかどうかは分からなかった。

研究棟に到着し、警察の縄張りから解かれたエレベーターで四階に上がると、教授室に入った。

ドアを閉め、真っ先に電話の受話器を取ると、ダイヤルをプッシュした。相手は、矢間田書房の矢間田純三であった。

矢間田は間もなく電話口に出た。

「やあどうだ。相変わらず忙しいか」

「お陰さんでね。今、第二回矢間田書房ミステリー文学新人賞の候補作絞りにあれやこれやと頭を悩ませているところだ。そういうお前の方はどうだ」

「知ってのとおり、教室の助教が大学で亡くなってね。警察が出入りしていて仕事にならん」

そんなやり取りをしてあいさつを交わしたが、

「ところで……」

と、さっそく私は切り出した。

「一条直哉が死んだって、今朝の新聞に出ていたな。むろんお前の耳にはもう入っているんだろう」

業界のビッグニュースゆえ、ポンポンッと答えが返ってくるものと思っていた私は、そこでの矢間田の沈黙にいささか拍子抜けして、もう一度訊き返した。

「どうなんだ。そっちには、新聞の記事よりもっと詳しい情報があるんだろう？」

するとさらに間をおいてから、ぼそぼそと矢間田の声がようやく聞こえてきた。

「やはりお前は知らなかったんだな」

「何がだ」

「…………」

「おい、なぜ黙ってるんだ」

腹を立てたような調子で返答を要求すると、仕方なさそうに矢間田が応えた。

「実は俺も、一条直哉と契約していた恒明社に改めて電話で問い合わせてみたんだ。本人が生きていたときには、絶対にそのことは外に明かさないという契約を本人と取り交わしていたから、いくら俺が恒明社に訊いてもこれまでは絶対に口を割らなかった。

しかし本人が亡くなった今、その契約はご破算になったろうから、恒明社内の旧知の者に俺がもう一度尋ねてみたのだ。そうしたら、先方がやっと教えてくれたよ」

「どういうことだ」

私がすかさずじれったそうに尋ねると、矢間田は一呼吸おいてから続けた。

「一条直哉は、お前の教室の殺された助教、右野恵理子だったんだよ」

第五章　死への休日

1

受話器を戻した後も、私はまだ戦慄を禁じ得ず、電話機の上に手を置いたままであった。

「いったい何がどうなっているんだ」

手はようやく電話機を離れ、続いて首筋へと移る。そこをもみほぐしながら、私はゆっくりとかぶりを振った。

「一条直哉が右野恵理子……？」

矢間田の言葉が頭の奥にこだましていた。

右野助教がミステリー小説を書いていたなど初耳だ。

ミステリー賞にチャレンジしていたのは、宗岡だけではなかったのか。しかも一条直哉はすでに、押しも押されもせぬ気鋭の作家で、将来は直木賞という声も囁かれていたほどの実力者だ。

私はふと、千佳が亡くなった日、教育棟の玄関口で右野から事件の報告を受けたときのことを思い出した。

あのころすでに彼女は、『敗者の慟哭』を著し、伴大夢賞に応募していたのだ。一条直哉という男性のペンネームを使って、ミステリアスに自分自身の本性を隠しながら……。

そんなことはおくびにも出さず、私の前で右野は、研究に打ち込む若き助教を演じていた。しかしその裏には、野望を秘めたミステリー作家の顔が隠れていたのだ。

そして彼女はその後に見事、第三十二回伴大夢賞のグランプリに輝き、新進気鋭の作家としての道を歩み始めた。

では宗岡はどうだったのだろう。果たして宗岡は、右野が一条直哉のペンネームでミステリー小説を書いていたことを知っていたのだろうか。

彼もまた、自作のミステリー小説を賞に応募していた一人だ。同じ教室員でもあった右野の裏の顔について、何か知っていたとしても不思議ではない。

宗岡に直接そのことを尋ねてみようかとも思ったが、今や私と宗岡の仲は険悪ムードだ。私は千佳殺しの犯人として宗岡を疑っているし、一方の宗岡は私のことを右野殺人犯と決めているようだ。

ふつふつとした思いを胸に、私は面をゆっくりと上げた。

とそのとき、卓上の電話が外線からのコール音を発した。すぐに受話器を取ると、西多摩署の宇田川だった。

「署の者からの伝言で、以前先生からお電話をいただいたということでした。不在にしていて申し訳ありません」

宇田川は何事もなかったかのように、つとめて平坦《へいたん》な口調で、電話の向こうから話しかけてきた。

「で、どのようなご用件でしたでしょうか」

宇田川が尋ねる。私は憤慨《ふんがい》したように、鼻息荒く応じた。

「西多摩署の刑事が私の勤め先や自宅に張り付いていますが、いったいなぜですか」

「ああ、そのことですか」

宇田川はとぼけたように返す。

「警察は私のことを何か疑っているのですか」

あからさまに指摘すると、相手は受話器の向こうで笑い声を漏らした。

「ああ、いやいや。そんなことはありません」

「ではなぜ刑事に尾行させるのです」

「大日方さん、誤解しないでください。尾行ではありません」

「では何なんです」

私がさらに声を荒らげると、宇田川はそこで考えていたようだが、少し間をおいてから応えた。

「娘さんの事件と今回の右野助教殺害事件との関連は、今のところ不明ですが、連続殺人の可能性もないわけではありません」

「連続殺人……どういうことです」

「つまり、両事件には何らかの関連性があり、例えば同一の犯人が一つの目的をもって二つの事件を起こしたという場合も、想定しておかなければなりません」

「同一犯人……」

私は、相手が使った言葉を繰り返してから、さらに質した。

「根拠はあるのですか」

「今のところ何とも言えません」

宇田川はうやむやな返事をした。

「……で、それと私に私服を付けるということとどういう関係が……」

憮然とした口調で訊くと、宇田川は一つ咳《せき》ばらいをしてから、声を低くして言った。

「大日方さんは、娘さんとはもちろん、右野助教ともお仕事の上で近い関係にあります。犯人の動機は不明ですが、そういう背景を鑑みると、今度は大日方さんが事件に巻き込まれる可能性もないわけではありません」

「私が？」

「ええ。同じことは、大日方さんの奥様にも言えることです」

受話器を握りしめながら、私は黙った。小さな戦慄が背筋を走り抜ける。

「私や家内が狙われているというのですか」

ようやく声に出して尋ね返す。

「先ほども言いましたように、今ははっきりとしたことを申し上げられませんが、どうぞ事情をご理解ください」

「では、私たちに私服の刑事を付けたのは、警護のためということですか」

なおも突っ込んで質したが、それにはあいまいな返事を返すと、宇田川は何かあったらすぐに電話してくれと言い残して電話を切った。

宇田川の言ったことはにわかに信じがたかったが、さりとて可能性は否定できない。宇田川の危惧が当たっているとすれば、次に狙われるのが私や優子でないという保証はない。

だが宇田川は、警察が私を監視する理由をうまくこじつけたのかもしれない。警察は私を疑っているため、私の行動を監視していると考える方が自然だ。そして監視していることを悟られないため、私や妻を警護しているなどと方便を使ったのかもしれない。

「勝手にやらせておけ」

ひとりそう呟いた私は、教授室内のロッカーから白衣を取り出し、それを羽織って部屋を出た。

2

向かった先は、研究棟一階にある空調施設であった。

教員や学生は、そこへは通常入って行かない。大学の空調施設管理を任されているテナント会社の社員が、時折学内の空調施設の点検や修理に訪れる程度で、その施設には普段人の出入りはほとんどない。

以前述べたように、右野が殺された地下の遺伝子組み換え実験安全管理施設には、室内の空気を浄化する入気口と排気口が、第一および第二実験室にそれぞれ備わっている。これら地下実験室内の空気は、入気口と排気口を通じて、上階の空調施設内にある特殊な大型空気浄化装置によって浄化されている。

この大型空気浄化装置は、フィルターを通して除菌したきれいな空気を入気口から地下の二つの実験室に送り、一方、実験室内に人が持ち込んだ微生物などで汚染された空気を、排気口からポンプで吸い上げて排気する。万一、実験室内で遺伝子組み換え実験などにより危険な病原微生物が発生してしまった場合でも、この大型空気浄化装置が作動していれば実験室内の汚染空気を浄化することができる。

右野の事件が起き、彼女が殺されていた第二実験室に私が入って行ったとき、室内の入気口と排気口はいずれも細かな鉄格子で覆《おお》われており、そこからの人の出入りは当然のことながら不可能であった。そもそも、入気口と排気口の大きさ自体、子供の頭すら入らぬ幅と長さであった。だが第二実験室と外界とをつなぐ経路がこの入気口と排気口の二ヵ所だけであることは、再三述べたとおりである。これら二つの孔が外界と通じる開口部は、上階の一階にある空調施設内の大型空気浄化装置の本体にある。

大学に長年勤めていながら、私はこの大型空気浄化装置を一度も見たことがなかった。また、右野の事件で発生した密室の謎を解くカギが空調施設内にないかどうか、一度調べてみる必要があると私は感じていた。

空調施設は、建物の一階エントランスを入り、廊下を右に曲がって突き当たりの奥にある。教授室や研究施設のほとんどは、研究棟の二階以上のフロアに展開しているので、一階はエレベーターに乗り込むとき以外は、廊下にすらめったに人が通らない。

空調施設のドアには、通常鍵が掛けられていない。そのドアを引き開けて施設内に入ると、中は真っ暗であった。壁にある照明のスイッチを探り当て、明かりを点ける。白い光が室内を隅々まで映し出した。

足元を見ると、厚手の泥除《どろよ》けゴムマットが二枚敷いてあった。その上に乗って、軽くクツの裏のほこりを払うと、私はゆっくりと中に入った。

後ろ手にドアを閉め、地下の遺伝子組み換え実験安全管理施設のちょうど真上くらいに設置されている機器にまっすぐ歩み寄った。それは大型の空気浄化装置で、直方体のボックス型をしており、高さと幅共に二メートル、奥行き一メートルほどの大きさだ。装置の両脇には、フィルターがはめ込まれた、長さ二十センチ、幅十センチメートルほどの大きさの入気口と排気口が、それぞれ二つずつ設置されていた。

これら入気口と排気口は、いずれも空気浄化装置から真上に口を開けていた。そして入気口と排気口のそれぞれに、第一実験室および第二実験室と表示があった。

「この入気口から、フィルターで浄化された空気が、装置を通じて地下の実験室内に送り込まれるのだ。一方実験室内の汚染された空気は、やはりフィルターで雑菌などを取り除いてから、この装置の排気口を通ってポンプで排気されるんだな」

装置に取り付けられている入気口と排気口を一つ一つ確認しながら、私はひとり呟いた。地下の実験室で実験を遂行しているときにはまったく意識していなかったこの空気浄化装置の存在に、私は改めて気づかされた。

そして見たところ、装置に設置されている各二つずつの入気口と排気口は、いずれも地下の施設内にある、第一実験室と第二実験室の入気口および排気口と同じサイズである。またこれらの孔には、地下の実験室の場合と同様、緻密な鉄格子がはまっている。万が一ネズミなどの小動物がここから中へ侵入を試みたとしても、それをシャットアウトできるようになっている。もちろん、ここから人の出入りができないことは明らかである。

唐突に私は、第二実験室の入気口に向かって、

「わっ」

と大声で叫んでみた。

「もしや、ここから地下に向かって叫んだ声が、下の第二実験室を通り抜けて、施設入り口ドアのさらに向こう側まで届いたのではないか」

そうも考えてみたが、そのときの私の声は、ほとんど入気口の先へは響いて行かなかった。入気口の奥には緻密なフィルターが幾重にも備わっているはずである。音はおそらくそこで遮蔽《しゃへい》されてしまうであろう。この入気口で発せられた叫び声が、そこを通り抜けて地下の第二実験室内を進み、エアシャワー室の二枚の扉を通過して、さらにその先の頑丈な施設入り口ドアの向こう側まで響いて行くとは、到底思えなかった。

またあのとき私は、地下施設外側の入り口ドアの前で、施設内で発せられた、「ドーン」というドアが壁にぶち当たるような大きな音を聞いている。あの地響きのような轟音《ごうおん》が、今私がいる一階の空調施設から発した音だとも思えない。

以上のことを確認した私は、早々にこの陰気くさい空調施設室を出た。密室からの犯人消失のメカニズムを解くカギが、この空調施設内に隠されているのではないかとひそかに期待したのだが、結局その謎はますます深まるばかりであった。

とりあえずその問題は棚上げにし、次の懸案事項を解決しようと思考を切り替えた。

私はエレベーターを四階に上がって教授室に戻ると、デスクトップ型パソコンのスイッチを入れた。

次に私が疑問に思ったのは、右野が事件の晩第二実験室の使用予約を取っていたかどうか、また予約していたならその時間帯の予約状況はどのようになっていたか、という点であった。

遺伝子組み換え実験安全管理施設内の二つの実験室の使用予約は、Ｗｅｂサイトからできる。大学のＨＰからサイトに入り、そこでＩＤとパスワードを入力すると、予約画面が現れる。予約画面には毎月のカレンダーが、第一および第二実験室ごとに表示されるので、その中で実験予定日の指定欄に、実験室使用時間帯と使用研究者氏名を書き込む。最後に予約確認ボタンをクリックすれば、予約が完了する。

一度予約が完了すると、それを別の人が勝手に書き換えることはできない。予約のキャンセルや書き換えには、予約をした人のＩＤとパスワードを入力する必要があるのだ。

ＩＤとパスワードは大学研究者の中で、遺伝子組み換え実験安全管理施設の使用登録を申し出た人物にのみ与えられる。したがって、世界中どこからでもサイトには入れるが、予約画面に進めるのは専用ＩＤとパスワードを与えられた研究者だけである。

むろん私は自分のＩＤとパスワードを持っており、先日宗岡を第一実験室で糾弾しようとした際にも、この予約画面に入って施設内の第一実験室を予約しておいたのだ。では同じ日のほぼ同じ時間帯、右野が殺されていたもう一つの第二実験室の予約状況はどうなっていたのか。

はやる気持ちを抑えながら、私は第二実験室の予約状況を見た。するとそこには確かに、右野助教の名で次のような内容の予約がしてあった。

×月×日（水）午後五時〜八時　右野　恵理子

3

「第二実験室の予約は、右野自身がとっていた」

殺人現場となった第二実験室の予約を、もし犯人が自分の名でとっていたとすれば、この予約表から犯人の名が割れる。そのことを私はひそかに期待したのであったが、よくよく考えてみればあの完璧《かんぺき》ともいえる密室から抜け出した犯人が、そんなへまをやるはずがない。

一方、もし第二実験室の予約を右野自身がとったのだとしたら、右野殺しの犯人はこの予約表を見て、この日右野が何時に第二実験室に現れるかを知ったのかもしれない。

だが、予約表を見ることのできる専用IDとパスワードを持った人物は、学生も含め本学に所属する研究者だけでも百人は下らない。また大学を卒業して行った人の中にも、IDとパスワードの登録をそのままにしている者もいるだろう。

それだけ多くの人物に予約表を見る機会があったとすれば、この方法で犯人を絞るにはやはり無理がありそうだ。

私の思考は、またも混沌《こんとん》の中に逆戻りした。しばらくあれこれ考えを巡らせたが、右野を殺害した犯人に迫る有効な手段は、それ以上思いつかなかった。

パソコンの前で長いため息をつくと、私は気分を変えるためにメール欄を開いてみた。そして、企業の宣伝や学生からの問い合わせメールなど数十通余りのタイトルを、マウスをクリックしながら漫然と眺めているうちに、ふと目に留まるものがあった。

「帝西大学大学院生の瀬川悠馬です」

それがそのメールのタイトルであった。

「瀬川君……？　なんだろう」

いつか大学のキャンパス内で、彼と千佳の話をしたときのことを思い出す。さっそくメール本文を開くと、

「お話ししたいことがあるので、ご都合のよろしい日にお伺いしたい。ついては、時間の取れる日についてご連絡を乞《こ》う」

といった内容の丁寧な文面が並んでいた。

瀬川は千佳に好意を寄せていた。私の方からも、何か千佳のことについて思い出したことがあったら連絡してほしい旨伝えてあった。

私はさっそく返信した。

明日の午後はちょうど空いている。その旨メールを打ってから、瀬川の用件を思案した。

翌日、瀬川は指定した時刻に私の教授室までやってきた。

「わざわざ来てもらって悪いね」

私が気遣うと、瀬川は頭をかきながら応えた。

「いいえ。文系の大学院は、薬学部と違って時間がたっぷりありますから」

「研究の方は進んでいるの？」

「はい、何とか」

そんな会話を交わしながら、瀬川は私が指し示す椅子に掛けた。

瀬川が千佳の事件に関する何か新しい情報を持ってきてくれたのではないかと、はやる心を抑えながら私も対面に座った。

「先生はこの間、大学のキャンパス内で僕と話をされたとき、千佳さんがお付き合いしていた人が、この大学の教員の方ではないかとおっしゃっていましたよね」

唐突な瀬川からの話題提起に、私は虚を突かれて一瞬言葉を失うと、じっと相手を見た。

「……そういえば、そんなことを言ったかな」

ようやく私が応じると、瀬川は急に下を向いた。しばし気まずい沈黙が流れ、それを断ち切るべく私が言葉を継ごうとしたとき、瀬川はやおらまた面を上げ、真剣なまなざしで私を見た。

「実はあのとき、つい先生に言いあぐねてしまったのですが、僕は直接千佳さんに、僕とお付き合いしてほしいと申し上げたことがあるんです。そのとき千佳さんは、僕の言葉を突っぱねるでもなく、真摯《しんし》に僕の申し出を聞いてくれていました。僕は脈があるかなと思ったのですが、しかしそのあと千佳さんから、思わぬ話をされました」

「千佳はそのとき何と……？」

私は緊張した声色で尋ねた。

「多摩薬科大学の先生とお付き合いしていると……」

私は目を見開いた。

「やっぱりそうか……。で、千佳はそれが誰だか言わなかったかね」

はやる心を抑えながら、私はなおも訊いた。だが瀬川は私から目を逸らし、小さく首を横に振った。

「この間は黙っていてすみませんでした。僕にとってもあまりのことだったので、あのときは先生に言う決心がついていなかったのです。生前千佳さんからも、誰にも言わないでほしいと口止めされていましたし……。でも千佳さんは、その先生のお名前まで僕に告げることはありませんでした。したがって僕もそれが誰かは分かりません。嘘ではないんです。先生、信じてください」

瀬川は泣き出さんばかりに顔をゆがめ、私を見つめながら懇願《こんがん》した。私は分かったというように深くうなずき、黙って瀬川の話の続きを待った。

「ただ……」

瀬川はためらいがちに言葉をつないだ。

「千佳さんは思い悩んでいるようでした。その先生は、研究面で不正をしているというのです」

「不正？」

私は驚いて言葉尻《ことばじり》を繰り返した。

「はい。その先生の発表論文に不正があったと……千佳さんは言っていました。大日方先生もご存知のことと思いますが、こちらの大学の生命科学部における千佳さんの卒論研究は、論文不正検出ソフトの開発でした」

そのとき、私の口からは二の句が出なかった。

第一に、親として、また同じ大学の教授として、千佳がそんな研究をしていたことも知らなかったことへの反省。第二に、千佳の研究目的が、研究者の不正の摘発だったということへの驚き。そして第三に、その試作ソフトを使って千佳が検索した不正論文の中に、私の大学の教員が発表した論文があったという疑惑……。

それらが一気に脳髄を直撃し、私の口と表情を凍り付かせていた。

が、続いて私は早口に、瀬川に質問を浴びせた。

「瀬川君。千佳が付き合っていたその相手とは、まさか私の研究室の教員だったのではないだろうね。その人の年齢がどれくらいだったか、千佳は何か言ってなかったのか」

焦る気持ちが先走り、つい声を荒らげていた。瀬川はおびえたような目で一瞬私を見たが、しかしその口からはもはや言葉は発せられなかった。瀬川はすぐにうつむくと激しくかぶりを振り、自分がそれ以上何も知らないことを強調した。

私も不機嫌な顔をして押し黙った。そうして私たちは目を合わさぬまま、しばらくじっと相手の様子を窺っていた。

やがてその雰囲気に耐えられなくなったのか、瀬川はぽつりと言った。

「千佳さんは……その方と別れる決心をしていたようです」

続いて瀬川はゆっくりと腰を上げた。

「先生。僕がお伝えしようと思っていたことは、これですべてお話ししました」

定まらぬ視線の私を見下ろしながら、瀬川は背筋をぴんと伸ばしてから、深々と頭を下げた。

「僕はこれで失礼します……」

瀬川は最後にそれだけ言うと、また姿勢を正し、そしてゆっくりと踵を返してこちらに背を向け、部屋を出て行った。だが私はその後ろ姿に声もかけられず、憮然とした表情で同じところに座り続けていた。


そうしてどれくらいの時間が経ったろうか。

さっきまで瀬川が座っていた椅子に、今はもう誰もいない。だが彼の端整な容姿が残像となって、まだ私の網膜の表面にぼんやり映っていた。

瀬川は私に対し、必死に真実を訴えていた。千佳に対する彼の真心に偽りはない。私はそう信じた。

千佳が瀬川ともう少し早く付き合っていたら、瀬川がもう少し早く千佳に愛の告白をしていたら、今頃千佳は瀬川と将来を約束し合い、前を向いて生きていたのではないか。そんな哀しくやるせない妄想が、私を苦しめた。

それを振り切るように、私はひとり、かぶりを振った。

ようやく我に返り、夕方学内で会議があることを思い出した。教授室内の椅子から立ち上がり、ジャケットを羽織ると、私はふらふらと教授室を出た。

ふと研究室の入り口から中を見やると、宗岡や学生を含め教室員は皆どこかに出払っていて、研究室内には誰もいなかった。

何気なく研究室に入って行った私は、宗岡のデスク上にある、電源が付いたままのパソコンに目をやった。画面上には、欧文の文字が幾列にも並んでいた。研究論文を打っている途中らしかった。

興味を惹かれてデスクに歩み寄ると、さらにパソコンの脇に、宗岡が作成中と思われるプリントアウトされた書類が一枚置いてあるのが目に留まった。

それは、研究費補助金の申請書類で、印字されたA4紙の上欄は、助成金申請のための研究計画で隙間なく埋められていた。そして私の目はさらに、その書類の右下にある、宗岡が万年筆で自書した欄にくぎ付けとなった。

研究費申請者は、申請内容こそパソコンで入力できるが、申請書類への署名は自署することが義務付けられている。宗岡が署名したその字に、私は「おやっ」と思ったのだ。

その字は、へたくそとまではいかないが、お世辞にもうまいとは言えなかった。宗岡とは同じ教室で長らく仕事をしてきたが、彼が書いた字をまじまじと見たことなどほとんどなかった。私たちの文書の交換やチェックは、私が認印を押すとき以外はこれまで電子メールで済ませてきたからだ。

そしてその署名の凡庸な字は、私のある記憶を鮮明によみがえらせた。

そう——。

そのとき私の脳裏に浮かんだのは、第二回矢間田書房ミステリー文学新人賞への応募の際に宗岡が送ってきた書類に記されていた、あの達筆の字である。そしてあの字は、今私の目の前にある研究費補助金申請書にサインされた宗岡の字とは、似ても似つかぬものであった。

4

私の頭の中は今、いろいろな情報が交錯し、思考は完全にマヒ状態であった。

千佳は、教育棟十階の一〇〇二室という密室で、何者かに首を絞められ自殺に見せかけて殺された。千佳が付き合っていたと思われる本学の教員が、何らかの理由で千佳を殺した可能性が浮上している。だが、密室となっていた教育棟のセミナー室から犯人がどうやって抜け出したのかは、まったく分かっていない。

一方千佳は、付き合っていたというその本学教員と別れたい旨、瀬川に語っていたという。千佳が付き合っていたその教員は、ミステリー作家志望である。そして千佳の部屋にあったハーモニカに付着していたDNAは、矢間田書房のミステリー賞に応募してきた宗岡彰吾の書類に付いていたDNAと同じであった。

だが宗岡が矢間田書房に送ってきた書類の字は、宗岡の自書ではなかったのだ。

さらに、千佳の部屋にあったハーモニカを盗み出そうと、大胆にも私の家に空き巣に入った者がいた。その空き巣は、千佳を殺した犯人と同一人物なのか。

千佳は、卒論研究で論文不正摘発ソフトの開発を手掛けていた。そして、私の教室からこれまで発表した論文の中に、何らかの不正があることを指摘するSNSの書き込みが発見されている。その書き込みをした人物が誰なのかは、まだ分かっていない。

以上が、千佳の事件後に浮上してきた事実と謎である。

一方、千佳の絞殺死体を学生の綿貫と共に発見した右野助教は、研究棟地下にある実験施設内の第二実験室で、何者かに頭部をたたき割られ、また背部に大きな切り傷を負わされて殺された。

右野の死体は私と宗岡が発見したが、そのとき地下の実験施設に入る唯一のドアは施錠されていた。しかも私はその施設内で、壁に何かが打ちつけられるような大きな響く音と、右野の悲鳴と思われる声を聞いている。

右野密室殺人事件は、いったい誰がどのようなカラクリで遂行したのか。また右野を殺した犯人の動機は何なのか。

右野は、伴大夢賞作家の一条直哉と同一人物であった。

彼女はそのことを私に隠して、大学で研究教育活動を続けながらミステリー小説を執筆していた。それと彼女が殺されたこととは、何か関係があるのだろうか。

これらの謎は、ゆっくりと渦巻く水に多色の絵の具を同時に流したように入り混じり、やがてどす黒い色に変化して私の脳髄を苦しめ始めた。おまけに警察は、右野の事件に関わったとして私への疑惑を持ち始めている。

先日宇田川からかかってきた電話によれば、警察は私と優子の身の安全を配慮して私たちに私服の刑事をつけたと言っているが、真意はどうだか分かったものではない。頼みであった警察に対する不信が、再び私の中で首をもたげ始めていた……。

どこか遠くの、誰にも邪魔されないようなところにひっそりと身を落ち着かせ、今後のことも含めてじっくり考えてみたい。そんな気持ちが、私の中にふと湧き上がった。

大学薬学部の業務は多忙をきわめているが、土日を含んでさらに翌週の水曜日にある教授会をサボれば、五日間の休暇がとれる。行く先は誰にも告げず、スマホも電源を切ってしまえば、私の要求はかなう。

もちろん優子も連れて行く。宇田川が言うように、万一優子の命も何者かに狙われているとしたら、優子を一人家に置いておくわけにはいかない。

私は、胸の内にむらむらと湧き上がるこの小さな逃避行への欲望を、抑えきることができなくなっていた。

明日は土曜日。今日はさっそく早めに家に帰って、計画を優子に告げよう……。

「本当にいいの？」

優子は子供のような瞳の輝きを見せた。優子のそんな顔を見るのは久しぶりであった。

「でも今からとれる宿なんてあるかしら」

しかし私には考えがあった。

いつか、まだ千佳が生きていたころ、私たち三人は旅行で長野県上田市を訪れたことがあった。真田《さなだ》の里として大河ドラマでも有名となり、旅好きな千佳が旅行先として上田を提案したのである。

ただしそのときは、千佳の希望で上田駅近くの有名ビジネスホテルに泊まったので、今回は優子と二人ひなびた温泉宿に四泊してどっぷりと温泉につかりながら、体にたまった悪液質のようなモヤモヤをすっかり洗い流したかった。

そうして頭の中をリセットできれば、私の身の周りで起こっている一連の不可解な事件の謎を解く手掛かりが、忽然と湧いてくるかもしれない。そんな漠とした思いが私の中にあった。

私の小旅行案に、優子も喜んで賛成してくれた。

実はすでに私は電話で、鹿教湯《かけゆ》温泉の遠藤《えんどう》旅館という宿に一室をとってあった。この温泉宿のことは、もうだいぶ前に矢間田書房の矢間田から聞いたことがあった。矢間田が、書房が発刊する雑誌の特集で「秘湯」を組んだ際、取材でその旅館に泊まり、旅館の主人と懇意になったという話を私は聞かされていた。

鹿教湯温泉郷は、JR上田駅から路線バスで一時間ほど南に下った山里にあった。この温泉に泊まるのは私も優子も今回が初めてであったが、インターネットに載っている紹介を見ると、鹿教湯は緑深い山々に囲まれた静かな環境の中にある湯量の豊富な天然温泉であることが分かった。

鹿教湯温泉の歴史は古く、開湯は千二百年前と伝わる。信仰心の厚い猟師が付近の山中で鹿《しか》に姿を変えた文殊菩薩《もんじゅぼさつ》に出会い、温泉の場所を教えられたことからその名が付いたと云《い》われている。源泉かけ流しの湯を二十四時間絶え間なく豊富に取り入れた贅沢《ぜいたく》さは、まさに私が望んでいた秘湯である。

5

土曜日の昼下がり。

優子と二人JR上田駅に降り立つと、まず駅で信州そばを食べてから、腹ごなしに上田城跡を見て回った。真田父子の雄姿にしばし思いを馳《は》せ、はるかに望む千曲川《ちくまがわ》のまぶしい流れに目を細めた。

千佳と三人でここを訪れたのは、ちょうど三年前だったか。

懐《なつ》かしさと共に、名所旧跡を娘といっしょに回れることがもはやかなわぬ寂《さび》しさが胸にこみあげる。優子は黙って私の後ろについてきたが、心中は同じに違いない。

不思議なことだ。幸福な日々の記憶は、逆に今哀しくやるせない感情に変わって心をえぐる。一方、若いころまだ研究者としても認められず、職を探して挫折続きの惨めな日々を過ごしていたときの記憶は、なぜか現在の心の苦しみをいやしてくれた。

それからまた歩いて駅に戻り、私たちは駅前バスロータリーから、路線バスに乗り込んだ。バスはすいていた。

上田の繁華街を過ぎると、バスは千曲川を渡り、山や畑を左右に見ながら長いトンネルに入る。それを抜け、整備された信号の少ない道路をさらに西へ進んで行くと、鹿教湯温泉郷へと道が分かれていく。

こうして、乗客のほとんどいなくなったバスに揺られること一時間。

私と優子は、鹿教湯温泉のバス停で降り、バスを見送った後、静かな旅館街をぶらぶら歩いた。

かつては数十の老舗旅館でにぎわったこの温泉街も、今では休業となった旅館が目立ち、細い路地は奥までひっそりとしている。街に並行する深い崖《がけ》を流れ落ちていく内村川《うちむらがわ》の豊富な水の音が、岩肌をたたきながら共鳴し合って温泉街にもこだましてくる。

渓流の激しい水しぶきを思いながら、私たちは宿へと向かった。

遠藤旅館は、バス停からさほど離れていない枝道の一角にあった。

旅館の母屋は、壁や屋根瓦《がわら》に百年の歴史を刻んでいた。庭先にある大きな松の木を右手に見ながら、窓ガラスのはまった表玄関の木枠の引き戸をガラガラと音を立てて開け、中に入る。するとそこは二十平米ほどの三和土《たたき》の土間で、正面上り口は黒光りのする廊下がまっすぐ奥まで延びていた。廊下の突き当たりは、薄暗くて見えなかった。

私は優子の荷物と自分のカバンを持ち上げ、玄関廊下の上に置いた。

建物の中はひっそりと静まり返っていて、人の気配を感じない。空気もひんやりと冷たかった。

ふと左手の下足箱の上を見ると、「御用の方は呼び鈴を押してください」とある。そのボタンを押すと、間もなく紺の法被《はっぴ》を着た中年の男性が奥から現れた。

「東京から来た大日方です」

名乗ると、男は、

「遠いところをよくいらっしゃいました」

と、私たちに等しく目線を送りながら、ねぎらいの言葉を口にした。

無愛想というより、はにかむ癖《くせ》があると言ったらよいか。とにかくその所作はいかにも素人っぽく、旅館業を営むようには見えない。まだ四十代と思われたが、頭は額から半分禿《は》げ上《あ》がり、眉毛《まゆげ》も薄かった。

「この旅館の主人の遠藤と申します」

男は控《ひか》えめに自己紹介した。

「ご主人でしたか。これはどうも」

私があいさつを返すと、優子も微笑んで声を掛けた。

「静かでいいところですね」

「山の中で何もありませんが、温泉だけはいくらでもあります。さ、どうぞ」

遠藤はあまりこちらを見ずに応える。

主人と名乗った遠藤の他には、館内に従業員らしき者の姿は見当たらなかった。また途中他の客とも会うことなく、私たち夫婦は二階の奥の六畳の間に通された。


「ひなびているわ」

優子は、古い畳に敷かれた座布団の上に座って体を落ち着けると、室内を見渡しながらぽつりと言った。だがその表情は、がっかりしたのではなく、むしろ、

「こういう処《ところ》に来たかったのよ」

と訴えているようであった。

私は優子の様子に安心し、さっそく浴衣《ゆかた》に着替え出した。

「お母さんも、ゆっくり湯につかったらどうだ」

「そうね」

私と優子は、未だにお互い「お父さん」、「お母さん」と呼び合っている。もう私たちの家に娘

はいないのに、その習慣は哀しいかな離れなかった。

返事をしながら、優子はおもむろに立ち上がると、浴衣に着替えると思いきや、籐《とう》の椅子とテーブルが置かれた窓際の板の間へ寄って行った。そしてそこで、南側に面している木枠のガラス窓をいっぱいに開けた。

冬支度を終えた風貌《ふうぼう》の山間《やまあい》から、室内に冷気が忍び込む。私は優子のそばに寄った。

はるか眼下に、内村川の急峻《きゅうしゅん》な渓流が、ざあざあと絶え間ない音を響かせながら走っていた。朱や黄金色、焦《こ》げ茶《ちゃ》色へと変色していく木々の葉が、左右からすぐ軒先にまで迫って、この小さな旅館の離れ部屋を、すっぽりと大自然の側に切り取っていた。

「落ち着くわ」

茜色《あかねいろ》に染まりゆく西の空の鰯雲《いわしぐも》を見上げながら、優子はひとりごとのようにぽつりと言った。

その後ろ姿に、なぜか突然言いようのない哀しさを覚えた私は、

「先に行くよ」

と言って、手ぬぐいを右手にぶら下げ背を向けた。


熱い目頭を押さえながら、私は湯につかっていた。

何をしていても物悲しい。千佳の想い出は、どこに行っても後をついてきた。

「千佳はもうこの世にいない。だが、亡き娘と私たち夫婦の絆《きずな》は永遠だ」

湯の中で一人、私は声にしてそう呟いていた。

夕方、まだ早い時刻ではあったが、風呂場にいるのは私だけである。古い風呂だが、ここは天

井が高く洗い場も贅沢なほど広い。

湯船は細かいタイル張りで、細長くゆったりと湾曲している。カルシウム塩の白い結晶が幾重にも固まって張り付いた湯口からは、湯けむり漂う豊富な湯がとうとうと流れ出て湯船に注いでいた。それに肩をうたせながら、私は湯船の中に体を伸ばした。

広いガラス窓を隔てたすぐ向こう側には、獣の咆哮《ほうこう》にも似た音を響かせて流れる内村川の渓流がある。真っ暗に日も落ちた山間のすぐ上には、まだ青い空がかすかに見えた。

壁一つ隔てた反対側は婦人湯らしい。そちらの方から、ガラガラと引き戸を開ける音がした。優子だろう、と私は思った。

間もなく、桶《おけ》ですくった湯をざあざあと浴びる音が二度三度とした後、床に桶を置くコーンという音が響き、続いて湯に身体を落とす気配がした。やがて、ひそかな湯あみの音を最後に、隣の風呂場もまた静かになった。

右野の事件の捜査は、あの後どうなっているのだろう。

私を監視していた刑事たちは、上田駅あたりまで私たちをつけてきているのだろうか。だが少なくともこの湯の街界隈《かいわい》では、刑事たちらしい人影を見ていない。

湯につかりながら、私はさらに思考を巡らせた。

千佳の愛人と思われる相手は、ミステリー小説を書いていた。そしてそれを手掛かりに私は新しいミステリー賞を創設し、それに応募してきた者たちのＤＮＡを、千佳の部屋にあったハーモニカに付着していたＤＮＡと鑑定した。その結果、意外にも宗岡准教授が応募してきた書類に付着していたＤＮＡが、千佳の部屋にあったハーモニカのＤＮＡと一致した。しかしその書類に記された文字は、宗岡の筆跡ではなかった。

一方、ミステリー作家としてすでにデビューしている一条直哉は、右野助教と同一人物であった。つまり右野も、以前からミステリー小説を書いていたのだ。

私の身近にいたこの二人の教員がミステリー小説を著していたことと、千佳の愛人もミステリー小説家志望であったこと。これらの事実はいったい何を示しているのか。

そして千佳は、卒業論文研究テーマに研究者の論文不正を掲げ、その摘発ソフトを開発しようとしていた。一方、私の教室から発表された論文の中に不正があるとのＳＮＳへの書き込みが、依然教室内で問題になっている。

私を取り巻く事件の背景には、これらの事実が絡み合った何かがある。それを解きほぐす糸口は……？

私はかぶりを振ると、両手に湯をすくって顔にかけた。それとほぼ同じタイミングで、隣の婦人湯から、誰かが湯船から上がる、ざあという音が聞こえてきた。

6

こうして私たちは、何をするでもなく温泉街を歩き、湯につかり、山の幸に彩《いろど》られた食事をいただき、渓流の音を聞きながら眠った。その間私たちの会話は少なく、特に千佳のこととなると、二人はほとんど何も話さなかった。

土、日が過ぎ、月曜日、火曜日とウィークデイになっても、私はスマホのパワーボタンのスイッチを切ったままだった。大学でもし何かがあったとしても、まったく分からない状態であった。

旅館の主人とは、食事の前と後に少し話をするくらいで、それ以外はほとんど会わない。また主人の遠藤以外の人は、たまに仲居らしき中年の女性が膳《ぜん》をかたづけに来るくらいで、ほとんど見ない。宿の客も、一組の老夫婦が一日泊まって行っただけで、その他の客には一度も会わなかった。

逗留《とうりゅう》の最後の日、きのこや山菜、ヤマメなどの夕食を堪能《たんのう》すると、私はミニバーにあったウイスキーの小瓶《こびん》のキャップを切った。すると優子がそれを水割りにしてくれた。

私たちは浴衣の上にはんてんを羽織り、部屋には暖房を入れた。

「千佳が亡くなってから、もう二年半になるのね」

畳の間で、背を座椅子にもたせながら、少し顔を赤くした優子が唐突に呟いた。宿にいる間、千佳の話題にはそれとなく触れずにいた二人であった。

「早いものだな……」

グラスの酒をあおると、それを目の前のテーブルに戻しながら私が応じた。優子は何も言わず、寂しそうに窓の方へ目をやった。

「ねえお父さん」

しばらくして優子が呟いた。

「うん……?」

「千佳はなぜ、死ななければならなかったのかしら」

私は黙った。

そのことはこれまで、私たち夫婦の間ではタブーとしてきたからだ。少なくとも私自身はそう決め、優子の前では、千佳の事件の犯人やその動機について話題に出すことは極力避けていた。

私が応えず、テーブルの上のグラスの中を見つめていると、優子が続けた。

「千佳は、自分や周りの人たちの誤った考えや言動を、正しい方向に戻したかったのじゃないかしら」

私は面を上げ、優子を見つめた。

「正しい方向……?」

「ええ。あの子は無垢《むく》で穢《けが》れのない心を持っていたわ。それだけに、自分の身の回りに降りかかる、正しくないことに悩んでいたのだと思います」

「正しくないこと? ……それはどんなことだと、お母さんは思うのかね」

「……分からないわ。でも、千佳がお付き合いしていた人に、例えば妻子がいたとしたら、千佳はそれを気遣って身を引くでしょう。ねえ、あの娘はそういう子だったでしょう?」

優子は懇願するようなまなざしで私を見た。私はうなずく。

「そう。確かに千佳は、おとなしいが曲がったことの嫌いな子だった。付き合っていた相手にそういう事情があったとしたら、あの子にとってそれは、ずっと不本意だったのではないだろうか」

「きっとそうよ。その人に別れ話を持ち出したのは、千佳の方だったんじゃないかしら。そしてそのことが、千佳が殺される理由と何か関係があったんじゃないかな」

「それは俺も思ったことがある。だが、別れ話のもつれだけで大学生の千佳を殺すなど、あり得ないと思うが……」

「そうかしら……」

優子は何か言いかけたが、思いとどまってグラスを手に取り、中身の半分ほどを一気に飲んだ。

「そんなに急に飲んじゃ体に障《さわ》る」

私が制したが、優子は意に介さぬ様子で、さらにグラスの中の残りの酒をあおった。


ふと、優子の様子がおかしいことに私は気が付いた。

こちらに目を向けず、うつむき加減にふらふらと首を上下に動かしていたが、やがて両手をテーブルに投げ出し、その上に頭を載せながら突っ伏した。

グラスがガチャンと音を立てて倒れ、残っていた中身がテーブルの上に流れ出た。

「お母さん。どうしたんだ。飲みすぎたのか」

テーブルをはさんでこちら側にいた私が手を伸ばし、その体に触れようとした瞬間、優子は向こう側に引っ張られるようにして座椅子から外れ、どたりと音を立てて畳の上にくずおれた。

「優子！」

叫んで立ち上がり、優子のそばに駆け寄ろうとしたが、その刹那《せつな》私も体中《からだじゅう》の力が抜け、畳の上に倒れ込んだ。

ウイスキーの中に何か薬物が……。

一瞬そう思ったが、それ以上思考は回らず、意識が遠のいていく……。

ドンドンッ……ドンドンッ……

誰かがドアをたたく音がする。

ドンドンッ……ドンドンッ……

「大日方先生！　大日方先生！」

……あれは、宗岡の声だ。なぜ宗岡がこんなところに……

「おい、大日方。ここを開けろ。俺だ！　矢間田だっ。早く開けるんだ」

……矢間田……？　何しに来た……ドアには鍵が……

私は畳を這って手を伸ばし、そちらへ向かおうとしたが、体は動かなかった。

ドンドンッ……ドンドンッ……

「先生。早くここを開けてください」

「大日方。どうしたんだ。何があった……？　ドアの鍵を早く開けろ……」

そんな声を、遠く脳髄の片隅《かたすみ》に聞きながら、私の意識は徐々に失われて行った。

第六章　墓守たちの挽歌《ばんか》

1

「気が付いたようだな」

薄目を開けると、そこに矢間田書房の矢間田の顔があった。

白い光が目を射る。

朝日だ。今は朝なのか……。

「ここはどこだ？」

まぶしそうに瞬きをしながら、私は尋ねた。

「気分はどうだ」

私の質問には答えず、矢間田は立ったまま無骨そうな顔で私を見下ろした。どうやら私はベッドに寝かされているらしい。起き上がろうとすると、

「ああ、まだそのままでいた方がいい」

と、矢間田が右手で私の動きを制した。

「大日方先生」

矢間田の後ろから声がした。宗岡だった。

「君も来ていたのか」

「ええ。先生、覚えておいでですか？　先生と奥様は、鹿教湯温泉の遠藤旅館に泊まられていました。昨夜遅く、そこから上田市内にあるこの上田中央病院に、救急車で搬送されたのです」

宗岡は、矢間田の横に並ぶと、私の顔を覗き込んだ。

「……ああ、覚えているとも。鹿教湯温泉の宿で、家内と酒を飲んで……間もなくドアがたたかれ、ドアの向こう側から君たちの声がした……。家内は……？　優子はどこに？」

だが二人は私の質問にすぐには答えず、ちらとお互い顔を見合わせた。

「どうしたんだ。優子に何かあったのか」

私がなおも尋ねると、矢間田がベッドの手すりに手を掛けながら言った。

「一命はとりとめた。だが危ないところだった」

「一命を……？　どういうことだ。優子にいったい何があったんだ」

「大日方。お前は何も知らなかったのか？　奥さんは、睡眠薬を多量に飲んでいた。そしてお前もだ。だがお前の場合は、服用した睡眠薬の量が少なかったため、大事には至らなかった」

「睡眠薬？」

私の上半身は起き上がっていた。そのままベッドを滑り出ようとすると、矢間田が止めに入った。

「無理をするな」

「家内に会わせてくれ。同じ病院に入院しているのか」

矢間田の腕をつかんで懇願すると、矢間田はなだめるように私の手を取り上げ、しっかりと私を押さえつけてから言った。

「大丈夫だ、安心しろ。さっき宗岡さんと二人で様子を見てきた。一時昏睡《こんすい》状態だったが、胃洗浄をして点滴を続けている。意識はまだ戻らないが、病状は落ち着いている」

「だ、誰が優子をそんな目に……」

私の問いに、二人はまた顔を見合わせた。

「大日方……」

矢間田が落ち着かせようと私に声を掛けた。だが私はそれを振り払うように声を荒げた。

「どうしたんだ。ちゃんと説明してくれ」

とその瞬間、目の前が白くなる。頭が重い。夢を見ているのだろうか。グラグラとめまいがする。

私はその場に倒れ込んだ。矢間田と宗岡に支えられながら、私は再びベッドに寝かされた。

私が落ち着く様子を見てから、二人は並んでベッドサイドの来客用の椅子に着いた。先に開口したのは宗岡だった。

「今週になってから、先生が大学に来られないので心配していました。先生のスマホにかけても、通話ができない状態でした。昨日、つまり火曜日になっても、先生は姿を見せないので、ご自宅にも電話してみました。しかし留守電になっていてどなたもお出になりません。教室の学生らにも訊いてみました。でも誰も先生の行方を知らないと言っていました。

そうして昨日の午後になっても、相変わらず先生と連絡が取れないので、そこで僕は矢間田書房に電話してみたのです」

「矢間田書房……？　なぜ君が矢間田書房に？」

話の腰を折って尋ねると、私に近い方の椅子に掛けていた矢間田が説明した。

「大日方、お前は忘れたか？　宗岡さんは、第二回矢間田書房ミステリー文学新人賞に応募していたんだ」

「ああ……」

私は、気の無い返事を返した。宗岡が矢間田書房ミステリー文学新人賞に応募してきたからこそ、その書類のＤＮＡを私が分析できたのだ。それは確かにそうだが……。

そこで、矢間田はさらに付け加えた。

「そして宗岡さんは、見事大賞を射止めたんだ」

「宗岡君が大賞？」

驚いて尋ね返す。

「はい」

「そうか、それはおめでとう……」

そんなことなど、まったく私の眼中にはなかった。あの賞を立ち上げた目的は、すでに述べたとおり千佳殺人犯を罠にかけることだったのだから……。

宗岡の応募作のタイトルは確か、『象牙の塔の殺意』だった。私の視点からすればそれは月並みで、どう考えても大賞を射止められるようなタイトルではない。

おざなりな私の祝福にも、宗岡は満面の笑みを湛《たた》えてうれしさをあらわにした。

「ありがとうございます。先生にそう言っていただけると、本当にうれしいです」

私は冷めた目で宗岡を見ると、その視線を壁の方にもっていった。矢間田が話の先を続ける。

「宗岡さんが受賞と決まった日に、俺の方から宗岡さんに電話したのさ。そのとき、受賞の報告と共に、賞立ち上げの経緯なども話したのだ。そこでお前の名が出たというわけだ」

「先生が立ち上げられた賞だったのですね。感激しました」

宗岡がまた瞳を輝かせながら言った。私は小さくため息をついた。

べつに君を受賞させるために立ち上げた賞ではないのだがね、と心の中で呟きながら、私は苦笑いをもって宗岡を祝福した。

だが一方で、宗岡に対する私の疑惑は消えていなかった。千佳の部屋にあったハーモニカから検出されたＤＮＡは、宗岡の応募書類に付着していたＤＮＡと一致したのだ。

その事実は、いつか宗岡を糾弾しようと計画していた私にとって、最後の切り札であった。

しかしそんな私の胸中などまったく意に介さぬそぶりで、宗岡は話を進めた。

「矢間田さんから、大日方先生と矢間田さんが高校の同級生だということを聞きました。そういう経緯があったので、僕は矢間田さんがもしや、大日方先生の行く先をご存知なのではないかと思いました。それでそのことを、電話で矢間田さんに尋ねてみたところ……」

そこで矢間田が説明を引き継いだ。

「大日方。俺が取材で鹿教湯温泉に泊まったことを、いつかお前に話したことがあったな。それで、もしやと思ったんだ。宗岡さんからの電話は、お前と奥さんが何かただならぬ事件に巻き込まれているやもしれぬという内容だったものだから、俺もびっくりしてな。あれこれとお前の行きそうなところを思案しているうちに、鹿教湯温泉ではないかとひらめいたんだ」

するとと宗岡が再び話に割って入った。

「僕は矢間田さんに、先生と奥様に危険が迫っている事情を説明し、ご協力を求めました。矢間田さんも僕の話に得心し、すぐに鹿教湯温泉までいっしょに車を飛ばそうということになったのです」

隣で矢間田も厳しい顔をしてうなずいている。

「俺と家内に危険が迫っているとは、いったいどういうことだ」

私は怪訝な顔をして、二人をかわるがわる見た。

2

「大日方先生。それには少し、順を追って説明する必要があります」

宗岡が静かに告げた。

私と優子は、何者かによって酒の中に睡眠薬を盛られ、殺されかけたのだろうか。

だが遠藤旅館で私たちが泊まっていた部屋のドアには、内側から鍵が掛かっていた。一方の窓の外は、渓流まで険しい崖が続いていた。そちらから人の出入りができないのは明らかだ。

ではいったい誰が、ウイスキーに睡眠薬を……。

あのとき確かにウイスキーのキャップは未開封だった。私がそれを開け、優子に渡したのだ。

したがって、ウイスキーの中に誰かが事前に薬物を入れておくことはできない。

「話してくれ。宗岡君。君は何を知っているというのだ」

私は宗岡に迫った。矢間田は、話の主導権を宗岡に預けたという様子で私から目を逸らし、腕を組んで病室の壁の方を見やっていた。

宗岡は、両手の指を膝の上で組んでから、一つ咳払いした。

「大学のキャンパス内で起きた、先生のお嬢さんの事件と右野助教殺害事件は、僕にとっても大変なショックでした……。警察の捜査や世間のうわさなどを避けて通ろうとしても、あまりにも身近な問題であっただけに、その渦から逃れることはできません。

僕の下にも、西多摩署の刑事が随分としつこく事情を尋ねに来たものです。そうしていろいろと事件の情報が交錯する中で、僕はあれこれと推理していくうちに、その背景にある驚くべき真相に気づいたのです」

宗岡はそう仰々しく前置きし、改めて私の視線を捕らえた。

「僕もミステリー作家の端くれです。まだ作家とは呼べないかもしれませんが。まあ、それはいずれにしても、僕はまず大日方先生のお嬢さんが殺された事件で、現場である教育棟十階のセミナー室が密室状態であったことに目を付けました」

「……うん、確かにそうだった。だからこそ、千佳は自殺したのだと初め私は信じて疑わなかった」

私が思い出しながら補足した。宗岡はうなずく。

「では、一〇〇二室のドアの鍵を警備員の田島さんがマスターキーで解錠し、その後田島さんと右野助教それに学生の綿貫が千佳さんのご遺体を発見したとき、一〇〇二室専用の鍵の所在がどうであったか、先生には何かお考えがおありですか」

「それは……」

唐突な宗岡の質問に、私は一瞬言葉を詰まらせた。だがそのことについてはすぐに思い出し、私ははっきりと宗岡に告げた。

「一〇〇二室の鍵は、千佳のバッグの中にあった」

宗岡はじっと私の顔を見ると、質問を継いだ。

「ではその鍵は、いつから千佳さんのバッグに入っていたのでしょうか」

「いつから……？」

「ええ。実はそれを知ることによって、一〇〇二室という密室の謎を解き明かすことができるのですよ」

「どういうことだ。君は何が言いたいのだ」

私が先を焦って訊くと、宗岡はしばし目を閉じていた。が、やがてゆっくり開眼すると、彼はやや鋭い口調で告げた。

「結論を申し上げましょう。僕はそれが、警備員の田島さん、右野そして綿貫が一〇〇二室に入った後だったと考えています」

「……？」

宗岡の説明の意味が分からず黙っていると、彼はまた元の穏やかな声に戻って語り始めた。

「あの日犯人は、おそらく何かのっぴきならぬ事態が起きたというような理由をつけて、千佳さんを教育棟に連れて行った。自分で一〇〇二室の鍵を借りたのでは、警備員にそのことが知れてまずいので、一〇〇二室の鍵は千佳さんに借りさせたのだと思います。

そうして千佳さんと一〇〇二室に入った犯人は、不意をついて千佳さんを襲った。隠し持っていたロープを首に巻き、絞殺したのです。それから犯人は、千佳さんの死を自殺に見せかけるため、ご遺体を一〇〇二室の天井の梁にぶら下げておいた。こうしておいて犯人は、千佳さんが持っていた一〇〇二室の鍵で部屋のドアを施錠し、部屋から離れたのです」

そこで宗岡はいったん説明を止め、私の様子を窺った。私はベッドの上で横になったまま、瞬き一つせず、宗岡の顔をにらみつけていた。

「ちょ……ちょっと待て。しかし事件発見後、一〇〇二室の鍵は確かに千佳のバッグの中にあったのだ。犯人がその鍵で一〇〇二室のドアを施錠し、その鍵を持ち去ったのだとしたら、それをバッグに返す機会はなかったはずだ。またマスターキーで一〇〇二室のドアを開け、田島、右野、綿貫の三人が室内に入ってから警察が到着するまで、犯人がバッグに鍵を戻すチャンスもなかったはずだ」

黙っていられなくなった私は、そこで口をはさんだ。しかし宗岡は、私の疑問に落ち着いた声で静かに応じた。

「いいえ、犯人にはそれができたのです」

「な、なぜ……。どういうことだ」

「そのあたりは、追ってご説明します」

思わせぶりに宗岡は言って、仕切り直しとばかりに目をしばたたかせた。

「さて、一〇〇二室で千佳さんのご遺体を発見した田島、右野、綿貫の三人は、ともかくもまず、天井の梁からぶら下がっていたご遺体を下ろした。しかしお気の毒なことにもはや手遅れでした。千佳さんの死亡推定時刻は、三人が一〇〇二室に入って行くよりずっと前でしたから。

ところで、僕は先日、一〇〇二室の天井の梁をよく調べてみました。梁は丸みを帯びたやや太めの金属製でした。そしてその一本に、ロープで重量のある物をぶら下げたような、十数センチ間隔で並ぶ二つの浅いくぼみを発見したのです。

むろん警察もその奇妙な跡には気づいていたと思います。しかし僕が独自に知りたかったのは、その梁にロープを掛けて千佳さんの遺体を引き上げた方法です。

犯人は、まず遺体を机の上に載せた。そして遺体の首に縛り付けたロープの他端を伸ばして二重に梁に掛け、二ヵ所に垂れ下がったロープで同時に死体を吊り上げるという、滑車の原理を使った方法を応用した。その結果、梁にはロープを掛けた跡が並んで二つ残ったのです。

あとは梁から下がったロープを両手でしっかり持って井戸の水をくみ上げるように引っ張れば、それほど体重のない千佳さんの遺体は容易に宙に浮く。最後にロープの端を梁に結び付け、死体をぶら下げた。

こうして犯人は、それほど大きな力を必要としなくても、遺体を自殺に見せかけて梁につるすことができたのです。それは、比較的華奢な人物でも千佳さんの遺体を梁からぶら下げられる、という僕の推理を裏付けるものでした。もし梁が角ばっていたりロープとの摩擦が大きそうな素材であったら、いくらロープの端を引っ張ってもロープはうまく滑り降りて行かないでしょうから。

そうして僕が一〇〇二室の天井の梁を調べ終わった直後に、大日方先生がいきなり一〇〇二室に入ってこられました。あのときは僕もちょっとびっくりしましたが……」

もちろん私も、そのときのことをよく覚えている。宗岡がそこで確認したものとは、梁の素材や形状とそこに残っていたロープの跡であったのだ。だが私はそれらの点を、大したこととも思っていなかった。

私も矢間田も、言葉を発することを忘れて宗岡を見つめる。宗岡はまた奇妙な述懐を続け出した。

「ところで、これは僕が教室の綿貫から直接聞いたことなのですが、田島、右野、綿貫の三人が協力して千佳さんのご遺体を梁から下ろす際、右野は田島さんに知られないようにして千佳さんのバッグの中を探っていたということです。それはほんの一瞬でしたが、綿貫は確かに見たと言っていました」

その説明を聞いて私ははっとした。綿貫は、いつか私の教授室にやってきたとき、やはり私にも同じことを告げていたからだ。

私は宗岡の述懐を最大限聞き漏らすまいと、さらに耳を傾けた。

「そのとき右野は、千佳さんの肩掛けバッグから何かを抜き取ったのではなく、逆に持っていたある物をバッグの中に素早く押し込んだのです。そう。それは一〇〇二室専用の鍵でした」

「な……何だって……？」

私は目を見開き、宗岡の顔を凝視した。

「……な、なぜ……？　右野はなぜその鍵を持っていたんだ」

私の疑問を憐れむかのように、宗岡は優しい声で告げた。

「お分かりになりませんか。千佳さんを殺した犯人が右野助教だからですよ」

「ま、まさか……。いいや、それはあり得ない。そ、そんな馬鹿《ばか》なことが……。第一右野はもう死んでいる……」

私の心の動揺を察したのか、宗岡はすぐには返事せず、こちらの思考が追い付くのを黙って待っていた。横で矢間田が、気の毒そうな顔をしながらじっと私を見つめている。

私は一人首を左右に振り、そしてゆっくりと天井を仰いだ。

3

「なぜ右野がそんなことをしたのかと、今先生はおっしゃられましたね。それは、千佳さんが自殺したと警察に思い込ませるためですよ。鍵の掛かった密室で千佳さんが首を吊り、部屋の鍵が千佳さんの持ち物の中にあれば、それは自殺だと誰もが思うはずですからね。右野は、さらにワープロで千佳さんの遺書を偽造しそれをご遺体のそばに置いておくという周到さで、千佳さんを絞殺したのです。右野は、自身では一〇〇二室の鍵を警備員から借り受けていませんでした。鍵は千佳さんに借りに行かせ、自分の存在は隠したのです。

右野は千佳さんを絞殺した後、ご遺体をロープで梁からぶら下げた。僕は、それが彼女の犯行であるという推理にようやく行き着いた後も、果たして千佳さんのご遺体を華奢な体型の右野が一人で吊り上げることができたかどうか疑問に思っていました。しかし実際に一〇〇二室の梁の様子を検分してみると、先ほど説明したようにそれが彼女でも可能であることを僕は確信したのです。

さてそうして千佳さんのご遺体を梁にぶら下げた後、右野は部屋の照明をつけたまま部屋を出て、千佳さんが持っていた一〇〇二室の鍵でドアを施錠しました」

宗岡は相変わらず訥々と説明を続けた。

「その後右野は、綿貫といっしょに警備員から今度は一〇〇一室の鍵を借り、二人で教育棟の十階に上がりました。そして一〇〇一室に行くふりをして、一〇〇二室の前に綿貫を連れて行ったのです。そのとき一〇〇二室のドアのガラス窓からは、煌々《こうこう》と明かりが漏れていました。そして曇りガラスを透かして、ぼんやりとではあっても中で人が天井からぶら下がっている影がちゃんと見えたのです。

右野は、現場の十分な事前調査からそれを計算に入れていました。第一発見者として綿貫にもことの一部始終を証言させるため、続いて右野は、ドアが施錠されていることを綿貫の目の前で示して見せた。そして警備員を呼び、あとは先ほど申し上げたように再び一〇〇二室に入ってから、隙を見て右野は千佳さんのバッグの中に一〇〇二室専用の鍵を滑り込ませたのです」

私は言葉を発することも忘れ、宗岡の口元をじっと見つめていた。

「……つまり右野助教は、持っていた一〇〇二室の鍵を千佳さんのバッグに入れ、千佳さんが密室で自殺したと綿貫さんや警備員の田島さんに証言させるために、彼らを利用したというわけか……。

だがそれほど周到に、千佳さんの殺害を自殺に見せかけようとした右野助教も、絞殺と縊死とでは、ロープで絞められた首の痕に大きな違いがあることを知らなかったようだな」

そばで聞いていた矢間田が、そこで初めて口をはさんだ。

「吉川線のこともです。千佳さんが首を絞められた際、苦《くる》し紛《まぎ》れに自分の首の肌に爪を立てることを、右野は予想できませんでした。これらの証拠が後の検視によって明らかになるなど、彼女の眼中にはまったくなかったのでしょう。ロジックなトリックを仕掛けることはできる巧緻《こうち》な研究者でしたが、殺人に関しては素人ですからね」

宗岡が返す。

殺人の素人というのも変な話だが、私も矢間田もそこは聞き流した。

私はまだ信じられない気持ちを渋面に表し、ベッドの上であおむけになると、胸の上で両手の指を組んだ。あれほど憎いと思っていた千佳殺人犯のことが、私の心中深くからどこかへ霧散して消えていくような、そんな何とも言えぬ不可解な感覚を、今私は味わっていた。

しかし唐突に私はまた怒りに目覚め、それを宗岡にぶつけた。

「動機は何だ。なぜ右野は千佳を殺したのだ」

「……はっきりは分かりません」

宗岡は、申し訳なさそうにゆっくりと首を横に二、三回振った。

「先生。これから述べることは、大方僕の想像だと思って聞いてください」

そう前置きしたのち、宗岡は説明を続けた。

「右野君は同性愛者でした。そのことは僕も以前、彼女の口から聞いていました。

実はずっと前、まだ僕が結婚していなかったころに、僕の方から彼女に付き合ってほしい旨打ち明けたことがあるのです。ですが彼女は、自分がレズビアンであることを僕に告げ、僕との交際を断りました。ですから右野と千佳さんとは、同性愛者の関係だったのではないかと、僕は思うのです……」

「君、千佳がレズビアンだなどと、いったい何の根拠があってそんな突拍子もないことを……」

私の怒りの矛先は、短絡的に宗岡に向けられた。だが矢間田がそれを制する。

「大日方、まあ聞け。現代の恋愛はジェンダーには捉《とら》われない。お前はそんな当たり前のことも知らんのか」

私は矢間田をにらみつけてベッドから起きかけたが、再びめまいを感じ、そのまま布団に沈み込んだ。宗岡はうつむいていたが、不意に眉根《まゆね》を寄せて面を上げると、再び私に向き直った。

「先生。先生は千佳さんの持ち物の中から、右野のＤＮＡが検出されないかどうか探っておられたのではありませんか」

唐突な宗岡の指摘に、私は再び目をむいた。

「な、なぜそのことを……。だが、私が調べていたのは右野のＤＮＡではなく、宗岡君、君のＤＮＡだった……」

今度は宗岡が驚く番だった。

「僕の……？　先生は僕を疑っておられたのですか……」

「……そのとおりだ。そのいきさつはこうだ」

私は、矢間田書房ミステリー文学新人賞立ち上げの真の目的と、そこに応募してきた宗岡の自筆書類から検出されたＤＮＡが、千佳の部屋にあったハーモニカのＤＮＡと一致したことなどを説明した。そのことには矢間田も驚いていたが、宗岡はさらに心外な顔をして抗議した。

「先生、それは大きな誤解です」

「どういうことだ……？」

私が尋ねると、宗岡は矢間田の方にも気を配りながらしばし躊躇していた。が、やがて仕方なさそうに言った。

「あの自筆応募書類は、実は僕が右野に頼んで書いてもらったのです」

「えっ？」

私と矢間田は、同時に声を上げた。

「右野は達筆でした。僕は字が下手だから、大事な賞の応募書類は右野に代筆してもらったのです。また右野はそのときすでに伴大夢賞を受賞し、一条直哉として活躍していましたから、僕は彼女からその教えも乞いたかったのです」

「……つまりあれは、君のDNAではなかったのか」

唖然《あぜん》とした口調で私は言い添えた。

そういえば、いつか宗岡のデスクの上に置いてあった書類に署名されていた宗岡自筆のサインは、第二回矢間田書房ミステリー文学新人賞に応募されてきた宗岡の書類の字とは、似ても似つかぬものであった。それもそのはず、ミステリー文学新人賞に応募した宗岡の書類の字は、右野が書いたものだったのだ……。

「君は、右野が一条直哉だったことを知っていたのか？」

私がさらに質すと、宗岡は頭の後ろに手をやりながら応じる。

「ええ……。右野に直接尋ねたわけではありませんが、彼女がミステリー小説を書いていたことには気づいていたので、もしやとは思っていました」

私はそれにまったく気づいていなかった。宗岡は話を戻した。

「ところで先生は、千佳さんの部屋にあったハーモニカと、僕の応募書類に付着していたDNAが同一のものだと鑑定されたそうですが、そのDNAのxy染色体領域の解析をなさいましたか」

虚を突かれ、私は黙った。

「もしその解析をされていたなら、それが女性のもの、すなわちそこから検出される染色体がxxであることに気づかれたことでしょう。当然それは僕のDNAではあり得ません。さらに右野の遺体から得られるDNAとそれらを鑑定してみれば、その結果は右野が千佳さんと付き合っていたことの動かぬ証拠となります」

私も矢間田も押し黙った。

「矢間田さん。その件を今まであなたに黙っていたことについては謝ります。僕は字があまりうまくありませんから、応募書類中の自書プロフィールをきれいに書く自信がありませんでした。それで、つい達筆な右野にお願いしてしまいました。彼女が達筆であることは、僕も前から知っていましたから。でもそのときは、まさか右野が千佳さん殺害犯だとは夢にも思っていませんでした」

矢間田は横目でちらと宗岡をにらんだ。

「今回の僕の受賞が、それで取りやめになってしまうことがあり得ますでしょうか」

宗岡が恐る恐る尋ねた。矢間田は私の方を見る。私は黙って、ゆっくりと首を横に振った。

応募書類を自書にしたのは、もともと殺人鬼を罠にかけるのが目的であって、作品の審査とは関係がない。

「そこは目をつむります」

矢間田が私の反応を見てから答えた。宗岡は安心したようにため息をついて微笑んだ。そして、仕切り直しのように姿勢を改めると、今度は私の方を見た。

「さて、それでは話を戻して、右野の動機について改めて考えてみましょう」

宗岡の口調が、心なしか軽やかになった。

「千佳さんには、旅行の他にテニスの趣味があったと聞いています。右野もテニスをやっていましたから、そうしたきっかけで、二人は学内のテニス同好会にて知り合ったのではないでしょうか。右野がプレゼントしたハーモニカを、どこかで二人だけで吹いてみたりして、二人の仲は相当に深まって行ったのでしょう。

こうして千佳さんは、大人の女性である右野に魅力を感じ親密な付き合いを始めたものの、しかしそれは長くは続かなかった。その理由については、僕の憶測の域を出ませんが、旅同好会かテニスサークルの仲間の中で、他に好きな人ができたのではないか……。そんな風に僕は思うのです」

宗岡のその考えには私も得心が行く。そのときの私の脳裏には、瀬川悠馬のあの愁いのある顔が浮かんでいた。宗岡は続けた。

「……さてそんな折、千佳さんは卒論研究で開発した論文不正摘発ソフトを使って試験的に検索した論文の中に、たまたま大日方先生のお名前を見つけられた。ご承知のように、科学論文は通常共著で書かれます。そうして見つけた、大日方先生が名を連ねるその論文の筆頭著者が、千佳さんのレズビアンの相手であった右野であることを千佳さんは知った。

一方右野が共著者とはなっていない論文は、大日方先生のお名前が入っていても不正は見出されなかった。つまり共著者の中で、不正を働いていたのは右野であった可能性が高い。千佳さんは、そのあたりのことをSNSで呟くと共に、やがて黙ってはいられなくなって、直接右野に問い質したのではないでしょうか。あのSNSの書き込みで、末尾にCとあったのは、千佳さんのお名前の頭文字だと僕は思います」

私はうなった。言われてみれば、確かにあり得ることだ。宗岡はさらに考察を継いだ。

「そのころ右野は、ミステリー小説の執筆にも注力していました。ミステリーは、不可解な現象を科学的に解き明かしていく小説であり、我々自然科学の研究者の思考に合っている文学とも言えます。しかし言うまでもなくミステリー小説は、あくまでも虚構であり現実ではありません。

僕は思うのですが、右野はミステリーを書いているうちに、虚構と現実の境を取り違え、事実のみを述べなくてはならない学術論文にまで、虚構を加えて行ったのではないでしょうか。つまり、優れたミステリー小説を書きながら、一方で論文不正に手を染め、小説のように論文を書き続けた……」

それを聞いていた矢間田が、渋面を作り頭に手をやりながらぼんやり言う。

「ううむ。俺は科学者ではないが、分かるような気がするな。ミステリーとは、バーチャル的な幽霊現象を、自然科学的法則を用いてつじつまが合うように、論理的かつ面白おかしく解説していく文学だからな」

「そう簡単ではないと僕は思いますが……」

宗岡が、幾分反発するように矢間田に言い返した。

「まあ宗岡さん。あなたはわが賞の栄えある受賞者だ。簡単ではなくても、これから面白いものをいっぱい書いてくれなきゃ困りますよ」

話が脱線してきたので、そこで私は声を荒らげた。

「そんな些細なことで千佳は殺されたのか。冗談じゃない。それではあまりに千佳がかわいそうだ」

面会者たちは再び神妙な顔に戻った。

「大日方。些細なこととお前は言うが、必ずしもそうとは言いきれん。右野助教が千佳さんのことを離したくないと心から思っていたら、別れ話に激怒することだってあり得る。またその相手に、論文不正を暴かれ、もしも大学教員という職まで失うことになったら、彼女としても死活問題だ。伴大夢賞の受賞者だからと言ってこの世界、安定して収入を得るのは至難の業だ。ましてや論文不正が発覚すれば、研究者としてのみならず作家としての地位まで危うくなるかもしれない。こういうことが積み重なれば、千佳さんに対し恨みと殺意が芽生《めば》えてもおかしくはない」

矢間田が諭《さと》すように言う。私はなおも反発した。

「勝手なことを言うな。俺にしてみれば、そんなつまらぬことで大事な千佳を殺されては、怒りを持って行く場がない」

三人の間に、また沈黙が流れた。

4

「お前の憤慨はもっともだ。殺人犯の言い分に、正義などない」

間をおいてから、矢間田が憮然とした表情で言い添えた。矢間田は私に同情したのだろうが、私の方では少しも納得がいっていなかった。

私と矢間田のやり取りを聞いていた宗岡は、まぶしく病室内に入り込んでくる朝日に目をしばたたかせながら、ゆっくりとため息をついた。

「すまん。先を続けてくれ」

ようやく私は気を取り直すと、述懐を続けてくれるよう宗岡に依頼した。

宗岡の説明をすべて信用したわけではない。だが彼の話はいくつかの根拠の上に成り立っており、少なくともそのすべてを否定するのは困難に思えた。宗岡はうなずいた。

「先生。以上述べてきた論拠を基に、僕は右野が千佳さん殺人犯であるとの結論に達しました。事件の後、先生のお宅に空き巣が入り込んで千佳さんの部屋を荒らしていったと聞きましたが、それも右野の仕業だと思われます。かつて千佳さんといっしょに吹いたことがあるハーモニカのことを思い出し、それが後々自分が犯人であることの証拠になるかもしれないと危惧し出した右野は、ハーモニカを取り返す必要に迫られた。

その週末、先生と奥様が小旅行に行くことを、前日教室で先生の口から聞いていた右野は、その日をチャンスと先生のお宅に忍び込み、そして千佳さんの部屋からハーモニカを盗み出す計画を立てました。しかし結果的に右野は先生のお宅でそれを発見できず、後に大日方先生が仕掛けたミステリー賞という罠に、間接的にはまって行くわけなのですが。まあ、そこに偶然僕の賞応募が深く関係していたことは、感慨の至りです。

さて、それではその右野がどうして殺されたのか。その点について、僕の考えをお話ししたいと思います」

「君の話を信じるなら、右野は千佳にとって憎いかたきだ。その右野を殺害した人物は、私たち夫婦にとっては待望の助《すけ》っ人《と》ということになるが」

私が悪びれもせず言うと、腕組みをしてそっぽを向いていた矢間田が、ベッドの上で横になったままの私を苦い顔をしてにらんだ。一方の宗岡は、私の勝手な言い分には取り合わず、右野殺害事件に視点を向けたまま語り続けた。

「あの晩大日方先生は、地下の遺伝子組み換え実験安全管理施設でぜひとも話したいことがあるからと、僕をお呼びになりました。そこで待ち合わせの時間に僕が施設に行ってみると、先生はちょうどそのとき、施錠された施設のドアの奥で、ドーンという大きな音と、右野の悲鳴と思われる声を聞いたところだとおっしゃっていました」

「そのとおりだ」

私が憮然とした調子で返す。

「そのときいったい中で何が行われていたのか。また右野の頭部を、第二実験室内の壁でたたき割り、さらにその背中に大きな切り傷を負わせて右野を殺害した犯人は、その後いったいどこへ消えたのか」

宗岡の問いに、私たちの間には再びその不可解な謎が渦巻いた。

菌の出入りすら許さない、厚い壁と施錠された頑丈なドアに封印された密室。そこへの犯人の出入りは、絶対に不可能だったはずだ。

「それは、あの実験施設自体に解決の鍵があります」

「どういうことだ」

相変わらずの宗岡のもったいぶったような言い方に、聞き手の気も短くなる。

「僕はこう考えます」

前置きした後、宗岡は淡々と語り出した。

「あの晩右野は、遺伝子組み換え実験安全管理施設の鍵を警備員から借り受けると、エレベーターで地下までやってきました。その鍵で施設のドアを解錠し、そして中に入ると内側からドアを施錠しました。入り口を施錠した理由は、その後もし誰かが施設内に入ってこようとしても、それを拒《こば》むためです。それは、取りも直さずこれからいっしょに話をするであろう相手との重大なやり取りを、他の何者にも聞かれないための用心です。

右野は、施設の鍵を白衣の右ポケットに収めると、施設内を先へと進み、エアシャワー室を抜け、さらに第二実験室の前までやってきました。そのとき第二実験室のドアは、ぴたりと閉まっていました。彼女が会うべき相手は、すでに第二実験室の中で待っている。彼女はそう考えたものと思います。おそらく犯人は、事前に右野に電話をかけ、ちょうどその時刻に第二実験室内で待っているから、後から必ず来てほしい、といった電話を右野に入れていたでしょうから。

ところで、ここでよくよく考えてみれば、そのとき右野以外に遺伝子組み換え実験安全管理施設に入れる人はいなかったはずです。なぜならば、それまで施設の鍵は警備員室にあり、それを右野自身が借りて持っていたわけですから。だが右野にしてみれば、これから対決しなくてはならない相手との問答を思い描くと、それどころではなかったのでしょう。彼女は疑うことも忘れ、犯人の罠にはまって行きました。

さて、こうして右野は第二実験室にやってくると、まず入り口のドアをノックしたと思います。ですが中からは返事がない。おそらく何回かノックを繰り返したが、やはり返事がないので、右野は第二実験室のドアノブを握り、それを回転させた」

矢間田は、隣で語る宗岡を、青い顔をしてじっと見つめた。私もそこでごくりとつばを飲み込んだ。

「次の瞬間、ドアは勢いよく内側に開かれ、そしてドアノブが実験室内の壁にぶち当たってドーンという大きな音を立てました。一方右野の身体は室内に吸い込まれて宙に浮き、そのまま入り口とは反対側の壁に頭から激突したのです。右野はその直前に悲鳴を上げましたが、すでに事は成された後でした。床に落ちたとき、右野の頭蓋骨は破壊され、首の骨は折れていました。そして背中には大きな切り傷を負っていたのです……」

「ちょ……ちょっと待て。なぜ右野はそんなことになったのだ。第二実験室内には、怪力の大男でもいたのか。まさか君はそいつが勢いよくドアを引き開け、そして右野の身体を壁めがけて投げ飛ばしたなどと説明するのではないだろうな」

たまらず私が横やりを入れたが、宗岡は相変わらず落ち着いた様子で、話の順序を頭の中で整理しているようであった。

「いいえ、先生。この巧妙な密室には僕も驚きました。まさかこんなトリックを使うなんて……。

すみません、前置きが余計でしたが、単刀直入に言いましょう。第二実験室の中はそのとき、ほぼ真空に近い状態となっていたのです」

「真空……？」

言葉を聞き間違えたのではないかと、私は尋ね返した。

「はい」

宗岡はしっかりとした口調で返す。

「な、なぜ……？　なぜ第二実験室内は真空になったのだ」

「疑問もごもっともだと思います。僕もまさかそんな状況は、想定すらしていませんでしたから」

「宗岡さん。どういうことですか」

矢間田の方がしびれを切らして、話の先を促した。宗岡は険しい表情で、恐るべき第二実験室のカラクリを説明し出した。

「むろん先生はご存知だと思いますが、地下の施設内にある二つの実験室、つまり第一、第二各実験室には、無菌の空気を送気し、一方雑菌を含む空気をフィルターで除菌しながら排気するシステムが備わっています」

私は黙って首肯する。そんなことは先刻承知だ。

「この循環システムは、一階の空調施設内にある、大型の空気浄化装置によってなされています。そしてその動力として、強力なポンプが導入されているのです」

「そのようだな。このあいだ、私もその空調施設を、実際にこの目で見てきたよ」

「ほう、そうでしたか。それでは先生、そのとき空調施設の入り口床に、二枚の厚い泥除けゴムマットが敷いてあったのに気が付かれませんでしたか」

言われてみればそんなものがあった。私はそれで、自分のクツに付いていたほこりを払った覚えがある。

「右野の殺害を企てた犯人は、そのゴムマットを使って、空気浄化装置に取り付けてある二つの入気口のうち、第二実験室に空気を送る入気口だけを、ぴったり塞いだのです。おそらく犯人は、ゴムマットを二重にして第二実験室の入気口を完全に閉じたものと思われます。こうして一時間ほど空気浄化装置を作動させておいたらどうなるか、ご想像がつくと思います」

「……第二実験室の空気は、ポンプで排気され続けるが、一方入気口は塞がれているのだから、新しい空気は入って行かない。中は徐々に真空になる」

矢間田が代わって答えた。

「犯人はそうやって真空の密室を完成させ、そこへ右野を呼び込んだというのか」

唖然としながら、私は短くため息をついた。

「この密室の創成メカニズムに気づいたとき、僕も初めはそれを信じられませんでした。この真空密室を用いれば、犯人は一度も実験施設内に入ることなく、右野を殺すことができるのです。僕は、後になって研究棟一階にある空調施設に赴き、あのゴムマットを調べました。そしてそのときの驚きは、言葉に言い表せないほどでした。

マットを裏返してみると、そのうちの一枚に縦十センチメートル、横二十センチメートルの大きさの凹みが見つかったのです。もう一枚には凹みはありませんでした。犯人が念のために二枚のゴムマットを重ねて使ったとすれば、凹みは、入気口に直接かぶせられた方の一枚にのみできます。僕はその凹みのある方を空気浄化装置のところへ持って行き、マットにできた凹みのサイズと装置の入気口のサイズを比べてみました。すると案の定、それらはぴたりと一致したのです。凹みはまだ新しく、最近つけられたものに間違いありませんでした。

くどいようですが、マットを入気口にかぶせると、入気口から先は真空になっていますから、外気がゴムマットを押し付け、そしてマットの入気口に接している部分に跡が残ったのです。こうして僕は、先ほど述べたような真空密室が出来上がる工程を、確信するに至りました」

「信じられない……」

私が呟くと、矢間田も天を仰いでいる。

真空となっていた部屋のドアノブをひねれば、第二実験室のドアは向こう側に開くようになっているから、右野は背後から迫る大気と共に、実験室内にものすごい勢いで引っ張り込まれたことだろう。右野の身体は宙を飛び、そして壁にぶち当たって頭が砕《くだ》かれた。

施設内の二つの実験室は、菌の侵入も許さぬ密閉構造をしている。だからこそ、中の空気を吸引していけば、室内は真空に近い状態となる。

「では、右野の背中の傷は……？　あれはどうしてできたのだ」

何気なく尋ねると、宗岡は端整な顔をこちらに向けた。

「先生は、かまいたち現象をご存知でしょうか」

「かまいたち？」

「ええ。よく晴れて空気が乾燥した日などに、局所的につむじ風、突風、竜巻などが起きると、そこに一瞬真空が生じることがあります。その中に入り込むと、真空の空間に急激に大気が入り込み、それによって足などにすぱっと鎌《かま》で切られたような傷ができることがあるそうです。これがかまいたち現象です。切られてもほとんど出血はなく、また痛みもあまり感じないといいます。和歌山、奈良あるいは信越地方などに、今でも『かまいたち伝説』が残っています。その地域に昔住んでいた人々は、かまいたちという妖怪《ようかい》がいて、その辺に迷い込んだ人を鎌で切りつけて傷を負わせる、と信じていたようです」

宗岡が補足した。

「右野の背中の傷も、そのかまいたち現象でできたものだと」

矢間田が興味深そうに尋ねた。

「そう考えられます」

「ふむ……」

矢間田は腕組みをして渋面を作った。

そういえば、一条直哉こと右野恵理子の著作の中には、『かまいたち殺人の罠』というのがあった。その小説を執筆していたとき、まさか右野は、いずれ自分がかまいたち現象が関わる密室の中で殺されることになろうとは、夢にも思っていなかったであろう。

「……いったい誰が、そんな真空密室を考え出したのだ」

次に来る当然の質問を私が発すると、そこで宗岡は初めて苦悶《くもん》に満ちた表情を示し、話を続けることをためらうような様子を見せた。

「宗岡さん。あなたにはもう分かっているのでしょう」

矢間田がその背中を押すように言葉をかけたが、宗岡は私の顔を見ると目を逸らし、再び視線を戻して私に目を合わせるとまたすぐにうつむく、ということを何回か繰り返した。

がやがてあきらめたように、宗岡はゆっくりと口を開いた。

「この真空密室の罠に、右野を呼び込む巧妙な方法があったのです。そしてそれを突き詰めていくうちに、僕は右野を殺した犯人に行き着きました」

宗岡はそこで言葉を切った。私と矢間田の熱い視線は、宗岡の口元あたりに注いでいた。

「遺伝子組み換え実験安全管理施設内の二つの実験室は、使用者のバッティングが起きないよう、使用に際しては予約が必要です。先生もご承知のように、その予約はＩＤとパスワードを大学から与えられた方なら誰でも、そしてどこからでもＷｅｂ上でできます。

この予約システムは現在、遺伝子組み換え実験安全管理施設の委員である、薬学部生化学教室の某准教授が管理しています。そこで僕はその准教授に頼んで、予約の記録を過去二年前にまで遡って調べさせてもらったのです。

そして僕は、右野が殺された日、第二実験室の予約を午後五時から八時まで取っていた人物を探り当てました。その予約は右野の名で取られていたのですが、しかし実際に予約を入れた人物は右野ではありません。予約画面に入る際に入力されていたＩＤとパスワードは、ずっと以前大学に籍を置いていたが、今では大学から離れて久しい、ある方のものでした」

私と矢間田は声を発することも忘れ、じっと宗岡の次の言葉を待った。やがて宗岡は、はっきりとした口調で告げた。

「結論を言いましょう。それは大日方優子さん、つまり大日方先生の奥様です」

5

三人の間に長い沈黙があった。否、長いと感じたのは私だけであったか。

「大日方優子さんのIDとパスワードは、優子さんが退職された後も、抹消されず事実上今まで生きていたのです。いったんIDとパスワードを持たれた方は、大学を離れるとき抹消の申告をしないとそのままの状態が続くことになります。大方の人は、わざわざ抹消届を出さず、大学を去って行ってしまいますが、それで特にこれまで問題は起きていなかったので、管理者も放っておいたようです。

さて、ここからは僕の想像ですが、先生の奥様大日方優子さんは、娘の千佳さんを殺した犯人が誰であるかを、かなり前から気づいておられたのではないでしょうか。右野と千佳さんが、恋人として付き合っていたことまでご存知だったかどうかは分かりませんが、千佳さんがお母さんに、自分が親しくしている人のことをまったく言わない方が、むしろ不自然だと僕は思います」

「だが私には何も言っていなかった」

憮然として呟くと、矢間田が気の毒そうな顔をこちらに向けながら冷笑する。

「男親になんか言うものか」

そういう矢間田を恨みがましくにらみながら、私は話を戻した。

「では、優子が……、妻の優子が、千佳のかたき討ちを果たしたと君は言うのか」

「はい。間違いありますまい。動機は十分に理解できます。もっとも、殺人犯の動機に大義などないと、さっきのように矢間田さんはおっしゃるでしょうが」

「それは、時と場合に寄りけりだ……」

矢間田はバツが悪そうにそっぽを向く。

「奥様は……」

宗岡は私の方を向き直ると、話を継いだ。

「伴大夢賞作家として売り出し中の一条直哉が右野であったことにも、感付いていたのではないかと僕は考えます。奥様は、右野が殺される前、大学近辺の喫茶店などで何回か右野と会っています。僕はそのことを、西多摩署の宇田川さんから聞きました。もちろん警察がそのような情報を一般人に話すことは通常ありませんが、宇田川さんは右野の様子について、僕から情報を得ようとしていました。僕もミステリー賞応募の件で、右野と親しくしたことがありますからね。警察はそれに気づいて、右野に関する情報を僕から探り出そうとしたのです。

先生の奥様を刑事が監視していた背景にも、そういった事情があったと思います。右野と奥様が会っている姿は、防犯カメラなどにいくつか写っていたようです。おそらく奥様は、右野を怪しいとにらみ、何回か彼女と会いながらその疑惑を深めて行ったのではないでしょうか。

奥様は、右野に自白を促し、謝罪を求めようとなさった。しかし右野が千佳さんを殺害したという物的証拠をつかむまでには至らなかった。右野はあくまでそれを否定したことと思います。

そこでとうとう奥様は、自分の手で右野に復讐することを決断したのではないかと、僕は考えます」

　優子がそんなことを……。

　なぜ私に相談してくれなかったのだ。相談して二人で考えれば、他に取るべき手段もあったろうに。

　だがそれは私自身にも言えることだ。私は千佳殺しの犯人を一人で追跡し、罠に掛けようとしていた。そしてそれが宗岡だと信じ込み、奇《く》しくも同じ遺伝子組み換え実験安全管理施設内で彼を糾弾しようとしていたのだ。

　一人相撲《ずもう》は優子も私も同じであった。

「奥様は、以前本学の薬学部で実験助手のアルバイトをされていたことがあります。遺伝子組み換え実験安全管理施設の使用法はもちろん、施設全体の構造や機能にも精通しておいでだった。奥様はあの晩、右野を施設内の第二実験室に誘った。千佳さんの殺人事件のことで重大な話があるから必ず来てほしい、というような内容の電話を、事前に右野に掛けておいたのではないでしょうか。そして待ち合わせの時刻の一時間ほど前に、奥様は勝手知ったる大学の実験施設の、空気浄化装置がある研究棟一階の空調施設に忍び込み、第二実験室の入気口にゴムマットをかぶせた。こうしておいてから、いったん学外の人目に付かないところに身をひそめ、そして午後七時ごろ、右野が真空密室の罠にかかったと思われるタイミングを見計らって、再び研究棟に戻った。

　第二実験室が真空となっている間は、ゴムマットは入気口からはがれにくいでしょうが、右野が罠にかかり、第二実験室のドアが開いて真空が解除されれば、ゴムマットはすぐに外れます。

こうして奥様は、右野が罠にかかったタイミングを計ることができました。現場に警察が駆けつけ騒ぎが大きくなる前に、唯一の証拠品であるゴムマットを元の位置に戻してから、奥様は人目に付かぬようにして大学を立ち去ったのです」

鮮やかな手口だ、と私は感嘆してしまった。優子をほめてやりたいほどだ。

だが優子は今、千佳の無念を晴らしたがために、殺人犯となってしまった。そのことが私の胸をえぐった。

優子は……、優子はどうしているのだろう。

急に優子がいとおしくなった。

殺人犯でも構わない。君は……、君は素晴らしい母親だったのだ！

「先生」

唐突に、宗岡が私の思考を妨げた。宗岡の顔つきは穏やかであった。

「私と矢間田さんが鹿教湯温泉の遠藤旅館に駆けつけたとき、先生の部屋には内側から鍵が掛けられていました。私たちは急を察し、旅館の主人の遠藤さんに頼んで合《あ》い鍵《かぎ》を持ってきてもらったのです。そうして部屋のドアを解錠すると、お二人は気を失って倒れておられ、特に奥様のご様子は重篤そうでした。かすかに息はしていたのですが、頬や体をたたいても反応がないので、すぐに救急車を呼んだ次第です」

「君たちにはお礼の言葉もない。だが俺たちは、誰にどうやって睡眠薬を飲まされたのだろう」

「先生には何か思い当たることがないのですか？」

私はかぶりを振る。

「実は……」

そういいながら、宗岡はジャケットの胸ポケットから、白い封筒を一通取り出した。

「奥様が座っておられた方の、座椅子の座布団の下に、これがありました」

宗岡が差し出した封筒には、封印がなされていた。そのおもて側に書かれた文字を見た私は、どきりとした。

「遺書」とある。

裏を返すと「大日方優子」と署名があった。確かにそれは優子の字であった。

6

「遺書」

大日方　敏夫　様

お父さん。あなたがこの旅館で長湯したり、ひとりで散歩に行ったりしている間に、私はこの遺書を書きためてきました。ですから、これから述べることはやもすると、私からの勝手なそして脈絡のないお話になってしまうかもしれません。まずはそのことをどうぞお許しください。

お父さん。これまでいろいろありがとうございました。

お父さんと千佳と三人で、私はこれまでの人生を楽しく過ごしてまいりました。千佳が亡くなったことは、私にとってもお父さんにとっても、とても悲しくつらい出来事でしたね。それ以来私たちは、よくこの毎日を耐えて生きてきたものだと、今さらながらに思います。

お父さんがくれたこの度の四日間の宿旅は、私にとって人生の最期を過ごす最良の時間となりました。改めて心からお礼を申し上げます。そんなお父さんに対して、今夜の私のこの仕打ちはあんまりだわよね。

私が死ぬのは勝手だけれど、でもお父さんまで巻き込むことはできません。だからあなたのお酒には、一晩眠っていただくだけの、薬用量の睡眠薬を入れました。そして私は致死量の睡眠薬をいただきました。

お父さんのお酒にも薬を入れたのは、私が眠っている様子にお父さんがおかしいと気づいて病院にでも運ばれたら、私は死ぬことができなくなってしまいますから。一晩だけお父さんにもいっしょに眠っていただくことを許してください。

それならどこぞで一人で死ねばいいだろうとあなたは言うかもしれないけれど、私はお父さんのそばで死にたかったのです。あなたが隣で寝ていてくれれば、私は安心して千佳の下に旅立って行けるわ。だから私のわがままを、どうぞ許してね。

お父さんは、明日の朝起きてから私の遺骸《いがい》に気が付き、優子なぜ死んだのだと言って、私を恨むでしょうね。だからそうならないように、その事情と私の今の気持ちを、ここに書き置きます。

千佳を殺した犯人を、私は殺しました。それは右野恵理子と言って、お父さんの研究室の助教をしている人です。なぜ右野が千佳を殺したのか。そしてそのことにどうして私が気づいたのか。あなたは不思議に思うでしょうね。でも私は千佳が生前ほのめかしていたことを、よく覚えていました。

最近よく会って、いっしょに食事をしたり将来のことを話し合ったりする人ができたと、千佳は言っていました。その人の名前までは明かさなかったけれど、私はそれが女性であることに気づいたのです。それは、千佳の身の回りの変化から徐々に感じて行きました。衣服の趣味が大人っぽく変わり、ネールアートをしたり、女性しか選べないようなセンスのスカーフをプレゼントされたりと、千佳は私の見ている前で、どんどん大人の女に成長していったのです。そういった千佳の様子から、私は千佳が付き合い始めた相手というのは、大人の女性ではないかと感じるようになりました。

そんな千佳の変わりようを、訝しく思いながらも私は遠目に見ていました。何といっても、私は千佳が大人であることを認めておりましたから。しかしそのときもっとよく千佳から話を聴けばよかったのです。あの子は悩んでいたのです。その人と別れようと。でも私はそのことに薄々気づいていながら、相談に乗ってやれなかった。

そうして手をこまねいているうちに、千佳は殺されてしまいました。私は千佳の遺影に向かって、何度も何度も謝りました。「お母さんは、なぜあなたを助けられなかったのか。お母さんは本当にダメな母親……」私はそう言って自分を責めました。でもいくらそうしていても、千佳は帰ってきません。

次第に私は、千佳を殺した犯人を見つけ出して復讐してやろうと思うようになりました。やがて、千佳にそして自分自身に、私は誓いました。千佳を殺した奴を私が殺してやる。千佳のかたきを討ってやる。それが、愛《いと》しい千佳を殺された母親のできる、たった一つのことだと私は信じたのです。

ではいったい誰が千佳を殺したのか。

千佳の身近にいそうな大人の女性。そうして何人か思い当たる人を挙げていると、お父さんと千佳の大学の、ある教員のことが浮かんできました。それが右野恵理子助教だったのです。

右野助教は、千佳の事件の第一発見者でした。彼女は、一人の卒論生といっしょに教育棟十階のセミナー室に行って、そこで二人して千佳の遺体を見つけたと言っていたそうですが、その話を聞いて私はどこか釈然としない思いを抱きました。千佳の葬儀以来私はあの人と言葉を交わすようになりましたが、あの人が私を見る目は、どこか後ろめたそうで冷たかったのです。私は、彼女から伝わってくるその不可解な感覚を、深い違和感を持って心の中に落とし込みました。

それからというもの、私は右野助教と電話で連絡を取り、ときには右野を大学外に呼び出して、千佳のことを尋ねたのです。右野は初め私に会うことを嫌がっていました。しかし私を避けることで私に疑いをもたれることを危惧したのか、何度か繰り返し私が電話した末に、右野はしぶしぶ私と会うことを承諾しました。

右野は千佳と付き合っていたことを否定していましたが、話の節々から、それが嘘であることを私は見抜いていました。家に入った空き巣のことも、それとなく話題に出してみました。案の定と言いますか、右野はその話題も避けるように、耳を傾けようとはしませんでした。

また、一枚のドアを施錠すれば密室と化す教育棟十階のセミナー室を利用して右野が何かたくらんだのではないかと、私が腹に含んで彼女に話をするので、彼女は次第に私を恐れていったのだと思います。もしかすると、私の方が右野に返り討ちに遭って殺されるかもしれないと、そんなことも思いました。でも愛する千佳を失った私には、もうこれ以上失うものも恐れるものも何もありません。

こうして私は、千佳を殺したのが右野であるという確信を抱きました。そして復讐の方法を練ったのです。大学の教育棟地下にある、研究者たちがあまり行かない実験施設。そう、あの遺伝子組み換え実験安全管理施設のことを思い出した私は、さっそくあの部屋を使った復讐を思案し出しました。

私は大学で実験助手を務めていたころ、あの施設を使ってよく実験をしました。ですから施設の構造や機能にも精通していたのです。一階にある空気浄化装置の入気口をゴムマットのようなもので塞いでしまったらどうなるのだろう。その考えはずっと以前から持っていました。もちろんそれは危険なことですから、そのとき実際に試してみようなどといった考えはありませんでした。

しかし右野に復讐する方法をあれこれと考えてみたとき、あの施設内にある小さな実験室のどちらかを真空にし、そこへ右野を誘い込めば彼女に危害を加えられるかもしれない。私はその悪魔の計画を、実行に移す決心をしました。千佳を殺しながら、のうのうと生きている右野を許すことはできない。そのことが私の体の中にしっかりと根を張り、私の決心をゆるぎないものにして行ったのです。

　この計画を実行するにあたり、私の中で持ち上がった一つの問題がありました。それは、いかにして右野以外の人間を、真空の罠を仕掛ける第二実験室に近づけないようにするかでした。万が一、お父さんあなたが間違ってそこに入ってしまったら、私は悔やんでも悔やみきれません。

　でもその問題を払拭することを可能にしたのが、Ｗｅｂサイトから入る予約システムでした。私は、以前大学からもらった、そのシステムに入るための私専用のＩＤとパスワードが、まだ生きていることを確認しました。

　果たして、それでシステムに入ってみると、予約画面に行き着くことができたのです。そしてそれを閲覧しているうちに、「大日方」の名で第一実験室の予約がとられている欄に行き当たりました。つまり、その時間帯にお父さんは必ず第一実験室にいる。であれば第二実験室に入るはずはない。そしてさらに第二実験室を同じ時間帯に右野助教の名で予約すれば、そちらには右野以外誰も入れなくなる。

　こうして私は第二実験室の予約を右野の名で取りました。そして念のためお父さんが第一実験室に来る前に、右野に第二実験室に入ってもらう。そうすれば、万が一何かの齟齬《そご》があったとしても、お父さんが施設に赴いたときには、すでに事は終わっているだろう。

お父さんが第一実験室の予約を取ったのは、午後七時からでした。そこで右野には、その少し前に第二実験室に入ってもらおうと、私は計画を練りました。

右野がやってくる時刻までには、第二実験室を真空にしておかなければなりません。逆算すると、午後六時前ごろに一階空調施設内の空気浄化装置の入気口をゴムマットで塞ぎ空気が入って行くのを遮断し始めれば、それから約一時間後の午後七時前には、第二実験室内はほぼ真空状態になると予想されます。

そうしておいて右野には、あの晩きっちり午後七時五分前に第二実験室に来るよう、電話で言い含めました。メールを使わなかったのは、証拠を残さないためです。

私は右野に対し、「千佳殺害事件の真相を私は知っている。そのことであなたと取引をしたい。話が外に漏れないよう、研究棟地下の実験施設内にある第二実験室で二人きりで相談したい」といった内容の電話をしておきました。右野は私の指示に従わざるを得なかったと思います。

こうして私は右野を殺しました。もしかしたら、あの真空の部屋にはそこまでの破壊力がないのではないか。もしそうだとすれば、私の計画は未遂に終わるだろう。だが、一階空調施設内にある空気浄化装置に仕掛けたゴムマットさえ元に戻しておけば、犯行を私がやったという証拠は何も残らない……。

もうこれ以上くどくどと述べる必要もありませんね。でも万が一お父さんが疑われるようなことがあったら、この遺書を公表していただいてもかまいません。

最後に、お父さんを一人残し、先立つことをお許しください。千佳への母親の義務は果たしたと、私は勝手に思っています。私にはもう思い残すことはありません。唯一お父さんのことが気がかりですが、でもあなたの周りには良《い》い仲間がたくさんいますし、私と千佳も天国でお父さんのことを見守っていますから、きっと一人でも大丈夫ですよ。

そろそろお別れの時間が近づいてまいりました。私は千佳のそばに参ります。それではお父さん、どうぞお達者で。さようなら。

鹿教湯温泉にて
大日方　優子

7

宗岡と矢間田が去って行った病室に一人取り残された私は、宗岡から渡された優子の「遺書」を何回も読み返した。そうしているうちに涙が止まらなくなり、いてもたってもいられなくなった私は、ベッドから抜け出ると、まだ頭は少しふらついていたが、病院内に優子の病室を探した。

優子が治療中の部屋は私の病室の同じ階にあり、病棟看護師に尋ねるとすぐに分かった。そこは個室で、窓は南側に面して明るかった。

もう昼も近くなり、陽光が南窓の薄手のカーテンを透《とお》して、部屋の奥にまで入り込んでいた。病室内は静かだった。外の音もまったく聞こえなかった。

優子の意識は戻っていた。

「君にはあきれた」

点滴針が刺さった細く白い手の上に自分の手を重ねると、私はベッドに横になったままの優子の瞳を見つめた。

「遺書を書いた人間が生きているなんて、絵にならないわね」

「馬鹿なことを言うものじゃない。俺は君の安否が分かるまで、肝を冷やしたよ」

「ごめんなさい、お父さん……」

優子は声を詰まらせ、涙ぐんだ。

「なぜ俺に相談してくれなかったんだ」

私が諭すような口調で言うと、あおむけに寝ていた優子は、こちらに目を向けて口元をほころばせた。

「お父さんだって、一人で千佳のかたき討ちをしようとしていたでしょ」

「いや、それは……」

「分かっていたわよ。夫婦なんだから」

「だが俺は、君が犯人を追い詰め、そして糾弾していたことを少しも気づかずにいたよ」

「お父さんは忙しかったものね」

私はため息をついた。そうではない。

私は自分のことばかりに気が行っていて、妻の気持ちを本当の意味で分かってはいなかったのだ。もう少し深くそれを気遣ってやれていたら、優子はこんなバカな復讐劇に身をやつすこともなかったかもしれない。

しかし私はそれを言葉に出して言えなかった。

優子は千佳を愛していた。優子の復讐は、ひとえにその愛がなせる業であったと思いたい。そして私がそれを責めることなどできない。

私とて、一時宗岡を疑って彼を糾弾しようとした。しかも、第一実験室に宗岡を閉じ込めるという陰湿な方法で……。

護身用にと、ポケットにナイフまで忍ばせたが、もしかしたらあのときの私には、宗岡に対する殺意さえ宿っていたのかもしれない。

ふと私は、疑問に思っていたことを口にした。

「お母さんは、一条直哉が右野恵理子だったことを知っていたのか？」

「ふふ……」

優子は小さく笑ってから、ゆっくりとかぶりを振った。

「さすがにそれは気が付かなかったわ」

私はうなずいた。宗岡は、一条直哉イコール右野恵理子だということを優子が気づいていたのではないかと言ったが、彼のその推理だけは外れたことになる。

しかしたとえ優子がそのことに気が付いていたとしても、彼女は自分の復讐計画を実行したであろう。

た。

「それにしても」

私は思い出したように面を上げた。

「俺は、宗岡君と矢間田に感謝しなくちゃならん」

ひとりごとのように私は呟いたが、優子は取り合わず、じっと天井を見つめていた。私は続けた。

「君には不本意だったかもしれないが、俺より先に君に死なれちゃ困る。あの二人が来てくれなかったら、君は今頃いったいどうなっていたか」

優子はしばらく言葉を選んでいたが、やがてぽつりと言った。

「お父さんは勝手なんだから」

どういう意味で言ったのか、はっきりは分からなかったが、私は一つ苦笑して見せた。

「俺は宗岡のことを疑ってすらいた。むしろ彼は今回の事件では、真相を明らかとし、そして私たちを救ったというのに。俺は本当に部下を見る目がない。その点、お母さんの方がよほど俺より、探偵としての慧眼《けいがん》を持っていた」

「よしてください。千佳の母親でなかったら、私は絶対にあんなことをしていません」

私は黙って首肯すると、もう一度優子の手を握った。

「回復したら、いっしょに警察へ行って、宇田川さんに全部話そう」

「……はい」

「君の犯行が計画的であったことは否めない。しかし相手が、一人娘の千佳を殺害した犯人であったことなどを考慮に入れると、今宇田川さんに自首すれば、情状酌量《しゃくりょう》の余地があるかもしれない」

「……いいのよもう、そんなこと」

優子はゆっくりとかぶりを振った。

「よくはない。君のそばには俺がいる」

私が滑稽《こっけい》なほど深刻な顔をして言うと、優子はまたわずかに微笑んだ。

「ごめん。お父さんには本当に迷惑をかけたわ」

「お母さんは水臭い」

私は口を尖《とが》らせ、不満をあらわにした。

「千佳は俺たち二人の愛娘ではないか。君の一人相撲を俺が黙って見ているわけにはいかないだろう」

「……そうね」

優子は素直にうなずいた。

「千佳が二十一年間生きた証《あかし》とは、いったい何だったのだろう……」

不意に胸の内をそんな問いがよぎった。

だが、千佳殺人犯を必死で追っていたときにはまったく考えもしなかったその問いに、今私は一つの答えを出すことができた。

「千佳は、瀬川悠馬の心の中に一つの灯《ともしび》を置いてきた。二人が結ばれることはなかったが、しかし瀬川の胸中に灯るその光は、これからの彼の長い人生の中であるときは目映《まばゆ》くまたあるときは控えめに、その心を温め続けるだろう。

そう。彼の心を照らす灯こそ娘の生きた証……」

そんな虚ろな私の表情を訝しく思ったのか、優子はそっと視線をこちらに向けた。それに気づき我に返った私は、とっさに言葉を継いだ。

「お母さん。なぜ君は」

言いかけてしばし口をつぐむ。

「はい……？」

優子のまなざしから目を逸らしながら、私は呟いた。

「俺のウイスキーにも、君と同じ致死量の睡眠薬を入れてくれなかったのだ」

優子は薬剤師の資格を持っている。睡眠薬の種類と量には精通している。

「……だってそれは……」

優子が何か言おうとしたので、私はすかさず言い添えた。

「死ぬときはいっしょの方がいい。そうだろう」

優子は黙って、ゆっくりとうなずいた。

私たちは、お互い笑いながら泣いていた。

この作品は、島田荘司選　第13回ばらのまち福山ミステリー文学新人賞受賞作「報復の密室」を加筆修正したものです。
※この物語はフィクションです。実在するいかなる個人、団体、場所等とも一切関係ありません。

選評

作家は薬科大薬学部、臨床薬理学教授、遺伝子やDNAの専門家で、作中で起こる事件も、大学内、遺伝子組み換え実験棟での超常識的な密室殺人となると、現在ジャンルで最も期待される方向の知識の持ち主と見える。実際物語の内容は、期待に充分応えるものであった。今後さらに、専門知識を活用した創作も期待できると思われる。

この作、背骨をなす事件群を数珠繋ぎにたどってみると、まず女学生の、死の意思の見えない首吊り自殺。シンメトリーの俯瞰を持つ建物内での、位置錯誤と見える歩行のミステリー。被害者所有のハーモニカ内に残る被疑者のDNA検出。理由不明の空き巣事件。罠としてのミステリー新人賞の立ち上げ。遺伝子組み換え実験棟内、気密室におけるハウダニット的密室殺人、といった連鎖になっている。これらは充分に重い手応えの事件群で、ラストでの夫婦間の情愛や人間的構図も上手く描かれているから、良質なおとなの読み物になっていた。

しかし、専門知識を有する一級の知性による書き物であるのに、中学生のような不思議な、語彙選択、あるいは判断の不手際が散見されて、少々首をひねらされた。ことの進行は一人称で描写されていくのだが、主役の教授が自分の仕草を、「訝しそうに尋ねると」と書く描写が何度か出てきた。この表現は他人の行動に対して用いるべきが常道で、筆者の能動ならば、「訝しく思って尋ねると」というあたりが適当であろう。

かと思うと、他人の描写に関して、「私の目から見れば、彼女は生まれてから二十余年、自殺に追い込まれるほど悩んだことは一度もなかった」という奇妙な断定が出てくる。これはたとえ娘に対するものであっても少々言いすぎと見え、「一度もなかったように観察している」とするあたりが妥当であろう。

この作者には、象牙の塔内でのみ指導者に与えられた便宜的特権が、生物学上の不動の生態と言うように無批判に受け入れられている様子があり、その位置からの階級意識が不動の文章精神として象牙の塔外の描写でも通され、しかし自身は超道徳の行動発想をなすので、この意識のギャップが絶えず軽い違和感を感じさせる。

二十四ページ、「密室の状況が合理的に説明されなくては、おいおいとそれを信じる気持ちにはなれなかった」という不思議な語彙が出てくる。これは「おいそれ」の単なる書き違いであろうか。「諸々とそれを信じる気持ちには」、あたりに直しておくのが無難であろうと思う。

七十四ページに、「さて、私はここで、この施設の構造について、ある程度詳細を述べておかなくてはならない。というのも、後程この部屋で、実に不可解な殺人事件が起こったからだ」と予告のような宣言が唐突に出てくる。これをここで述べる必要が果たしてあるか、疑問である。時系列的に淡々と事件を起こしていき、のちに説明を順次為していく方が読み手はむしろ意表を突かれ、驚きが大きいと思うのだが、作者は何ゆえにこういうことをしたのであろう。聴講棟の施設が持つ複雑な機械構造や機能を、学生たる読み手に前もって正しく理解しておいてもらわなくては、事件の不思議さが理解できないであろう、という指導者意識の露見に思われる。このくらいの情報量なら、事件が起こってのち、その背後事情を含めた詳細な説明を展開しても、何らの不都合もない。

もう一点、こうした構造の密室で起こるこの現象は、爆発と称すべき鼓膜を破らんばかりの破裂音にならないか、という点も気になった。しかし現場には、いかに調べても火薬等は存在しないというミステリー。

後段の百十五ページ、いきなり「おばあちゃんすわりで体を落ち着けると」という描写が出てくるが、おばあちゃんすわりとはいったいどのようなすわり方なのか解らず、戸惑った。これにも図が欲しい気分になった。

不満点提出をもう少し続けると、華々しいミステリーの連鎖に、大学建物内における位置錯誤という小粒なミステリー現象がはさまることに、かなりの違和感と同時に、不安感を抱いた。作者としては、これでもかとミステリー現象を並べて見せた意図に思えるのだが、自殺者、DNAの検出と推理、実験棟内機密室での理解不能的人死と続く事件群が重々しく、深刻なものであるのに比較し、この位置錯誤のミステリーは、ランクのかなり違う、むしろ軽いミステリーであるように思われて、不安感を抱いた。

ポール・アルテに「あやかしの裏通り」という良作がある。これは一人の人物に起こる錯誤が、広大な町の一角で起こるので、長編を一本支え得るが、当作のこれは、本来短編一本を支える程度の軽めな発想に思われて、高価な石の間にプラスティック片がひとつ挟まった数珠のように、最後まで不安が消えなかった。

このような錯誤は、人によって確かに起こり得るだろうが、十人のうちの七、八人に確実に起こるとまでは言えないように推測する。窓から見える外の景色や、本能的な方向感覚、壁や廊下の微妙な色合いの変化などから、誤りに気づく者もかなり出そうに思われる。半数程度の者が正当な方向感覚を見せるとしたなら、この物語の重要な基盤が、早い段階で崩れかねない。

真犯人のアリバイがかかる重要な局面を、この軽めのミステリー・エレメントに全面的に支えさせるのはいささかの冒険で、作者がアイデアの軽重判定を誤ったように感じた。この手のミステリー習作が、歴史の中で評価が育ち、高い立場を得すぎたゆえの判断ミスを疑える。歴史評価と、純粋な機能性とは自ずと別物である。このミステリーは確実なものではなく、はじめて現場にやってきて、ぼんやりと行為する人間にこそ起こる錯覚であり、しかもたまたまそれを起こした個人の周辺を描くという性格のものである。これより殺人事件を捜査せんと気合を入れる警察が、時間をかけて丹念に検証すれば、ミステリーは到底守りきれず、真相はすぐに露見すると思われる。

とは言え、犯人のアリバイ偽造に、これに代わる別のアイデアを用意するのはなかなか大変ではあろうけれども。

もう一点気になったのが「吉川線」で、背後から絞殺される被害者は、苦痛から、往々にして自分の首の下、胸部上層の肌に爪を立てて引っかき傷を作る。自殺者にはこの傷は生じない。これが例外のまったくない現象とは思わないが、「吉川線」によって、捜査陣は自殺他殺の見当をまずつける。これにまったく言及されていないのは不自然に感じる。

この種の小さな疑問は、他にもいくらも生じる。自宅に入った空き巣事件を、即刻鑑識を呼んで捜査させておけば、指紋は出ないまでも、どのような手袋をしていたか、繊維痕跡、昆虫の死骸片、場合によってはＤＮＡの検出までもあり得なかったか。

新設のミステリー賞に応募してきた原稿から知り合いの名前を発見した主人公は、冷静にあれこれと推論を述べはじめるが、そんな饒舌の前に、即刻研究棟に駆け込み、ＤＮＡ検出の作業に取りかからないだろうか。その作業中に、こうした推理を順次述べたてていく、というかたちが自然に思われる。この作業こそが、大金をかけたこの罠の目的であり、主人公の悲願だったのだから。

さらには、一般人が名前を知っているか否か微妙というくらいの小さな出版社が、本格系ミステリーの新人賞を立ち上げても、ミステリー作家志望の犯人が応募してくる確率はどの程度あるか。日本以外の国ならば新人賞がないのでこうした罠掛けは充分獲物がかかることを期待できるが、日本の場合は新人賞の数が多く、弱小出版社なら文庫も持たないし、書店に棚も、平台スペースも持たず、宣伝の予算もないと日本の頭脳型読書マニアは読むので、受賞作の注目度は高くなく、受賞作もさして売れないだろうと、大手出版社の新人賞を待つ可能性はかなりありそうだ。

そもそも福ミスや台北の島田賞が比較的容易に創設できたのは、選者が一人だったからで、通常は四人だから、高級ホテルの会議室を選考会場として予約する必要があり、その後の高級会食会設営の費用、銀座の高級クラブ訪問の費用、四人分の選考謝礼金、下選考発表の小説雑誌の有無、広告告知にもかなりの費用が予想されるから、費用対効果の観点から、小出版社なら企画は会議を通らない可能性の方が高くなりそうである。選者が一人で、にもかかわらず口うるさい在野からのバッシングが出ないですむなら、これは圧倒的に費用が安くなる。選考会場もいらず、夜の巷の要もない。会食などざる蕎麦でよい。しかしこうした例は、世間にまずない。

とはいえこの罠掛けの発想は、古くは「赤毛連盟」などを思わせてミステリーのセンスなので、懐かしく、好ましいものに感じた。作者の、学者らしい勉強の体質も感じた。

とはいえこうした発想は、選者がミステリー文壇方向のつらい世間を知りすぎたゆえのから い助言で、この手の苦言を言う気になれば、世に流布している定評作の内にも探すことは可能であろう。当作は充分によく考えられた構造を持ち、ジャンルに重要な科学知識の提供もあり、誤った犯人に推理が向かうように作られた赤ニシン的構造もなかなか巧みで、しばしの知的刺激の時間が得られそうな、良質な読み物に仕上がっていたと思う。

（選評は改稿前の本作について述べられております）

平野俊彦（ひらの　としひこ）

１９５６年栃木県出身。東京薬科大学卒業後薬剤師となり、薬学博士を取得。東京薬科大学薬学部臨床薬理学教室教授。古今東西のミステリーを愛読し、２０１６年より著作活動をはじめ、２０２０年、本作で島田荘司選　第13回ばらのまち福山ミステリー文学新人賞を受賞。

報《ほう》復《ふく》の密《みっ》室《しつ》

著者 平野《ひらの》俊彦《としひこ》

2021年2月22日 第1刷発行

発行者 渡瀬昌彦
発行所 株式会社講談社
〒112-8001 東京都文京区音羽2-12-21
電話 出版 03-5395-3506
販売 03-5395-5817
業務 03-5395-3615

本文データ制作 講談社デジタル製作
印刷所 豊国印刷株式会社
製本所 株式会社国宝社

ISBN 978-4-06-522727-5 N.D.C.913 286p 19cm

島田荘司選　ばらのまち福山ミステリー文学新人賞

応　募　要　項

応募作品	自作未発表の日本語で書かれた長編ミステリー作品。400字詰原稿用紙350枚以上650枚程度。ワープロ原稿の場合はA4横に縦書き40字×40行とします。1枚目にタイトルを記してください。
応募・問い合わせ先	ふくやま文学館「福ミス」係 〒720-0061 広島県福山市丸之内一丁目9番9号 TEL:084-932-7010 FAX:084-932-7020 URL:http://fukumys.jp/
応募資格	住所、年齢を問いません。受賞作以降も書き続ける意志のある方が望ましい。なお、受賞決定後、選者の指導のもと、作品を推敲することがあります。
賞	正賞　トロフィー 副賞　受賞作品は協力出版社によって即時出版されるものとし、その印税全額。 福山特産品
選　者	島田荘司
主　催	福山市、ばらのまち福山ミステリー文学新人賞実行委員会
協　力	原書房編集部、講談社文芸第三出版部、光文社文芸図書編集部
事務局	福山市経済環境局文化観光振興部文化振興課
諸権利	出版権は、該当出版社に帰属します。

※応募方法や締切など、詳細につきましては、賞公式ホームページをご確認ください。
URL http://fukumys.jp/
※情報は本書刊行時点のものです。